WIELAND FREUND

KRAKONOS

KRAKONOS

WIELAND FREUND

ROMAN

BELTZ
& Gelberg

Wieland Freund, geboren 1969, lebt mit seiner Familie in Berlin. Bei Beltz & Gelberg erschienen von ihm unter anderem die drei Bände um *Törtel, die Schildkröte aus dem McGrün; Die unwahrscheinliche Reise des Jonas Nichts; Ich, Toft und der Geisterhund von Sandkas* sowie *Wecke niemals einen Schrat!* und *Träum niemals von der Wilden Jagd!*

FSC
www.fsc.org
MIX
Papier aus verantwortungsvollen Quellen
FSC® C089473

Dieses Buch ist erhältlich als:
ISBN 978-3-407-82322-9 Print
ISBN 978-3-407-76193-4 (E-Book)

in der Verlagsgruppe Beltz · Weinheim Basel
Werderstraße 10, 69469 Weinheim

Umschlaggestaltung: Hans Baltzer
Lektorat: Frank Griesheimer
Neue Rechtschreibung
Herstellung: Elisabeth Werner
Satz: publish4you, Bad Tennstedt
Druck und Bindung: Beltz Bad Langensalza GmbH, Bad Langensalza
Printed in Germany
1 2 3 4 5 21 20 19 18 17

Weitere Informationen zu unseren Autoren und Titeln finden Sie unter:
www.beltz.de

Von: Sigurdsdottir, Harpa
An: O'Lynn, Emma
CC: Wrobel, Tomasz

Betreff: Operation Krakonos

Sehr geehrte Frau O'Lynn,

wir freuen uns, Ihnen mitteilen zu können, dass Ihr Forschungsaufenthalt von der Leitung des Fachbereichs »Innerirdische« genehmigt wurde. Ihre Kontaktperson im tschechisch-polnischen Grenzgebiet ist Stationsleiter Dr. Tomasz Wrobel. Treffpunkt ist Karpacz, Polen.

Gemäß den Bestimmungen zur Geheimhaltung mythobiologischer Forschung haben Sie Ihre Tarnung als Studentin der Zoologie während Ihres Aufenthalts lückenlos aufrechtzuerhalten. Unverschlüsselte Kommunikation ist untersagt. Die Lage der Beobachtungsstation unterliegt der Geheimhaltung auch über den Zeitraum Ihres Forschungsaufenthalts hinaus.

Mit besten Grüßen

Prof. Dr. Harpa Sigurdsdottir
Internationales Institut für Mythobiologie
121 Reykjavík, Island

DRINNEN

1 | QWIP.COM

Das Meer rauschte. Die große LED-Kugel an der Decke tauchte den Saal in ein schwaches wasserblaues Licht. Nik kam es vor, als läge er auf dem Grund des Ozeans. Er war wie ein Fisch im Aquarium hinter dem Glas eines Touchscreens.

Er lag ganz still. Nur seine Augen wanderten. Rechts die glatte Kunststoffwand seiner Wabe. Tagsüber war sie strahlend weiß, wie eine leere Leinwand. Jetzt war sie blau vom Widerschein der Filmsequenz, die ihn in den Schlaf gelullt hatte. Auf der LED-Kugel schäumten dieselben drei, vier Wellen, wieder und wieder. Sie waren wie das weit gereiste Licht von Sternen, die es lange nicht mehr gab.

Sein Blick wanderte weiter. Am Fußende seines Betts der Schrank, dessen Tür sich nur auf seinen Daumendruck öffnete; darin die Sneakers, die Jeans, Handtücher mit Qwip.com-Logo und zu viele Qwip.com-T-Shirts. Jeder hatte ein paar Overnight-Sets hier. Nik trug kaum je etwas anderes.

Links von seinem Bett hing das unvermeidliche Quipu in langen, knotigen Schnüren von der Decke herab. Wenn die Sonne durch die Oberlichter schien, war es bunt – rein rot, rein blau, rein gelb, rein grün. Jetzt, im fahlen Licht des Loops, wirkten die Schnüre einfach grau. Bei den Inkas hatten die vielen Knoten als Schriftzeichen gedient. Qwip.com dienten die Schnüre als Logo; jeder Knoten bedeutete Qwip.com. Überall roch es nach dem antistatischen Schaum, mit dem sie die Bildschirme reinigten und wahrscheinlich auch den Fußboden.

Dieselben drei, vier Wellen rauschten wieder heran. Nik lauschte. Bestimmt hatte ihn etwas anderes geweckt.

»Levi? Levi, bist du das?«

Er flüsterte. Marten schlief auch hier, wie fast immer. Konrad hatten sie nach Mitternacht geholt. Von Leroy und Noah wusste er es nicht.

Jetzt hörte Nik ihn hinter dem Quipu atmen.

»Du sollst schlafen, Levi.« Er griff nach seinem Smartphone auf dem Nachttisch und drückte es wach. »Es ist zwei Uhr nachts«, raunte Nik. Das Hintergrundbild zeigte ihn und Levi. Levi lächelte nicht. Levi lächelte nicht für Fotos.

»Ich kann nicht.«

»Dann komm halt her!«

Das Quipu teilte sich wie ein Vorhang. Der viel zu lange blonde Pony hing Levi ins Gesicht. Mit dem blauen Schein der LED-Kugel im Rücken wirkte Levi wie ausgeschnitten. Als wäre er gar nicht hier, sondern in irgendeiner Bluebox irgendeines Fernsehstudios.

»Gehst du noch mal raus mit mir?«, fragte Levi. Er sah Nik dabei nicht an, sondern zupfte am Saum seines ausgeblichenen T-Shirts, das er gegen Niks Willen schon seit drei Tagen trug.

Nik seufzte und setzte sich auf. »Irgendwann erwischen sie uns«, sagte er leise.

»Nicht, wenn wir aufpassen.«

Die Schnüre des Quipu schwangen zurück. Levi stand jetzt an seinem Bett, eine Hand auf Niks Schulter.

»Vielleicht sehen wir die Ratte wieder«, sagte Levi. »Ich würde gern die Ratte wieder sehen.«

Die Schranktür sprang auf und Nik stieg in seine Jeans. Er griff nach den Sneakers, er schnappte sich die Taschenlampe, die er unter den T-Shirts verbarg, weil Levi keine Handys, aber Taschenlampen mochte. Es war eine dumme Idee, aber Levi würde nicht lockerlassen. Und wenn er doch lockerließ, würde er traurig sein, was noch schlimmer war.

»Komm!«

Sie tauchten unter dem Quipu durch und stahlen sich in den Gang. Die Schuhe trugen sie in der Hand. Die Gummisohlen würden auf dem glatten Boden quietschen.

Bis auf die von Marten schienen alle Waben leer. Vermutlich hatte man Leroy und Noah aus dem Schlaf gerissen und hundemüde nach Hause transportiert. Leroys Mutter arbeitete im Controlling, Noahs Mutter in der Personalabteilung, oft bis tief in die Nacht.

Vor den Duschen zweigten sie ab. Links lag die Küche mit ihren bunten Stühlen. Rechts die Mixed Zone mit den bunten Sofas, wo sich die Tablets auf den Couchtischen stapelten und es an jeder Wand riesige Bildschirme für die Konsolen gab. Qwip.com ließ keine Konsolen fertigen, es gab nur ein Browserquiz, das *Qwip it!* hieß. Die Cheats dafür stammten mehrheitlich von Marten.

Nik streckte einmal den Kopf durch die Tür – nur um sicherzugehen. Der Raum war leer. Unterhalb des Lichtschalters leuchtete das WLAN.

Vor dem Schlafsaal der Mädchen wandten sie sich nach rechts. Im Gang dort gab es nicht weniger als drei Abstellkammern. In der einen brummte der Academy-Server, in der zweiten stapelten sich die Getränkekisten, aber das Fenster ließ sich nur in der dritten öffnen, in deren Regalen Putzmittel und der übliche Kram aufbewahrt wurden: LEDs, Akkus, Kabel und ein paar Dutzend der weißen Kartons, in denen die Netbooks, Smartphones und Tablets angeliefert wurden. Niemand wusste, dass sich das Fenster dort öffnen ließ, nicht mal Marten, der hier von allen am meisten zu Hause war.

Die Academy war, die Q-Zwerge nicht mitgerechnet, für über hundert Schüler ausgelegt, aber so viele Qwip.com-Kinder gab es bei Weitem nicht. Die Deutschland-Zentrale war erst im Aufbau begriffen und die meisten Angestellten waren jung und kinderlos. Bei den Zwergen wurde ein rundes Dutzend Kleinkinder betreut. Von den Großen konnten die meisten abends nach Hause oder wurden, wie Konrad, Leroy oder Noah, irgendwann spätabends abgeholt.

Qwip.com-Angestellte machten fast immer Überstunden. Niks und Levis Mutter kam oft erst tief in der Nacht, um sie zu holen, und nicht selten hätte Nik dann lieber weitergeschlafen. So viel wert war eine halbe Nacht in der eigenen Wohnung auch nicht. Zumal sie die Räume ohnehin nur am Wochenende bei Tageslicht sahen. Dann kamen Nik die Sachen in seinem Zimmer beinahe fremd vor und er wusste nicht viel mit ihnen anzufangen.

Und Levi wollte sowieso nur raus in den Park. Sein Kinderzimmer war ihm so wurscht wie seine Wabe oder sein Smartphone, das er überall liegen ließ. Er hatte nicht mal ein Passwort und qwippte nur, wenn es gar nicht anders ging. Er qwippte nicht mal mit Ma, sodass Nik meist so etwas wie ihr Bote war. Ma hat geqwippt, sagte er dann, obwohl sie den Qwip genauso an Levi geschickt hatte. Aber Levi sah in solchen Momenten nicht mal von seinem Tablet auf, auf dem er *Eulenvögel* oder *Spitzmaus* oder *Fuchsräude* googelte.

Bestimmt, dachte Nik, hatte er das Internet schon wieder die halbe Nacht nach Ratten durchforstet: Hausratten, Wanderratten, Ratten in der Kanalisation, Rattennester in der Stadt. Nik war dieser Eifer manchmal unheimlich, aber andererseits war Levi nur in solchen Momenten Levi und nicht bloß dieser schmale, blasse Junge, den nichts auf der Welt etwas anzugehen schien.

Sie hatten die dritte Abstellkammer erreicht, und Nik drückte behutsam die Tür auf und ließ sich und Levi ein, um die Tür gleich wieder leise zu schließen. Er hätte gern die Taschenlampe benutzt, aber er fürchtete den Sicherheitsdienst. Wahrscheinlich war überhaupt nichts alarmierender als ein einsamer Taschenlampenstrahl in der Nähe eines Serverraums.

Sie schlüpften in die Sneakers und tasteten sich im Dunkeln bis zum Fenster vor. Es lag ziemlich weit oben, und sie mussten jedes Mal einen der vollen Kartons aus dem Regal ziehen, um sich einen Tritt zu bauen.

»Hilf mir mal!« Der Karton war schwer, aber wenn er schwer war, war er auch stabil. Nik stieg als Erster drauf und streckte den Arm nach dem Fenstergriff aus. Es beruhigte ihn jedes Mal, dass Levi nicht bis da oben reichte. Levi war zehn, drei Jahre jünger als er – das gab Nik, vorausgesetzt, dass Levi nicht schneller wuchs als er, noch drei Jahre, in denen Levi nicht allein aus dem Fenster stieg.

Man hatte besser ein Auge auf ihn. Levi war unberechenbar. Es war schlimm genug, dass Nik ihn während des Unterrichts aus den Augen lassen musste. Levi brachte es fertig und schwänzte Webpublishing, um nach einer Ameisenstraße zu sehen, von deren Existenz auf dem Gelände er allein wusste.

»Du zuerst!« Das Fenster war offen. Unklimatisierte Nachtluft drang ein wie ein neugieriges Tier.

Nik stieg vom Karton, um Levi auf das Fensterbrett zu hieven.

»Räuberleiter«, sagte Levi, und weil jetzt das Licht von draußen ins Fenster fiel, konnte Nik ihn lächeln sehen.

Es war eine milde Nacht, vermutlich ohne Sterne, aber die Sterne konnte man hier sowieso nicht sehen. Hinter der Mauer glomm Berlin und über ihnen leuchtete das Space Dock aus tausend Fenstern.

Sie kauerten im Schatten der Academy. Der Bau war flach, halb in die Erde eingegraben und lief wie der Strich eines Q auf das Rund des Space Dock zu, das so hieß, weil es einer Raumstation aus *Star Trek* nachempfunden war. Ihr Vater konnte begeisterte Vorträge darüber halten, und Marten schaute die alte Serie auch manchmal, aber für Nik sah das Space Dock bloß wie ein riesiger, schimmernder Pilz aus Stahl und Glas aus. Selbst wenn man auf der Academy war, kam man nur in Begleitung seiner Eltern hinein. Und wenn man mal drinnen war, sahen sie einen immer so an, als müsse man ununterbrochen über die Turbolifts und die einer Kommandobrücke nachempfundenen Konferenzräume staunen. Dabei standen ringsum Gebäude, die kaum weniger irre waren. Nur wurden darin keine Apps fabriziert, sondern Roboter oder neue Gen-Sequenzen.

»Ich glaube, die Ratte wohnt hier«, sagte Levi unvermittelt. »Jedenfalls glaube ich nicht, dass sie sich einfach nur mal auf das Gelände geschlichen hat. Die Mauer ist doch ziemlich neu. Die Ratte kommt hier gar nicht raus. Und zu essen findet sie auch genug. Wenn sie in die Mülleimer steigt und so. Oder, Nik?«

Nik dachte nicht gern an die Ratte. Die bloße Erinnerung daran, wie sie nur ein paar Zentimeter von Levis Füßen entfernt davongehuscht war, jagte ihm einen Ekelschauer über den Rücken. Aber für Levi war es ein Höhepunkt ihrer nächtlichen Expeditionen gewesen, zu schlagen wahrscheinlich nur von einem Fuchs, aber wie sollte ein Fuchs auf das Gelände kommen? Die Mauer war fast drei Meter hoch und umschloss das Qwip.com-Gelände komplett. Sie war die eigentliche Außenlinie des Q – auf den Luftaufnahmen, von denen gleich mehrere postergroß in der Academy hingen, konnte man das am besten sehen. Und einen Fuchs ließ der Sicherheitsdienst bestimmt nicht durchs Tor. Man ließ ja nicht mal Autos auf das Gelände. Wer hier herumfahren wollte, musste per App eines der Qwipmobs rufen und warten, bis es heranschnurrte.

Warum konnte sich Levi eigentlich nicht für Qwipmobs begeistern? Marten bestellte sich manchmal ein Qwipmob, obwohl man das eigentlich erst ab sechzehn durfte.

»Gut möglich, dass sie hier wohnt«, sagte Nik im Versuch, das Wort »Ratte« zu vermeiden. »Aber es ist nicht gerade wahrscheinlich, dass wir sie heute sehen, okay?« Er wollte Niks Erwartungen dämpfen, aber zugleich machte er sich selbst auch ein bisschen Mut.

»Ich weiß schon.« Levi stand auf und zog sich die ewig rutschende Hose hoch. Er war der dünnste Junge, den Nik kannte. Andererseits: Er kannte ja kaum jemanden, der nicht auf die Academy ging.

Sie liefen geduckt auf die Brache zu, ein Wort, das Levi fast lustvoll benutzte, fast immer im Flüsterton, wie ein Geheimnis, das nur ihn und Nik verband. Mit der Brache meinten sie den Teil des Geländes, der bislang nicht vollständig geräumt und neu gestaltet worden war. Nur rund um das Space Dock war schon alles fertig. Dort gab es eine Sonnenterrasse mit einem kleinen Café. Von dort zweigten die Bohlenwege aus Tropenholz ab, über die die Qwipper in der Mittagspause joggten. Dort fuhren auch die Qwipmobs vor, um ihre Batterien aufzuladen.

Abseits des Q-Strichs der Academy sah das Gelände noch so aus wie zu der Zeit, bevor das Space Dock gebaut worden war und hier eine Kleingartenanlage gestanden hatte, ein Sammelsurium aus Schrebergärten, verzogenen Maschendrahtzäunen und feuchten Hütten mit Teerpappendach. Ein paar dieser Hütten gab es immer noch, hässliche Dinger aus Span- oder Asbestplatten, in denen es ungesund nach Schimmel und Schlimmerem roch. Dort waren sie der Ratte begegnet. Dort lag Levis Paradies.

Die größte der Hütten trug eine Art Wellblechmütze tief in der Stirn. Die Schiebetür darunter war seit einer Ewigkeit verkantet. Nik hatte erst neulich versucht, sie zuzuschieben, um drinnen nicht wieder von der Ratte überrascht zu werden, aber das hatte nicht funktioniert. Also trat er auch diesmal mit einem mulmigen Gefühl und hochgezogenen Schultern ein, gewappnet für den nächsten Schrecken.

Levi kniete schon auf dem alten Linoleum, das vor lauter Feuchtigkeit Wellen schlug. Er war auf seine Art bescheiden. Er war auch glücklich mit Insekten. Er ließ Ohrenkneifer und Wanzen über seine Hände laufen, was Nik weniger eklig als die Ratte fand, und er liebte die kleinen Feuerkäfer, die manchmal von der Linde hinter der Mauer fielen.

»Können wir die Taschenlampe benutzen?« Levi konnte rührend sein. Wenn er Nik erst breitgeschlagen hatte, herzukommen, ließ er Nik über fast alles andere bestimmen.

Nik sah zum Space Dock hinüber. So viele Lichter brannten noch. So viele Qwipper arbeiteten wieder mal die ganze Nacht durch. Wenn sein Vater es tat, klang er am Morgen danach, als wäre er der Überlebende einer epischen Schlacht.

»Mach sie halt an. Hier!« Nik reichte ihm die Taschenlampe. Levi setzte sie wie eine Lupe ein. Zentimeter für Zentimeter leuchtete er die Ritze zwischen der dünnen Wand und dem Fußboden ab.

»Na, wo steckt ihr denn heute?«, hörte Nik ihn murmeln. Der blonde Schopf hing ihm tief ins Gesicht.

Niks Smartphone vibrierte. Nur kurz. Ein Qwip. Er überlegte, es stecken zu lassen und die Nachricht erst am Morgen zu lesen, aber dann zog er es doch hervor.

»Schau mal, Nik. Schau mal!«

Levi stand an der modernden Wand, eine Fahne aus Spinnweben im Haar, die rechte Hand mit der Taschenlampe auf die linke gerichtet, über die eine pechschwarze, langbeinige Spinne lief.

»Oh.« Nik sah auf sein Smartphone. Einer der Q-förmigen knatschgelben Köpfe schaute ihn an, mit lustig verdrehten Kulleraugen. Wo der Q-Strich hätte sein sollen, klemmte eine rosarote Zunge zwischen schmalen Lippen. Dann ging der Mund auf und spuckte die Nachricht aus:

Hi Boys,
hab eure Mutter grad
in San Fran vom Flughafen geholt.
Macht das Beste draus! Pap

»Verdammt groß, diese Spinne«, sagte Nik zu Levi.

2 | DUCH GÓR

Emma blieb beinahe gegen ihren Willen stehen. Sonst mied sie die von Touristen umlagerten Stände mit ihrem Tand. Den Kaffeebechern und Schlüsselanhängern, dem Fensterbrettnippes und den Holztafeln für die Wohnzimmerwand, in die immer dasselbe bärtige Gesicht geschnitzt war: Duch Gór, der Berggeist.

Aber nach vier Wochen alleine da oben, mit nichts als dem pulsierenden Signal auf dem Schirm, war das hier besser als nichts. Besser als die Steine und der erstarrte Granit. Besser als das ewige Schweigen darunter. Nachts träumte sie manchmal, dass das Signal verschwand. Dann schrak sie auf, sprang von der Pritsche, stürzte in die kleine, hinter der Küche verborgene Kammer und sah seine Lebenslinie flimmern. Duch Gór, der Berggeist. Er war noch da und war es nicht.

Emma sah sich um, als wollte sie keine Zeugen. Dann griff sie nach dem Bild. Es sollte aussehen, als wäre es aus einem Stück Holz geschnitzt, komplett mit Rahmen, Figur und Hintergrund. Der Berggeist war in Felle gehüllt wie ein Neandertaler oder der Yeti. Der unvermeidliche Bart wallte ihm bis auf den Bauch. Die linke Hand hatte er schützend über die Augen gelegt, als schaute er in die Ferne. Mit der Rechten hielt er den langen Stock, der so unvermeidlich war wie der Bart. Im Hintergrund Steine, Fichten und der kahle Bergkamm. Wenn Emma aufsah, sah sie dasselbe in echt.

In Wahrheit war das Ding aus Gips, einer von hunderttausend Abgüssen. Es klang seltsam hohl, wenn man dagegenklopfte, und an ein paar Stellen platzte schon die Farbe ab. Es war ein elendes Souvenir, das man hier so schnell kaufte, wie man es zu Hause wieder vergaß.

Emma gab zehn Zloty dafür. Sie zahlte mit einem schmutzigen Schein, der weich wie ein Lappen war. Dann ließ sie den Berggeist in der Seitentasche ihrer Cargohose verschwinden und schulterte den Rucksack mit den Einkäufen: Käse, Milch, Brot, Joghurt, Tütensuppen und eine neue Packung Tee. Das Wasser nahm sie aus dem Bach, der ihr da oben vom Grat entgegenkam. Natürlich musste sie es abkochen.

Ein polnischer Reiseleiter rief einem Rentnertrupp routiniert ein paar deutsche Sätze zu. Emma ließ die Gruppe mit ihren sandfarbenen Blousons und zurechtgelegten weißen Haaren passieren. Die Rentner hielten auf die Gaststätte ein paar Hundert Meter tiefer zu, auf Sauermehlsuppe und Wildschweinbraten mit schlesischen Klößen. Danach eine Kirche oder eine Seilbahn. Dann in eine Baude auf dem Berg und wieder Klöße.

Das erste Wegstück bergan musste sich Emma mit den Touristen teilen. Sie überholte eine polnische Familie und ein tschechisches Paar in grellbunten Funktionsjacken. Sie wandte sich um, als hinter ihr Englisch gesprochen wurde: drei bleiche junge Männer in T-Shirts, die den Berg viel zu schnell angingen. Sie widerstand der Versuchung, ein bisschen in ihrer Muttersprache zu reden, und ließ sie ziehen. Solange sie sich hinter ihrem schlechten Polnisch versteckte, war es leichter, ihre Tarnung aufrechtzuerhalten.

Offiziell war sie hier, um den Kupferfarbenen Buntgrabläufer zu beobachten, einen metallisch glänzenden Laufkäfer, der in hohen Lagen äußerst selten war. Sie wusste nicht mehr über ihn, als in Tomasz Wrobels Dossier gestanden hatte. Als sie zu Hause in Irland Leprechauns beobachtet hatte, hatte sie offiziell Waldeidechsen gezählt. Wann immer Mythobiologen über ihre Arbeit sprachen, logen sie wie gedruckt. Das galt für Professoren genauso wie für Studenten wie Emma.

Mit einem Gefühl der Erleichterung verließ sie die gelb markierte Route und lief querfeldein über eine schmatzend feuchte Wiese. Das Gras war wie ausgebleicht, die bunten Jacken der Wanderer bald nur noch ferne Punkte auf dem sich bergan schlängelnden Weg.

Emma klemmte die Finger unter die Schultergurte ihres Rucksacks und setzte über einen schnellen, rostroten Bach. Sie tauchte ins Halbdunkel unter den Fichten und nahm im Hang die Hände zu Hilfe. Manchmal kamen ihr Sturzbäche aus Fichtennadeln entgegen, die entblößte Erde darunter fast rot. Überall der Geruch von Harz und ausgewaschenen Felsen.

Als das steilste Stück hinter ihr lag, atmete sie für ein paar Minuten durch und schaute den Hang hinab, dahin, wo sie hergekommen war. Sie wünschte sich ein Reh oder einen schnürenden Fuchs herbei, aber sie war mit den Fichten und den Steinen allein.

Bald darauf lichtete sich der Wald und sie trat in den hellen Sonnenschein. Links von ihr ragte die Schneekoppe auf, die höchste Erhebung des Kamms, kahl und glatt geschliffen von der Zeit. Die Baude für die Ausflügler dort oben sah wie eines der Fähnchen aus, die man in Landkarten bohrte.

An den unzugänglichen Hängen des Grats, wo nicht einmal die Sonne hinkam, lag noch Schnee. Weiße Flecken, in die nie jemand ein Fähnchen steckte. Da oben wuchs nichts mehr außer Gras. Die Baumgrenze lag bei etwa zwölfhundert Metern.

Es war jetzt nicht mehr weit. In seinem Exil war der Berggeist bescheiden geworden. Die fünfhundert Jahre alte Karte des Simon Hüttel verzeichnete sein Nest über zweihundert Meter höher am Mittagsstein. Emma hatte eine schlechte Kopie davon, aber am liebsten war ihr die noch ältere Zeichnung eines Kartografen namens Martin Helwig. Er hatte den Berggeist nicht als bärtigen Einsiedler, sondern als schwarzen Dämon gemalt. Mit geflügeltem Schwanz und spitzem Geweih, bockshufig, scharfschnabelig und mit Schlangenzunge. Als wäre er alle Tiere und keins.

Am Ende war es wie mit den Leprechauns, über die Emma ihre Arbeit schrieb: Je länger man sich von ihnen erzählte, desto eindeutiger wurde ihre Gestalt – bis man sie jederzeit erkannte und auf Kaffeebecher drucken oder in Trickfilme stecken konnte, mit keckem Hut, grünem Anzug und Gürtelschnalle.

Menschen, dachte Emma, stellten sich letztlich nie etwas anderes als Menschen vor. Sie war plötzlich ganz froh, allein zu sein. Dann erinnerte sie der ferne Ruf eines Birkhahns daran, dass sie gar nicht alleine war.

Sie erreichte den Zaun am späten Nachmittag. Das Gelände war perfekt, weil unauffällig getarnt. In den Anfangsjahren der Mythobiologie hatte man es mit militärischen Sperrgebieten versucht, aber seit es im Internet die Luftbildsuche gab, war das zu gefährlich geworden. Truppenübungsplätze ohne erkennbare Truppenübungen machten sich verdächtig; Verschwörungstheorien verbreiteten sich rasch. Also hatte man die Forschungsstation für vorbeikommende Touristen als Wiederaufforstungsprojekt getarnt. Für die Behörden unterhalb der Geheimdienstebene galt die Geschichte vom Buntgrabläufer. Tomasz, der für die Station zuständig war, erzählte sie sehr überzeugend. Alle guten Mythobiologen konnten gut lügen. Es blieb ihnen nichts anderes übrig.

Emma holte die kleine Fernbedienung aus ihrem Rucksack und schaltete den Bewegungsmelder ab. Dann schloss sie das Tor auf und betrat das Gelände. Es stieg steil nach oben an, und hinter dem Sichtschutz aus jungen Fichten wuchs nur noch hartes, störrisches Gras, den ganzen Hang hinauf bis zum Stein, der ihr immer wie die Gruft eines Riesen vorkam, das vergessene Grab eines vergessenen Giganten.

»Bin wieder da«, sagte sie mit einem krummen Lächeln, wie um sich zu erinnern, dass der Fels keine Grabstätte war. Er war ein Versteck. Ein Exil. Er war die Höhle eines Bären, der ein ganzes Zeitalter verschlief.

»Du wirst jede Menge Zeit zum Arbeiten haben«, hatte Tomasz gesagt, als er sie zum ersten Mal herumgeführt hatte. »Er wird dich jedenfalls nicht stören.«

Er. Unter seinen vielen Namen war ihr der tschechische der liebste: Krakonos. Wenn sie an ihn dachte, dachte sie *Krakonos*.

Sie ging zur Baude hinüber, die nicht viel mehr als eine kleine, dunkle Hütte war, mit ein paar Sonnenkollektoren auf dem Dach. Drinnen roch es nach sonnenwarmem Holz. Im gelben Licht vor den Fenstern tanzte der Staub.

Auf dem Schirm war alles okay. Emma hatte es sich zur Gewohnheit gemacht, als Erstes nach ihm zu sehen, und mehr als das Signal auf dem Schirm gab er nicht preis.

Danach räumte sie die Lebensmittel in den kleinen Kühlschrank neben der Spüle, holte das Gipsbild hervor, das sie unten im Tal gekauft hatte, und trug es in den Hauptraum, den sie zu ihrem Arbeitszimmer erklärt hatte. Dort legte sie es auf den Tisch, neben ihren Laptop, die Kopien der Karten von Hüttel und Helwig und die paar Bücher, die sie mitgebracht hatte: die *Daemonologia* von Praetorius und die *Legenden* von Musäus, die sie nicht leiden konnte, weil sie zweihundert Seiten lang eigentlich nur Spott über den Berggeist gossen.

»Du hast dir viel gefallen lassen«, sagte Emma, aber sie sagte es bloß zu dem Yeti aus Gips, der auf seine Art auch eine Unverschämtheit war.

Sie hätte sich an ihre Arbeit machen sollen. Sie hatte ohnehin schon drei Viertel des Tages verloren. Aber als ihr Laptop zum Leben erwachte, öffnete sie nicht den Ordner mit ihrer Examensarbeit, sondern den, der *Krakonos Literatur* hieß und alle mythobiologischen Schriften zum Thema enthielt, vor allem das Buch, das Tomasz geschrieben hatte, und den Bericht der Horak/Arsenjew-Expedition, ohne die Emma jetzt nicht hier wäre. Wie alle mythobiologischen Dokumente war er passwortgeschützt und nicht druckbar.

Emma gab das Passwort ein und scrollte durch den Text. Es war nur eine Übersetzung, Arsenjew hatte ihn 1971 auf Russisch geschrieben. Horak war da schon fast ein Jahr tot gewesen. Beim Versuch, im Altai-Gebirge einen Qan zu markieren, war er mit dem Hubschrauber abgestürzt. Für Arsenjews Schilderung der Ereignisse des Jahres 1969 gab es außer Arsenjew selbst keine Zeugen.

Doch Emma wollte die Geschichte glauben, in ihren Augen machte sie vollkommen Sinn. Als Horak sich über den am Boden liegenden Berggeist beugte, um ihm den Sender zu verpassen, hatte Krakonos sich nicht gewehrt. Er hatte kein Unwetter heraufbeschworen und sich nicht in einen Vogel verwandelt, um davonzufliegen. Er hatte stattdessen dem Täter den Täter gezeigt. Horak, so stand es bei Arsenjew, habe plötzlich sich selbst unter sich liegen sehen. Es sei allein seiner Kaltblütigkeit zu verdanken gewesen, dass er den Berggeist trotzdem markierte und den Sender in einen menschlichen Arm jagte, der genau wie sein eigener aussah.

Im Grunde war das das Ende der Geschichte, auch wenn Emma es sich nicht eingestehen mochte. Der Berggeist hatte sich in diesen Stein dort oben zurückgezogen und war nie wiederaufgetaucht. Horak und Arsenjew hatten die Baude bauen lassen, aber insbesondere Horak hatte bald die Geduld verloren. Und vielleicht spielte der Berggeist ja wirklich nur auf Zeit. Der Sender, den ihm Horak verpasst hatte, war jedenfalls seit Jahrzehnten veraltet. Er zeigte nichts an, außer dass Krakonos immer noch da war. Es war ein zermürbendes Spiel.

Emma schob das Gipsbild zur Seite und klappte den Laptop zu. Sie kochte sich eine Tütensuppe, aber während sie das fade Zeug löffelte, wurde sie immer wütender. Sie wusste selbst nicht genau, wieso. Hier oben war es genauso still und ereignislos, wie sie erwartet hatte, aber heute machte diese Stille sie zornig. Krakonos' verdammte Untätigkeit machte sie zornig. Sie war wütend, weil er aufgegeben hatte.

Sie versenkte den Löffel im Suppenrest und trat aus der Tür. Es war Abend geworden. Die Sonne war schon untergegangen und schickte aus ihrem Versteck im Westen ein letztes milchig rotes Licht.

Emma ging über die Wiese auf den Stein zu, der eigentlich

eine Gruppe dicht gedrängter Felsnadeln war – das, was das launische Wetter hier von einem Granitmassiv hatte stehen lassen. Schließlich baute sie sich am Fuß der vordersten Feldnadel auf und legte den Kopf in den Nacken. Über dem Stein war der Himmel dunkelblau. Von der böhmischen Seite stiegen dunkle Wolken auf den Riesenkamm.

Ihr fiel der Vers ein, den sie in den Jugenderinnerungen eines Schriftstellers gelesen hatte. Die Kinder der Gegend hatten ihn gerufen, wenn sie heraufkamen – früher, als man die Bücher von Praetorius und Musäus noch wie Märchen las, lange bevor es Mythobiologen gab. Aber irgendwie hatte sie den Vers nicht vergessen. Irgendwie passte er zu ihrer Stimmung.

»Rübezahl! Rübezahl!
Wenn's dich gibt,
Dann zeig dich mal!«

Spätabends kam Wind auf. Aus dem Fenster der Baude sah Emma, wie er die schwarzen Fichten schüttelte. Sie klappte ihren Laptop zu und ließ damit die Nacht ins Haus. Draußen schienen weder Mond noch Sterne. Die schweren Wolken hatten sich über den Kamm gewälzt und sackten nun ins Tal.

Als Emma den Kopf aus der Tür streckte, spürte sie den feinen Regen, den sie brachten. Der Wind sprühte ihr die Feuchtigkeit ins Gesicht und dann fielen auch schon die ersten dicken Tropfen.

Zurück in der Baude, kam sich Emma vor wie unter Beschuss. Sie stand am Küchenfenster und sah zum kaum mehr erkennbaren Stein hinauf. Dann brach ein leuchtender, schartiger Blitz aus den Wolken und tauchte den Fels in ein grellweißes Licht. Gleich darauf das Getöse des Donners.

Emma huschte in die Kammer nebenan, um nachzusehen, ob sie vielleicht das Notstromaggregat brauchen würde. Aber der Schirm flimmerte nicht einmal. Es war etwas anderes. Das Signal wirkte stärker. Wenn sie es nicht besser gewusst hätte, hätte sie gesagt, dass er näher kam. Aber das war undenkbar. Er saß seit Jahrzehnten im Fels.

Plötzlich war ihr heiß. Der Hals wurde ihr eng und ihr Puls raste. Sie musste einen klaren Kopf bewahren. Es war nicht das erste Mal, dass sie mit einem Sender zu tun hatte. In Tara in Irland hatte Professor Hartnett eine Banshee markiert und Emma hatte die Daten eingesehen – allerdings war das ein wesentlich modernerer Sender gewesen.

Einen Augenblick lang war sie fest entschlossen, Tomasz anzurufen. Aber dann fiel ihr ein, dass sie ja auch einfach den Ton anstellen könnte – Tomasz hatte das monotone Piepen wahrscheinlich schon vor Jahren stumm gestellt. Die optischen Signale konnten trügen, insbesondere bei diesem Gewitter. Aber wenn die akustischen Signale auch verstärkt waren ...

Ihre Hand zitterte, als sie nach der Maus griff und in der Menüleiste nach den Einstellungen suchte. Sie stellte den Ton auf maximale Lautstärke und erschrak dann fast zu Tode. Es war kein Piepen mehr, sondern ein beinahe schon durchgängiger Laut.

Er war da draußen!

Sie stürzte aus der Tür, in den prasselnden Regen. Die Nacht war eine schwarze Wand.

»Hallo?« Zuerst rief sie zaghaft. »Hallo?« Dann wurde sie

lauter. Schließlich schrie sie so laut sie konnte. »Bist du da irgendwo?«

Der nächste Blitz fingerte nach dem Stein. Wie ein Traumbild schien die Wiese vor ihr auf. Dann krachte der Donner und alles fiel in Finsternis zurück.

Hatte sie ihn gesehen? War da nicht etwas auf der Wiese gewesen? Es gab einen Alarmknopf neben dem Rechner. Wieso dachte sie jetzt erst daran? Es gab einen Alarmknopf. Tomasz hatte ihn ihr gezeigt. »Und hier ist noch etwas, das du bestimmt nicht brauchst«, hatte er gesagt. Mit genau diesen Worten.

Sie war pitschnass. Das Wasser lief ihr in Strömen über das Gesicht. Sie stand immer noch da, unfähig, sich für irgendetwas zu entscheiden, als der Bewegungsmelder reagierte und der seitlich an der Hütte versteckte Scheinwerfer ansprang.

Er war am Zaun!

Sie taumelte zurück. Dann riss sie schützend die Hände vors Gesicht und duckte sich.

Federn! Ein dunkler Flügel.

Sie spürte den Luftzug. Der Regen prasselte und doch hörte sie die Schwingen. Der Scheinwerfer ging aus, als wäre bloß irgendein Tier an den Zaun geraten und hätte, vom Licht erschreckt, gleich wieder das Weite gesucht.

Emma rannte in die Hütte. Im Dunkeln stieß sie sich an der Spüle, dann hatte sie die Kammer erreicht. Der Schirm war leer. Nicht die Spur eines Signals. Er war schon zu weit weg. Er war … was auch immer.

Emmas Hand schwebte über dem Alarmknopf, aber sie konnte sich nicht entschließen. Minutenlang konnte sie sich nicht aus ihrer Starre lösen. Klatschnass stand sie da und tropfte den Fußboden voll. Dann klingelte nebenan ihr Handy und sie zog ihre Hand zurück und ging im Dunkeln zu dem großen Tisch.

»Ja?«

»Emma?«

»Ja.«

Es war Tomasz, unten in Karpacz. »Emma, ich hab mich gerade eingeloggt. Nur so. Ich weiß, ich hab frei. Aber ich konnte nicht schlafen und ... ich hab kein Signal auf dem Schirm. Hast du eins? Ist da oben alles in Ordnung?«

»Ja.« Mit der freien Hand wischte sich Emma über das nasse Gesicht. »Nein, meine ich.«

»Ist nicht alles in Ordnung?«

»Doch. Aber ich habe auch kein Signal, Tomasz.«

»Wie, du hast kein Signal?« Tomasz schnappte hörbar nach Luft.

»Er ist fort«, sagte Emma. »Krakonos. Er ist aufgebrochen.«

3 | FELDLERCHEN

Marten, fand Nik, schickte die besten Qwips. Keine langweiligen, smileyartigen Gebilde wie ihr Vater, sondern sprechende Coladeckel, rot geäderte Zombieaugen, haarige Kiwis, Rotweinringe auf weißen Tischdecken, zwinkernde Leopardenflecken, neonbunte Beachvolleybälle und Frisbeescheiben, Blechtrommeln, die schepperten, wenn man das Handy nicht stumm gestellt hatte, oder grüne Blätter, durch die eine vollgefressene Raupe brach, um im nächsten Moment die Nachricht auszukotzen.

Meistens machten Martens Qwips sogar Sinn. Wenn er verschlafen hatte, schickte er dem ganzen Kurs eine seltsam angeschmolzene Uhr, und wenn man genau hinsah, erkannte man in ihrer Mitte einen winzigen Marten, der mit wehenden Dreadlocks wie ein Sekundenzeiger rund und rund über das Zifferblatt flitzte. Dann verwandelten sich die zwölf Zahlen auf dem Zifferblatt in Buchstaben: Martyholtauf, stand da plötzlich, und ein paar Minuten später erschien er verwuschelt im Seminarraum und zuckte grinsend mit den Schultern.

Wenn ihm Marken für den Colaautomaten im Mixed Room fehlten, schickte er eine Goldmünze, die flehentlich ihre weiß behandschuhten Comichände reckte, und wenn er jemanden zum Daddeln suchte, poppte das fragende Gesicht eines Controllers auf. Oder Marten schickte die kugelrunde Erde inmitten eines schwarzen Alls und dazu die Frage: *Sind wir allein?*

Nik gefiel Martens Witz, aber er mochte ihn noch aus vielen anderen Gründen, zum Beispiel, weil er kein Streber war. Marten war mit Abstand der beste Coder und Webdesigner der Academy, er hatte fast alle Qwip.com-Nachwuchspreise gewonnen, aber groß beeindruckt hatte ihn das nicht. Stattdessen hatte er nach einer der feierlichen Preisverleihungen im Space Dock ein schlichtes schwarzes Q auf weißem Grund verschickt, dessen Q-Strich sich plötzlich in einen vibrierenden Presslufthammer verwandelt und das übrig gebliebene, verblüffte O einfach in der Mitte gespalten hatte.

Vor allem aber mochte Nik Marten, weil Marten Levi mochte, der mit Abstand der schlechteste Schüler der Academy war. Marten hatte Levi sogar in sein Tutorial eingeladen und als Einziger Levis Gamer-Channel abonniert – was schon insofern ein Witz war, als Levi seit einer Ewigkeit nicht gespielt hatte und es gar nichts zum Zusehen gab. Es war Nik nicht ganz klar, was Levi in Martens Tutorial eigentlich machte – denn richtige Spiele programmieren konnte Levi nicht –, aber er war froh um jede Stunde, die Levi nicht mit sich allein verbrachte.

Umso beunruhigender war Martens Qwip, der ihn nach Unterrichtsschluss in seiner Wabe erreichte, wo Nik, auf seinem Bett ausgestreckt, an einer Geschichtspräsentation über Alan Turing arbeitete. Der Qwip zeigte ein stilisiertes Levi-Gesicht, fast weiß und zur Hälfte hinter einem gelbblonden Scheitel versteckt. Dann verwandelte sich Levis halber Strichmund in einen halben Kreis und die Worte *Wo bin ich?* schienen auf.

Nik drückte auf KAPERN, womit er das Levi-Bild für seine Antwort übernahm, und tippte den Text ein: *Ich bin in Martens Tutorial. Oder nicht?*

Zurück kam ein Dreadlock-Pirat hinter dem kreisrunden Auge eines Fernrohrs: *Kein Levi in Sicht.*

Nik legte das Tablet zur Seite und schwang die Beine aus dem Bett. Manchmal war er es leid, seines Bruders Hüter zu sein. Manchmal wollte er in solchen Momenten einfach seinen Eltern qwippen: *Levi ist weg. Wie wär's, wenn zur Abwechslung mal nicht ich euren Job mache?* Und dazu einen Rettungsring, wie sie an den Geländern der Berliner Brücken klebten.

Aber ihre Eltern hatten nun mal andere Vorstellungen von ihrem Job. Außerdem war es in Kalifornien früher Morgen, ganz abgesehen davon, dass Kalifornien in Kalifornien lag. Ihre Eltern konnten sich schlecht herbeamen.

Nik zog sich die Sneakers an und probierte es mit dem Naheliegenden. Im Mixed Room ging es hoch her. Auf allen Schirmen lief dasselbe Adventure, sieben Controller waren im Spiel. Nik erkannte Sara, Konrad, Noah, Leroy, Sina, Emily und Pim. Levi war natürlich nicht dabei. Das Fenster in der Abstellkammer war auch geschlossen, aber das musste nichts heißen. Seit er zehn war, kam Levi tagsüber auch alleine raus – was es nicht gerade leichter machte, ihn im Auge zu behalten.

Nik zog sein Handy aus der Tasche und scrollte durch die Qwip-List. Natürlich war Levi nicht online. Nik fand Levis Smartphone auf dem Nachttisch seiner Wabe, neben einem der Tablets aus dem Mixed Room, das sich Levi nach dem Unterricht geschnappt haben musste.

Er öffnete den Browser und scrollte durch den Verlauf. Er hatte mit Levis üblichen Google-Suchen gerechnet – *Giftspinnen* oder *Wie groß werden Spinnennetze?* –, aber diesmal waren die Treffer noch seltsamer als sonst:

gehirn.info: Warum träumen wir?
wikipedia.org: Wahrtraum
allmystery.de: Etwas träumen, was man nicht kennt

Nik hatte mit Levi in der Cafeteria gefrühstückt und Levi hatte nichts von einem Traum erzählt. Alles war wie immer gewesen: Levi hatte keinen Hunger, war ungewaschen, verschlafen und zu spät.

»Hey, das macht man nicht! Infosphäre ist Privatsphäre! Außer du bist Admin bei Qwip.com.«

Marten.

Nik ließ das Tablet sinken. Er fühlte sich ertappt.

»Ich denke, dein Tutorial läuft.« Er versuchte, sich sein schlechtes Gewissen nicht anmerken zu lassen. Zugleich spulte er im Kopf lauter Rechtfertigungen ab. Über Levi Bescheid zu wissen, war sein Job, und der war schwer genug. Außerdem hatte Martens Qwip ihn doch erst auf die Reise geschickt. Eigentlich sollte er an seiner Turing-Präsentation arbeiten! Er warf das Tablet auf Levis Matratze.

»Früher Schluss gemacht.« Marten zuckte Marten-mäßig mit den Achseln. »Keine Inspiration. Zu schönes Wetter vielleicht. Da draußen.« Er strich sich die verfilzte Matte aus dem Gesicht, dicke, fette, schmutzig blonde Dreadlocks. »Hast ihn noch nicht gefunden, ja? In die Teilnehmerliste eingetragen hab ich ihn.«

»Danke.«

Marten war fünfzehn und einen Kopf größer als Nik. Und was für ein Kopf das war!

»Dann sollten wir wohl mal draußen nachsehen, was?«

»Kommst du mit?«

»Klar.« Marten grinste. »Sonne tanken. Hast du denn was gefunden?« Mit seinem Zehnkämpfer-Kinn deutete er auf das Tablet auf dem Bett.

»Eigentlich nicht.« Niks Offenheit hatte Grenzen. Er wollte Levi nicht verraten. Nicht jeder sollte wissen, wie seltsam er oft war. Es war auch ohne Mitwisser schwer genug mit Levi.

»Schon gut.« Marten wandte sich zum Gehen. »Wenigstens ist er nicht internetsüchtig.«

Die Haupttür öffnete sich auf Daumendruck. Über eine breite, strahlend weiße Treppe stiegen sie aus den Katakomben der Academy nach oben. Auf dieser Seite des Flachbaus war alles schon fertig. Eine Hundertschaft Landschaftsgestalter hatte ihre Arbeit gemacht: Hohes gelbes Gras neigte sich in einer schwachen, angenehmen Brise.

Im satten Blau über ihnen wanderten ein paar Schäfchenwolken. Der Himmel sah wie ein Bildschirmschoner aus. Das stählerne Space Dock funkelte im Sonnenlicht. Ein paar Qwipmobs schnurrten über die hellen Betonplatten. Ein paar Jogger federten über die Stege aus Tropenholz.

Marten streckte sich, als wäre er gerade erst aufgestanden. »Macht wohl keinen Sinn, ihn anzuqwippen, oder?«

Nik schüttelte den Kopf. Er blinzelte, weil es so hell war. Vielleicht sah es in Kalifornien gerade genauso aus.

»Wollen wir uns ein Mob nehmen?« Von irgendwo hatte Marten eine Sonnenbrille hergezaubert. Er schob sie sich auf die Nase.

Nik sah sich selbst in den schwarzen Gläsern: seinen schmalen Kopf mit den raspelkurzen, dunkelblonden Haaren. »Und wie?«, sagte er.

Man startete ein Qwipmob, wie man eine Tür öffnete: per Daumendruck. Danach konnte man dem Bordcomputer sagen, wo auf dem Gelände man hinwollte: Space Dock Nord, Space Dock Süd, Academy, Café oder Tor. Brache war mit Sicherheit keine Option. Qwipmobs fuhren nicht ins Unbekannte.

»Ich hab da so eine Methode.« Marten fischte sein Handy aus der Jeans und öffnete die Qwipmob-App, ein weißes Hühnerei auf Rädern.

Nik konnte sehen, wie sich im Schatten des Space Dock ein Qwipmob in Gang setzte und auf sie zuzuschnurren begann. Das alles war wahrscheinlich Zeitverschwendung, weil sich Levi sowieso in einer der alten, stinkenden Datschen auf der Brache versteckte, aber Nik war neugierig geworden.

Qwipmobs sahen wirklich wie auf der Seite liegende Hühnereier aus. Weiß, von den bläulich schimmernden Scheiben abgesehen, mit schwarzen Rädern, die wirkten, als wären sie aus Hartplastik. Vorn, am schmalen Ende des Eis, saß man so tief wie in einem Sportwagen. Hinten war nach oben hin ein bisschen mehr Platz, auch wenn man nicht gerade viel Beinfreiheit hatte.

Das Qwipmob, das Marten gerufen hatte, kam vor ihnen zum Stehen. Nur der Sand unter den Rädern knirschte, sonst war es vollkommen lautlos. Sogar die Türen fielen ziemlich lautlos wieder zu.

Drinnen war bis auf das Touchpad alles weiß, in die Sitze aus vanillefarbenem Leder war ein buntes Quipu eingeprägt. Ein Lenkrad gab es erst gar nicht.

»Und jetzt?« Nik lehnte sich in seinem Sitz zurück.

»Jetzt wird gedaddelt.« Marten schob sich die Sonnenbrille

ins Haar und drückte auf seinem Smartphone herum. »Du verrätst mich nicht, oder?«, murmelte er. »Bislang sind sie mir nämlich nicht drauf gekommen.«

»Blöde Frage«, sagte Nik. Er schielte auf Martens Handy. Die App, die er jetzt öffnete, zeigte einen gelben Haufen Rührei auf Rädern.

»Dann schau das Touchpad nicht mal an und pass auf! Funktioniert wie ein Racer.« Der Elektromotor des Qwipmobs fing leise zu surren an. Marten hielt sein Smartphone wie einen Controller, mit beiden Händen. Der Screen zeigte jetzt die Betonpiste vor ihnen. Es ging los.

»Wie hast du das gemacht?«, fragte Nik. Irgendwie hatte Marten den Modus »Automatisiertes Fahren« überwunden. Er steuerte das Qwipmob ernsthaft mit seinem Handy! Nik schüttelte ungläubig den Kopf. So was konnte nur Marten!

Rechts zog die Academy an ihnen vorbei. Schmale Oberlichter unter einem schütter bewachsenen Flachdach.

»Ich hab's gehackt. Nicht ganz leicht, aber die Bedienung ist supersimpel.« Marten steuerte auf das Space Dock zu, das Handy zwischen Daumen und Zeigefinger. »Wo wollen wir zuerst nachsehen?«

»Egal«, sagte Nik. »Überall.« Er würde die Brache nicht erwähnen. Es war ganz schön, mal mit jemand anderem als Levi unterwegs zu sein.

»Dann genießen Sie die Rundfahrt, Sir.« Marten wechselte in den Tonfall eines Touristenführers. »Zu Ihrer Rechten sehen Sie gleich das berühmte Space Dock. Es verdankt seine äußere Form der langjährigen Fernsehsucht der Gründer von Qwip.com. Aber urteilen Sie nicht vorschnell, meine Damen und Herren. Denn was hätten Sie gemacht, wenn Sie das

Pech gehabt hätten, am Ende des 20. Jahrhunderts jung zu sein? Ich meine, das war das Zeitalter von Floppy-Disks und knisternden Modems. Kein Netz! Diese Leute hatten ständig kein Netz!« Er kippte das Handy und ihr Quibmob legte sich in die Kurve. »Und da, meine Damen und Herren, unser wunderschönes, hippes, garantiert keimfreies Café! Wir leben von Geräten voller seltener Metalle, für die man in Afrika Bürgerkriege führt, aber wir schenken ausschließlich fair gehandelten Kaffee aus. Und unsere Milchshakes sind garantiert vegan. Ach ja, Haustiere sind hier übrigens verboten! Sie führen doch nicht etwa heimlich ein paar Flöhe mit sich?«

Nik musste grinsen. Sie waren jetzt auf Höhe des Cafés. Die Sonnenterrasse war voll besetzt. Lauter Menschen in T-Shirts vor ihren Laptops.

»Nein, meine Damen und Herren!«, rief Marten am Handysteuer. »Diese Menschen genießen keineswegs ihre Freizeit. Das da ist Arbeit, harte Arbeit! Es darf nur auf keinen Fall danach aussehen.«

Nik musste lachen. Manchmal hatte er seine Eltern genauso da sitzen sehen.

»Und jetzt …« Sie ließen das Café hinter sich. »… die freie, ungezähmte Natur! Ein Ort zum Durchatmen, zum Seele-baumeln-Lassen. Kommen Sie her! Öffnen Sie Ihre Yoga-App, qwippen Sie Ihrem Chef, dass Sie raus sind. Finden Sie sich selbst! Denn hier …« Plötzlich hieb Marten mit dem Daumen auf sein Handy. Das Qwipmob kam abrupt zum Stehen. »… wächst ein Baum«, vollendete Marten seinen angefangenen Satz. »Bingo«, sagte er dann. »Da ist er.«

Unter der alten, ausladenden Eiche, der einzigen, die die Bauarbeiten überlebt hatte, stand Levi, den Blick in die dicht belaubte Krone gerichtet. Er hatte nicht einmal bemerkt, dass sie mit dem Qwipmob vorgefahren waren.

Marten tippte auf sein Handy. Das Qwipmob schaltete in Parkposition.

Nik starrte durchs Fenster auf Levi. Was zum Teufel tat er da?

»Ich nehme an, ich ... warte?«, sagte Marten. »Wär ohnehin besser, wenn mich niemand aussteigen sieht.« Martenmäßiges Achselzucken. Dann brachte er seine Sonnenbrille in Position.

»Okay«, sagte Nik. Er machte die Tür auf, stieg aus und stakste durch das hohe gelbe Gras auf Levi zu.

»Alles klar?«

»Hi.« Levi war nicht einmal überrascht. Um überrascht werden zu können, brauchte es ein gewisses Interesse, und das brachte Levi in Alltagsdingen nur selten auf. Manchmal bewunderte Nik ihn dafür.

»Du hast das Tutorial geschwänzt.«

Der leichte Wind spielte mit Levis langen Strähnen. »Ich hab's vergessen«, sagte er, den Blick schon wieder in die Eiche gerichtet.

Wahrscheinlich stimmte das sogar. Levi konnte so ziemlich alles vergessen.

»Und was machst du hier?« Jetzt sah auch Nik zum Baum hinauf. Er war schön, aber sonst konnte er nichts Außergewöhnliches an ihm entdecken.

»Ich höre den Lerchen zu.«

»Ach ja?« Jetzt, wo Levi es sagte, fiel es auch Nik auf. Es waren viele Vögel im Baum und noch besser als sehen konnte man sie hören. Wenn man erst einmal darauf achtete, kam einem das Zwitschern und Tirilieren laut und schrill und eigentlich unüberhörbar vor.

»Sie sind ganz aufgebracht, hörst du? Und es sind so viele.« Levi strich sich die Haare aus der Stirn. »Ich hab noch nie so viele hier gesehen. Ich meine, es gibt schon einige Feldlerchen in Berlin. In den Parks und so. Aber dass sie hierherkommen ... Und dann bleiben ... Als würden sie auf etwas warten, findest du nicht auch?«

»Ich weiß nicht. Ich hab keine Ahnung.« Die Vögel waren schlank und von einem schönen Hellbraun. »Auf was sollten sie denn warten?« Nik dachte an die Suchergebnisse auf dem Tablet. Vielleicht wartete eigentlich Levi auf etwas.

»In meinem Traum kam auch ein Vogel vor.«

»Echt?«

Levi legte den Kopf schief, als würde er nachdenken.

»Eine Lerche?«, fragte Nik auf gut Glück.

»Nein!« Levi klang, als hätte Nik etwas unheimlich Dummes gesagt. »Viel größer. Und schwarz, glaube ich. Obwohl es unheimlich geregnet hat. Ich konnte nicht viel sehen. Nur den Flügel. Wusch!« Er machte das Geräusch nach und seine flache Hand fuhr nach oben. »Er kommt her, glaube ich«, sagte er dann.

»Wer?«, sagte Nik und schaute einmal zum Qwipmob zurück. Marten wartete.

»Der Vogel«, sagte Levi. Er steckte die Hände in die Hosentaschen. »Aber vielleicht auch nicht. Vielleicht war er auch gar kein Vogel. Es war ja nur ein Traum.« Jetzt sah er Nik an. »Jeder Dritte hat Wahrträume, wusstest du das?«

»Nein«, sagte Nik. Er hatte ja nicht mal das Wort gekannt,

bevor er Levis Browserverlauf gecheckt hatte. »Marten hat ein Qwipmob gehackt. Wir sind gekommen, um dich abzuholen. Ich muss noch meine Präsentation fertig machen.«

»Gehackt?« Levi drehte sich um.

Marten fuhr das Beifahrerfenster runter. Mit seinem großen Dreadlockkopf sah er wirklich ein bisschen wie ein Küken aus, das ihnen aus seinem Ei zuwinkte.

»Abgefahren«, sagte Levi.

4 | ZWEIUNDZWANZIG MINUTEN

Emma starrte auf die Tischplatte. Sie hatte keine Minute geschlafen. Sie war müde und aufgewühlt. Wahrscheinlich hatte sie einen Fehler gemacht. Aber das war es gar nicht, was sie umtrieb. Ihr graute vor dem, was jetzt kam. »Ich wünschte, wir hätten sie nicht gerufen, Tomasz«, sagte sie leise.

»Emma …« Tomasz Wrobel stand am Fenster. Breite Schultern, Karohemd, ein kantiger Schädel mit kurzem, eisengrauem Haar. Er war noch in der Nacht gekommen, anderthalb Stunden nach ihrem Telefonat. Gemeinsam hatten sie in der Dunkelheit nach Spuren gesucht. Aber was für Spuren hinterlässt ein Gestaltwandler? Sie waren Narren mit Taschenlampen.

»Ich meine es ernst«, sagte Emma. »Wir hätten doch einfach so tun können, als wäre er noch im Fels. Wir hätten für uns behalten können, dass er die Station verlassen hat.« Sie sah Tomasz an. Seine breite Stirn lag in tausend Falten.

»Ich habe einen Eid geschworen, Emma«, sagte er bedächtig, wie zu einem Kind. »Und du hast diesen Eid auch geschworen, als du mit dem Studium angefangen hast. Die zwei obersten Richtlinien, Emma. Erstens: *Die Öffentlichkeit darf unter keinen Umständen erfahren, dass es Überzeitliche gibt.* Und zweitens: *Die Sicherheit der Menschen hat absoluten Vorrang.* Wenn wir ein Objekt aus den Augen verlieren, müssen wir das melden. Ausnahmslos. Er ist jetzt da draußen, Emma.

Und wenn wir ehrlich sind, wissen wir nicht, was er da anstellt. Er kennt die Welt nicht mehr, verstehst du, Emma? Und selbst wenn er keine Menschen in Gefahr bringt, bringt er in jedem Fall sich selbst in Gefahr. Und damit alle anderen Überzeitlichen. Stell dir doch vor, es kommt raus, wer er ist! Stell dir vor, sie berichten im Fernsehen darüber! Es wäre das Ende der Mythobiologie. Und ziemlich sicher auch das Ende der Überzeitlichen. Wir Mythobiologen schützen sie, indem wir sie erforschen und dabei ihre Existenz geheim halten. Das ist Basiswissen, Emma. Du kannst jetzt nicht die Grundlagen unserer Arbeit in Zweifel ziehen, nur weil du Angst um Krakonos hast!«

Nein, dachte Emma, das konnte sie nicht, und sie wollte diese alte Diskussion auch nicht wieder führen. Dennoch kam es ihr oft wie ein tragischer Fehler vor, dass man damals beschlossen hatte, die Entdeckung der Überzeitlichen geheim zu halten. Aber die Geheimdienste und die Wissenschaft waren sich einig gewesen. Die Geheimdienste wollten nicht, dass ein Weltbild erschüttert würde: Dass es verborgene Wesen gab, die fast so alt waren wie die Erde, hätte die Welt auf den Kopf gestellt. Die Folgen einer solchen Entdeckung schienen unausdenkbar. Und die Wissenschaftler hatten den Menschen auch nicht getraut – wenn auch aus ganz anderen Gründen. Sie hatten geglaubt, die Überzeitlichen nur im Verborgenen schützen zu können. Schließlich hielt man ja auch die Standorte uralter Bäume geheim. Tat man es nicht, fand sich immer jemand, der die Axt anlegte. Oberste Geheimhaltung bedeutete höchsten Schutz. So sahen es jedenfalls die Mythobiologen. Aber das funktionierte nur so lange, wie die Überzeitlichen auch von sich aus darauf achteten, im Verborgenen zu bleiben. Oder sich in einem der abgeschirmten Reservate aufhielten, wo sie sich problemlos beaufsichtigen ließen. Eigentlich waren sie trotz aller Geheimhaltung nur im Niemandsland sicher. In den letzten Resten Wildnis oder unter der Erde.

Tomasz hatte noch in der Nacht mit dem Institut in Reykjavík telefoniert. Die Geheimdienste der umliegenden Länder – Polen, Tschechien, Deutschland, wahrscheinlich auch die Slowakei, Österreich und Ungarn – forderten jetzt Satellitenbilder an, ein Protokoll der Beobachtungsstation in Karpacz – Tomasz' Protokoll, dachte Emma – und einen Lagebericht von höchster Stelle. Wahrscheinlich arbeiteten sie in Reykjavík schon seit Stunden daran. Wahrscheinlich hatten in halb Europa in der Nacht abhörsichere Handys geklingelt.

Man hatte die Jäger losgeschickt. Das M-SEK war unterwegs. Es konnte jeden Moment eintreffen.

»Wie hoch ist die Überlebensrate, Tomasz?«, fragte Emma dumpf. »Zehn Prozent?«

Tomasz fuhr sich mit der Hand über den breiten Nacken. »Knapp zwölf«, sagte er mit einem Seufzen. »Aber wir wollen nicht schwarzsehen, Emma. Das SEK darf ihn nur im Gefahrenfall ausschalten. Es gibt die Möglichkeit, Krakonos zu fangen, Emma. Vielleicht können wir ihn umsiedeln. Lass uns das abwarten.« Er zuckte hilflos mit den Schultern. Wenn er selbst daran glaubte, dann nur, weil er es unbedingt wollte. Denn von den zehn oder eben zwölf Prozent der Überzeitlichen, die den Zugriff durch ein M-SEK überlebt hatten, waren die meisten einfach entwischt. Betäuben, Umsiedeln – das gelang extrem selten. Und viele Mythobiologen glaubten, dass die M-SEKs, die auf mythobiologische Gefahrenfälle spezialisierten Sondereinsatzkommandos, es auch gar nicht darauf anlegten.

Emma hatte die Stützpunkte der M-SEKs im Studium auswendig gelernt. Mythobiologen wurden über jeden Einsatz eines M-SEK informiert und empfanden jeden dieser Einsätze als Niederlage. In der Nähe von Ypern hatte ein SEK erst vor ein paar Monaten einen angeblich außer Kontrolle geratenen Kludde in Katzengestalt gestellt und förmlich durchlöchert. Die Obduktion des Kadavers hatte kaum noch gelohnt. Zeit hatte für den seltenen Dämon nie eine Rolle gespielt und doch war seine auf einmal abgelaufen. Überzeitliche starben nicht von selbst, aber man konnte sie töten.

»Sie kommen.« Tomasz stand auf. Die Beine seines Stuhls kratzten über den Boden.

Emma hob nicht einmal den Kopf.

Ein Hubschrauber. Als würde der Himmel beben.

Sie rüsten auf, dachte Emma und stützte das Kinn in die Hände. Als hätte es ein Auto nicht auch getan.

»Sie werden Fragen stellen, Emma«, sagte Tomasz in den anschwellenden Lärm. Dann drehte er sich um und sah sie an. »Du hast dir nichts vorzuwerfen, hörst du? Es war eine schwierige Situation.« Er musste die Stimme heben.

Durch das Fenster konnte Emma den Wind das Gras peitschen sehen. Der Hubschrauber musste jetzt über der Baude stehen. Emma hörte die Turbine pfeifen und die Rotorblätter flappen.

Tomasz öffnete die Tür und der Wind wühlte in Emmas Notizen und verstreute sie im Raum. Sie hatte jetzt ohnehin Besseres zu tun, als eine Arbeit über Leprechauns zu schreiben.

Krakonos war einfach gegangen, dachte sie. Nach einem halben Jahrhundert im Fels war er einfach aufgestanden und gegangen. Irgendwie bewunderte sie ihn dafür. Es war eine stolze Geste.

Sie atmete durch und folgte Tomasz nach draußen. Vor der Tür stemmte sie sich in den Wind. Der Hubschrauber kippelte ein wenig, als er runterging. Wahrscheinlich war es schwer, auf der abschüssigen Wiese zu landen. Aber das da waren Profis. Sie hatten sich die richtige Stelle ausgesucht. Für einen Moment hielt sich Emma die Ohren zu. Die Kufen setzten auf. Die Rotorblätter wippten und schwangen aus. Sie kamen Emma vor wie Sensen.

Tomasz rieb sich vor lauter Nervosität die Hände. Dann zog er sich das Hemd glatt wie eine Uniform.

Die Schiebetür des Hubschraubers ratterte wie ein Garagentor. Emma wurde schwummerig, als sie die erste Maschinenpistole sah. Terrorabwehr, dachte sie. Das alles sah wie einer dieser Albträume im Fernsehen aus: Programm unterbrochen, Eilmeldung, Sondersendung, Livestream auf allen Newsseiten. Nur, dass in diesem Fall niemand außer ihr und Tomasz zusah.

Emma musste sich zusammenreißen. Sie musste mit dem M-SEK kooperieren. Zusammen mussten sie ihn finden, bevor die Welt es tat. *Rübezahl, Rübezahl, wenn's dich gibt, dann zeig dich mal!*

Eins, zwei, vier, fünf Kommandosoldaten sprangen aus dem Hubschrauber, die glänzend schwarzen Waffen beidhändig vor der Brust. Über Jeans und T-Shirts trugen sie schwarze, taschenbesetzte Westen. Masken waren nicht notwendig. Es würde keine Bilder geben.

Emma meinte, ein Funkgerät knistern zu hören, dann öffneten sich die vorderen Türen des Hubschraubers, und zwei weitere Männer kletterten heraus, der eine mit Weste und getönter Brille, der andere, in Windjacke und Chinos, trug eine schwere Computertasche.

Tomasz straffte sich unwillkürlich. »Oberst Sensheim?«, krächzte er. Dann setzte er sich in Bewegung und lief auf den Hubschrauber zu. Emma verschränkte die Arme und blieb vor der Baude stehen.

Es war wie eine feindliche Übernahme. Wahrscheinlich waren noch nie so viele Menschen in der Baude gewesen. Kampfstiefel polterten über die Bohlen. Gleich drei Mann drängten sich in die enge Kammer hinter der Küche. Emma hörte sie reden. Abgehackte Sätze. Manchmal nur einzelne Worte. Ein eingespieltes Team.

Sie lehnte sich gegen den Kühlschrank und schloss für einen Moment die Augen. Noch hatte ihr niemand auch nur eine Frage gestellt. Der Oberst mit der getönten Brille saß mit Tomasz am Tisch. Der Mann mit der Computertasche war in der Kammer. Er hatte einen überdimensionierten Laptop aus seiner Tasche geholt und mit dem alten Rechner verkabelt.

»Entschuldigung.« Einer der Soldaten drängte sich an ihr vorbei. Die Maschinenpistole hing ihm vor der Brust. In der Hand trug er ein Tablet.

»Keine Spuren draußen am Stein«, hörte sie ihn noch sagen. Dann ging die Tür der Kammer wieder zu. Die Männer drinnen murmelten. Sie mussten sich in dem kleinen Raum gegenseitig auf den Füßen stehen.

»Emma?« Das war Tomasz am Tisch. »Kommst du mal bitte?«

Sie drückte sich vom Kühlschrank ab und ging in den Hauptraum. Oberst Sensheim sah sie durch seine getönten Gläser an. Unter der Nase trug er einen schütteren graublonden Bart. Die Falten um seinen Mund sahen aus wie Kerben.

»Sie sind Emma O'Lynn?«

Sie nickte. Sie wusste nicht, ob sie sich setzen sollte. In den Augen dieses Mannes hatte sie bestimmt alles falsch gemacht.

»Setzen Sie sich doch!«

»Danke«, sagte sie. Dabei war der Stuhl eben noch ihr Stuhl gewesen. Auf diesem Stuhl hatte sie gegessen, gearbeitet, geträumt. Jetzt hockte sie unbequem auf der Stuhlkante und wich dem Blick des Obersts aus.

»Oberst Sensheim vom M-SEK Dresden. Wir waren am nächsten dran, als der Notruf einging, und haben den Fall übernommen. Und wir werden ihn auch zu Ende bringen.«

Emma nickte und verabscheute sich dafür. Zu Ende bringen. Die Formulierung gefiel ihr gar nicht. Der Oberst saß auf seinem Stuhl wie auf einem Rodeopferd.

»Sie sind als eine Art Praktikantin hier oben, richtig?«

»Ich bin im letzten Studienjahr«, sagte Emma. »Mythobiologie, Hauptfach Innerirdische. Ich schreibe meine Abschlussarbeit über Leprechauns.« Sie hob den Kopf und sah dem Oberst zum ersten Mal ins Gesicht. »Das Projekt Krakonos fällt auch in den Fachbereich Innerirdische. Das Institut in Reykjavík hat meinen Aufenthalt genehmigt.«

»Genehmigt. So. Genehmigt.« Sensheims Mundwinkel kerbten sich noch etwas tiefer ein. »Für meinen Geschmack wird hier ein bisschen viel genehmigt. Glauben Sie ernsthaft, Wrobel, dass eine Studentin geeignet ist, einen Gestaltwandler zu überwachen, dessen Unberechenbarkeit aktenkundig ist?«

Tomasz zuckte zusammen. Er schien sich rechtfertigen zu wollen, aber der Oberst wandte sich gleich wieder an Emma.

»Sie waren mit dem Sender vertraut?«

»Ein sowjetisches Modell«, sagte Emma. »Baujahr 1969.«

Sensheim schnaufte. »Man hätte ihm auch eine Kaffeemaschine einpflanzen können. Die hätte die gleichen Daten geliefert. Warum zum Teufel hat Reykjavík den Sender nie erneuert, Wrobel?«

»Er war im Fels.« Diesmal kam Tomasz' Rechtfertigung schnell.

»Dann hätten sie besser einen Tunnel gebohrt«, zischte Sensheim.

Tomasz senkte den Blick. »Wir hatten fünfzig Jahre lang keine Aktivität«, sagte er leise.

»Es ist doch überhaupt nicht gesagt, dass er Schaden anrichtet«, mischte sich Emma ein. Sie war es leid, an diesem Tisch nur Dekoration zu sein.

»Ach so?« Über der Fassung der getönten Brille tauchten Oberst Sensheims Augenbrauen auf. »Er ist Gestaltwandler. Er ist Wettermacher. Er ist nach Quellenlage jähzornig, aber im Großen und Ganzen ist er so harmlos wie die Plüschtiere auf ihrem Nachttisch, ja?«

»Ich habe keine Plüschtiere auf dem Nachttisch«, sagte Emma. »Keine Plüschtiere. Kein Nachttisch.«

»Robert?« Statt auf sie einzugehen, brüllte Sensheim durch den Raum. Tomasz zuckte. Emma nicht. Sie würde sich von diesem schnauzbärtigen alten Mann nicht einschüchtern lassen. »Robert, würdest du den anwesenden Damen und Herren bitte kurz erklären, mit wem wir es hier deiner Einschätzung nach zu tun haben?«

Der Computermann mit der Windjacke war aus der kleinen Kammer gekommen und trat an den Tisch.

»Robert Gollasch«, sagte Sensheim knapp. »Unser Profiler.«

Gollasch war jünger als Sensheim, vielleicht Mitte dreißig, glatt rasiert, braun gebrannt, blond, mit zu viel Klebe im Haar. Emma erkannte einen Karrieremacher, wenn sie einen sah.

»Hallo.« Gollasch gab Emma die Hand. Gewinnendes, routiniertes Lächeln. »Ich hab auch mal Mythobiologie studiert«, sagte er. »Auch wenn Sie jetzt denken, ich hätte die Seiten gewechselt.« Er schwang sich auf den letzten freien Stuhl. »Also …« Er faltete die Hände, als wollte er zeigen, dass er keine Notizen brauchte. »Rübezahl …«, sagte er.

»Wir verwenden diesen Namen nicht«, fiel Emma ihm ins Wort. »Es ist ein Spottname. Und außerdem eine falsche Herleitung. Von *hriob zagel. Zagel,* mittelhochdeutsch für ›Schwanz‹, bezieht sich auf die historischen Darstellungen von Dämonen wie auf der Karte des Martin Helwig. Man hat das später nur nicht mehr verstanden und deshalb Rübezahl daraus gemacht. Die meisten Mythobiologen nennen ihn heute Krakonos.« Sie hatte schnell gesprochen. Sie holte Luft.

»Einverstanden«, sagte Gollasch mit einem Grinsen. »Hriob Zagel, Krakonos, Duch Gór, Rübezahl – wir meinen in jedem Fall denselben. Fünfzig Jahre Funkstille, seit gestern Nacht flüchtig. Dämon, innerirdisch – zumindest dann innerirdisch, wenn er es will. Seit fünfhundert Jahren im Riesengebirge nachgewiesen, wahrscheinlich aber mit Migrationshistorie. Ganz sicher Solitär, vermutlich allerdings an diesem Ort zeitweise mit Alphafunktion. Die Kollegen Horak und Arsenjew gingen 1969 von einem Gnomennest im Riesengebirge aus, wobei für Gnomen dasselbe wie für Zwerge gilt: Sie sind nicht klein.« Er grinste wieder. »Wir haben es also mit einem echten Brocken zu tun – aber natürlich ist die Quellenlage wie meistens beschissen.« Er lächelte Emma an. »Entschuldigen Sie die Ausdrucksweise, aber es ist der übliche Sagenquatsch. Was wir ihm entnehmen können, ist Folgendes: Rübezahl ... Entschuldigung ... *Krakonos* verfügt über unbegrenzte Gestalten. Im Fels da drüben war er die letzten fünfzig Jahre vermutlich einfach aus Stein. Ein Wunder, dass dieser vorsintflutliche Sender das überstanden hat. Im Übrigen hat unser Klient einen Hang zu Tieren, was neuere Forschungen erklären, indem sie einen Tierherrn in ihm sehen. Das erklärt auch seine Alphaqualitäten: Er hat mutmaßlich nicht wenig Zeit als Rudelführer und Herdenchef verbracht. Als Wolf, als Hirsch – lassen Sie Ihre Fantasie spielen. Wir müssen also von einem erheblichen Schutztrieb ausgehen, was die Sache nicht einfacher macht, weil wir keine Ahnung haben, was er als Gefahrensituation interpretiert. Er war ein halbes Jahrhundert weg vom Fenster – und die Welt hat sich seitdem ziemlich weiterentwickelt. Ohnehin ist er nach Quellenlage cholerisch und, wie eigentlich alle Wettermacher, unberechenbar. Nach den Schriften von Musäus und Praetorius, was immer man von diesen Zeugnissen halten will, ist er immer mal wieder gewalttätig geworden. Entführungsfälle sind auch dokumentiert. Das Beste, was man aus den Sagen noch ablesen kann, ist: Er hat einen gewissen Sinn für Humor.« Gollasch legte die Hände flach auf den Tisch. Er war fertig mit seinem Vortrag.

»Danke«, sagte der Oberst. »Einwände? Fragen?« Er sah erst Tomasz und dann Emma an. Emma war auf einmal wie erschlagen. Mit bloß ein paar Worten hatte Gollasch aus Krakonos einen flüchtigen Schwerverbrecher gemacht.

»Dann stelle ich eine Frage, Robert«, sagte der Oberst. »Wie schätzt du seine psychische Verfassung ein?«

»Das ist spekulativ.« Gollasch warf wieder den Motor an. »Dennoch müssen wir von einer psychischen Extremsituation ausgehen. Ich meine, warum hat er sich in den Fels zurückgezogen? Warum hat er fünfzig Jahre lang stillgehalten? Meiner Ansicht nach hat er die Sendermarkierung durch Horak/Arsenjew als Demütigung empfunden. Ich deute die Phase im Fels als akute Depression. Kann also sein, dass wir es ab jetzt mit einem Amokläufer zu tun haben.«

»Was?« Emma wäre beinahe aufgesprungen. »Das ist doch völlig unklar. Zeit bedeutet ihm nichts. Fünfzig Jahre sind nichts. Genauso gut könnte er einen Mittagsschlaf gemacht haben. *Amok!* Mein Gott!«

»Sie hat recht.« Tomasz hatte die Stirn gerunzelt. »Wir wissen nichts über seine Motive.«

»Ich habe ja gesagt, es ist spekulativ.« Von Gollasch das ewig selbe Grinsen. An seiner Fassade perlte alles ab. »Und ich weiß, dass Mythobiologen erst einmal positiv denken. Ihr lebt von der Einfühlung. Wir vom M-SEK leben vom Misstrauen. Aber ich gebe eins zu bedenken: Als er in den Fels ging, war er nicht allein. Jedenfalls nicht, wenn Horak/Arsenjew recht hatten und es hier oben damals noch ein

Gnomennest gab. Aber die Gnomen sind lange verschwunden. Er wacht unter völlig veränderten Bedingungen auf. Für ihn ist es eine extreme Situation. Oder gibt es hier etwa außer dem Stein noch andere Eingänge?«

Es gab immer weniger Eingänge, dachte Emma, und Gollasch wusste das auch. Es schien keine Möglichkeit zu geben, sie zu schützen. Die Innerirdischen gaben sie einfach auf. Krakonos war der Letzte seiner Art hier oben.

»Es gibt da noch etwas, das ich gerne klären würde«, sagte Oberst Sensheim und wischte über das Tablet, das vor ihm lag. »Der Alarm ist unten aus Karpacz gekommen und nicht von hier oben. Sie haben angerufen, Herr Wrobel.«

Tomasz nickte.

»Das war um 23 Uhr 34. Sie hatten vorher mit Frau O'Lynn telefoniert?«

Tomasz nickte wieder.

»Und Sie hatten ihn angerufen, Frau O'Lynn ...«

»Ich habe sie angerufen«, sagte Tomasz.

»Weil Sie unten kein Signal mehr hatten.«

»Richtig.«

»Und Sie, Frau O'Lynn, haben nicht bemerkt, dass das Signal ausblieb? Für solche Fälle gibt es hier oben ja einen Alarmknopf.« Sensheim sah Gollasch an, wie um ihm das Wort zu übergeben.

»Wir haben den Rechner drüben in der Kammer ausgewertet.« Gollasch übernahm. »Nach Datenlage hat sich das Signal ab 22 Uhr 41 verstärkt. Ab 23.05 Uhr wird es schwächer. Ab 23.12 Uhr vollständiger Verlust.« Gollasch sah Emma an, prüfend. »Das macht zweiundzwanzig Minuten, in denen Sie nichts getan haben, Frau O'Lynn.«

»Ich bin rausgerannt«, sagte Emma. Sie spürte, wie ihr die Farbe aus dem Gesicht wich. Sie hatte einen Fehler gemacht.

»Korrekt. Sie haben ihn gesehen. Nach dem Bericht von Herrn Wrobel wahrscheinlich in Vogelgestalt.«

»Ja. Ich habe einen schwarzen Flügel gesehen«, sagte Emma leise.

»Da hatten wir allerdings noch Signal«, sagte Gollasch. »Geht ja gar nicht anders. Das ist vor 23.12 Uhr gewesen.«

»Sie hatte einen Schock«, mischte sich jetzt Tomasz ein. »Sie muss wie gelähmt gewesen sein. Oder? Emma?«

»Vermutlich«, sagte Sensheim. »Vermutlich war es so.«

5 | PARTY BY MARTY

Es war Samstag. Ein träger Nachmittag ohne Unterricht und ohne Programm für die Großen. Die Zwerge, die es nicht nach Hause geschafft hatten, machten wahrscheinlich einen dieser faden Ausflüge und schickten Qwips vom Spielplatz an ihre Eltern im Space Dock. Wenn sie Glück hatten und keiner der Erzieher krank war, waren sie mit der S-Bahn zusammen in den Zoo gefahren und schickten ihre Qwips von dort.

Als Levi noch ein Zwerg gewesen war, hatte er die Ausflüge in den Zoo am liebsten gemocht. Im Shop dort hatte er sich auch sein erstes Notizbuch gekauft und darin alle Tierarten eingetragen, die er in den Gehegen gesehen hatte.

Wahrscheinlich waren Levis Notizbücher die einzigen in der ganzen Academy. Alle anderen benutzten Notizen-Apps, Marten hatte sogar seine eigene entwickelt, aber Levi schrieb lieber auf Papier. Er hatte eine Billigkugelschreibersammlung und einen winzigen, speckigen Bleistift, den er meistens in der Hosentasche trug.

»Ma hat geqwippt«, sagte Nik.

Levi hockte im Schneidersitz am Fußende des Betts. Er hatte sein aktuelles Notizbuch auf den Knien und kritzelte auf die typische Levi-Art: Unter dem langen Levi-Scheitel runzelte er die Stirn, mit den Schneidezähnen bearbeitete er die Unterlippe. Er hatte miese Noten, aber er machte aus allem eine Wissenschaft. Auch das aktuelle Notizbuch war voller Zeichnungen und Listen. Bis vor Kurzem hatte er manisch

Spinnennetze gemalt und Nik ständig Bilder von Radnetzen, Trichternetzen und Stolperfäden gezeigt.

»Hm«, machte Levi und kritzelte weiter. Wahrscheinlich hatte er den Qwip nicht mal gesehen. Wahrscheinlich wusste er nicht mal, wo sein Handy war. »Sie ist noch in San Francisco, oder?«

»Mountain View«, sagte Nik. »Pap auch. Sie sind auf dasselbe Projekt gebucht.«

»Hm«, machte Levi wieder. »Und was schreibt sie so?«

Nik überlegte einen Moment. »Das war's eigentlich«, sagte er schließlich. »Pap hat noch ein Foto vom Googleplex geschickt, das sie gemacht haben. Über diese neue Postkarten-Funktion.«

»Postkarten-Funktion?«, murmelte Levi und kritzelte weiter. Immer noch derselbe Levi-Blick. Er wirkte eigentlich ganz zufrieden. Wenn er seine Listen machte, war er okay.

»Na, die, wo der Postbote auf das Display geradelt kommt und die Postkarte mit dem Foto erst einschmeißt«, sagte Nik. »Ist ein Briefkasten auf der App. So ein altmodischer englischer. Ein roter.«

Levi hatte erkennbar keine Ahnung, wovon die Rede war. Vielleicht hatte er auch gar nicht zugehört. Nik wandte sich wieder seiner PowerPoint-Präsentation über Alan Turing zu.

Die Folie über die Turing-Maschine hatte er fertig. Die über den Weltkrieg und die Entschlüsselung des Enigma-Codes auch. Eigentlich fehlte nur noch die letzte, über Turings Jahre in einem englischen Kaff namens Wilmslow, wo es bestimmt auch rote Briefkästen gab. Dort hatte er sich mit einem Apfel vergiftet, was für die Präsentation wahrscheinlich das bessere Bild als das Haus in Wilmslow war. Aber die Bildersuche förderte nur Zeichentrick-Stills von Schneewittchen und das Apple-Logo zutage. Nik war schon drauf und dran, ein Bild vom Garten Eden zu nehmen: Adam und Eva neben dem Apfelbaum im Paradies.

»Wenn ich ein Vogel sein könnte«, sagte Levi plötzlich, »dann wäre ich am liebsten ein Rabe.«

»Echt?« Nik gab *Baum der Erkenntnis* ins Suchfeld ein und drückte auf *Enter*. »Wieso?«

»Der Rabe ist einer der klügsten Vögel überhaupt. Und er passt auf die anderen auf.« Levi zeichnete irgendetwas. Wahrscheinlich einen Raben.

»Auf die anderen Vögel?«, fragte Nik. Die Bilder waren alle hässlich. Vielleicht würde er doch einfach das Apple-Logo nehmen. Angebissener Apfel. Das passte. Und alle würden das Bild wiedererkennen.

»Ja. Es gibt auch welche in Berlin.«

»Raben?« Nik googelte *Turing-Apfel*. »Wie kommst du denn darauf?«

»Ich hab's nachgesehen. Wegen der Lerchen.«

»Lerchen?« Das *Apple*-Logo, na bitte. Nik kopierte es auf seinen Schreibtisch und fügte es in die letzte Folie ein. »Ach so, die von gestern. In der Eiche beim Café.«

»Das waren Feldlerchen«, sagte Levi. »Die gibt's sonst nicht in der Stadt. Nicht so viele jedenfalls. Aber ich hab sie jetzt in meiner Liste. Schau!« Er hielt Nik sein aufgeschlagenes Notizbuch hin. »Das sind die Vögel, die ich schon gesehen hab. Und das …« Er blätterte umständlich um. »… sind die, die ich noch sehen will. Der Kolkrabe steht ganz oben.«

»Und du bist sicher, dass es die hier gibt? Sind die nicht ziemlich selten?«

Levi bettete das Notizbuch wieder auf seinen Schoß. »Ja, klar. Aber ich habe ein Verzeichnis der Brutpaare im Stadtgebiet gefunden, allerdings ist es schon ein bisschen alt. Und auf der Liste der Wildvogelstation in Marzahn stehen sie auch nicht. Aber das liegt daran, dass die ja nur verletzte Vögel verzeichnen. Die, die sie gesund gepflegt haben, weißt du? Da taucht der Kolkrabe natürlich nicht auf. Dem passiert nichts. Dafür ist er zu schlau.«

Gestorben am 7. Juni 1954 in Wilmslow durch einen vergifteten Apfel, tippte Nik. »In Märchen ist der Rabe entweder weise oder ein Betrüger«, sagte er.

»Ich finde weise besser«, sagte Levi. »Raben werden ja auch sehr alt. Fast dreißig Jahre.« Er strich sich das lange Haar aus der Stirn. »Der älteste Rabe hat im Tower von London gelebt. Der wurde sogar vierundvierzig.«

»In Gefangenschaft werden Tiere meistens älter«, sagte Nik. Hatte Levi nicht von einem schwarzen Vogel geträumt? War er deshalb plötzlich verrückt nach Raben?

Levi sah auf. Zum ersten Mal, seit sie redeten, warf er einen Blick durch die Schnüre des Quipu, die Niks Wabe abtrennten. Aus dem Mixed Room drangen jetzt Stimmen. »Ich wäre trotzdem lieber ein freier Rabe«, sagte er.

Nik speicherte seine PowerPoint. Dann brummte sein Handy. Ein Qwip. Das Icon zeigte das schwarze Auge einer Kamera, mit einem winzig kleinen Spiegelfleck.

Party by Marty, las Nik.

Dann brummte sein Handy schon wieder. Der nächste Qwip erschien: eine freischwebende Sonnenbrille zwischen Hutkrempe und hochgeschlagenem Mantelkragen. Kein Gesicht.

Top Secret, las Nik.

Der dritte Qwip sah aus wie eine handgeschriebene To-do-Liste, qwip-rund auf gelbem Post-it-Grund:

nach dem Essen
nach Sonnenuntergang
mit Levi

Nik sah von seinem Handy auf. Levi war nicht mal neugierig geworden. »He«, sagte Nik mit einem kleinen Grinsen. »Hast du heute Abend zufällig schon etwas vor?«

An diesem Abend zeigte die große LED-Kugel an der Decke die Welt von oben. Ein unsichtbares Flugzeug flog über die immerselben Südseeinseln hinweg: grüne Palmen in der Mitte, drum herum ein strahlend heller Strand und dann, wie in konzentrischen Kreisen, das karibische Meer – weiß, türkis und irrsinnig blau. Das Meeresrauschen war bestimmt dasselbe wie gestern. Die Farbspiele auf dem Fußboden vermutlich auch. Wenn die Kugel an war, kam man sich in der Academy immer ein bisschen psycho vor. So als würde man ohne tägliche Entspannungsübungen an die Decke gehen.

Levi war maulig. Er gab es nicht zu, aber wahrscheinlich hatte er auf eine nächtliche Expedition gehofft. Stattdessen musste er zu Marten, nach dem Essen (vegane Pizza) und nach Sonnenuntergang um 21.05 Uhr. Nik hatte die Uhrzeit extra nachgesehen. Hier drinnen war der Stand der Sonne schwer zu bestimmen.

Die Zwerge einen Saal weiter schliefen schon. Schichtwechsel bei den Erziehern war um acht, aber bei den Großen ließ sich abends kaum noch einer sehen. Und wenn doch, dann erst spät für ein einsames Spiel im Mixed Room.

»Marten?« Sie hatten sein Quipu erreicht.

»Come in, find out.« Marten sprach öfter mal Englisch. Dabei war er in Englisch nicht mal besonders gut. Er sprach es eher, wie er auch programmierte: einfach auf gut Glück.

Nik schob die Schnüre beiseite. Martens Wabe sah anders als andere Waben aus. Vor allem war sie weniger ordentlich. Auf dem Bett stapelten sich alte Pizzaschachteln (Nik war nicht ganz klar, wie er hier Pizza bestellte) und auf dem Nachttisch stand eine Batterie leerer Colaflaschen. Davor lagen ein paar herrenlose Kabel herum, zwei externe Festplatten, eine Powerbank, ein Deoroller und Martens durchlöcherte Chucks. Aus dem offenen Schrank quollen Martens Klamotten.

Die Poster waren aus dem Farbdrucker. Ein paar zeigten Martens beste Qwips. Die geschmolzene Uhr mit dem wirbelnden Marten-Zeiger war dabei und auch das vom Q-Strich gespaltene Q. An der Innenseite der Schranktür hing ein Foto von Mark Zuckerberg. Facebook-blauer Hintergrund, darunter in großen weißen Lettern BIG BROTHER IS WATCHING.

Marten sprang vom Bett. Er trug Jeans, die er bis zu den Knien hochgekrempelt hatte, und ein T-Shirt, auf dem *So yo then man what's your story* stand. »Wie ihr seht, habe ich alles vorbereitet.« Er grinste. »Cola gefällig?«

Er tauchte kopfüber in seinen Schrank und förderte eine halb volle Colaflasche und einen Satz Plastikbecher zutage. Irgendwie war Nik erleichtert, dass wenigstens auf den Plastikbechern keine Botschaft stand.

»Levi, was machen die Vögel?« Er drückte jedem einen Becher in die Hand und schraubte die Colaflasche auf. Sie war zu alt, als dass noch viel Kohlensäure hätte entweichen können.

Levi war die Frage peinlich. Sein Mund war plötzlich wie zugenäht.

Die Cola gluckerte aus der Flasche.

»Was Süßes?«, fragt Marten. »Moment!« Die Tüte Gummibärchen fand sich unter der Bettdecke. Marten riss sie mit den Zähnen auf und schüttete Nik ein paar in die freie Hand. Levi wollte keine Gummibärchen. Er nippte verlegen an der schalen Cola.

Für einen Moment war nichts außer den Wellen von gestern zu hören, dem Acadamy-Yoga-Sound zum Einschlafen.

»Also«, sagte Marten. Er stand strumpfsockig und trotzdem irgendwie förmlich vor dem Bett. »Ihr beobachtet doch manchmal Tiere.«

Nik wurde es heiß und kalt. Wusste Marten etwa von ihren Expeditionen? Von dem Fenster im Vorratsraum? In jedem Fall wusste er, dass Levi anders war. Dass Marten das wusste, war okay.

»Und?«, sagte er.

»Na ja, ich hab das mal nachgeguckt. Es gibt da jede Menge Gear. Ich meine, wenn man einen Garten hat. Und wissen will, was da so nachts herumspukt. Es gibt zum Beispiel Kameras, die man an Bäume bindet. Sieht komisch aus, Bäume mit Halsband, aber das funktioniert. Ist ein Bewegungsmelder drin, und am nächsten Morgen kann man sich ansehen, wer einem nachts in die Rosen gepinkelt hat.« Er grinste und fuhr sich über die Dreadlocks.

»Waschbären«, sagte Levi, als würde er die Bilder gerade sehen.

»Zum Beispiel. Ratten, Füchse, Marder, was du willst.«

Levi nahm einen großen Schluck Cola. Er wollte sie alle.

»Und wo sollen wir so eine Kamera herkriegen?«, fragte Nik.

»Na ja, das wäre nicht so schwer«, sagte Marten. »Man kann so was einfach bestellen und hier reinkriegen würden wir das Ding auch. Aber eigentlich ist mir was viel Besseres eingefallen.« Er funkelte sie an und exte seine Cola. Dann wischte er sich mit dem Handrücken den Mund. »Die Kameras sind nämlich schon da.« Er stellte den leeren Pappbecher auf den Nachttisch, wo wegen der vielen leeren Flaschen kaum noch Platz dafür war. Eine Flasche polterte auf den Boden.

»Sorry.« Marten kickte die Flasche unter das Bett.

»Das ist mir zu hoch«, sagte Nik.

»Setzt euch!« Marten ließ sich aufs Bett plumpsen. Nik und Levi nahmen zögernd links und rechts von ihm Platz. Dann musste Nik noch mal zur Seite rücken, weil Marten sein Notebook brauchte, ein undefinierbares, schweres schwarzes und wahrscheinlich x-fach getuntes Ding. Nik sparte sich die Lektüre der Aufkleber. Er wusste, dass auf einem *Cookie Zuckie* stand.

Marten klappte das Notebook auf. Seine Finger suchten sich gleich einen Weg in World-Wide-Web-freie Gebiete. Schwarzer Bildschirm und Code, der übliche Hackerkram. »Ich erspare euch die Umwege, die ich seit gestern gegangen bin«, sagte Marten. »Das hier ist der Shortcut, *only for you*. Und alles selbst gemacht. Gutbürgerliche Küche.«

Enter, und plötzlich wusste Nik, wo sie waren. Tief im Innern des Space Dock. Auf dem Server der Konzernsicherheit.

»Marten, das …«

»Geht schon in Ordnung.« Marten spazierte noch ein bisschen über die Tastatur. »Man denkt immer, da arbeiten die smarten Jungs, aber ganz so schlimm ist es gar nicht. Die leben auch bloß von ihrem Ruf.«

Noch mal *Enter* und plötzlich war der Bildschirm zwölfgeteilt. Zwölf körnige Schwarz-Weiß-Aufnahmen. Die Überwachungskameras! Irgendwo im Space Dock sah ein Sicherheitsmann gerade genau dasselbe.

Nik musste lachen. »Wie hast du das hingekriegt?«

»Ich sag doch, die sind gar nicht so smart. War nur ein bisschen Gefummel. Schau, Levi, hier ist der Baum. Vom Café aus gesehen.« Er klickte eines der Bilder an. Jetzt füllte es den Bildschirm aus.

Nik erkannte die Sonnenterrasse mit den verwaisten, spinnenbeinigen Stühlen. Und hinter dem Geländer, tief im Hintergrund, stand tatsächlich die große Eiche. Graues Laub, das sich im Wind ein wenig regte, vom Licht des Space Dock angestrahlt.

»Und, Levi? Kannst du was erkennen?«, fragte Marten.

Levi beugte sich vor. Er zeigte es nicht, aber Nik wusste, dass Levi die Sache spannend fand. Marten hatte ihm ein großes Geschenk gemacht. Umso schlimmer würde es sein, wenn man es ihm wieder wegnahm.

»Die Vögel schlafen«, sagte Levi.

»Kannst du das sehen?«, fragte Marten verblüfft.

»Nein. Ich weiß es. Kannst du mal zu den anderen Kameras wechseln?«

»Ein paar sind ganz schön langweilig.« Marten schaltete einige Bilder durch: das Pförtnerhäuschen mit der Schranke im fahlen Licht der Laternen; der Haupteingang des Space Dock, ein einsamer nächtlicher Raucher davor; der Eingang zur Academy, die helle Treppe nach unten, die dahin führte, wo sie gerade hockten, auf Martens Bettkante, genau vor diesem Bild.

»Aber das hier ist ganz gut, glaube ich.« Marten wechselte wieder die Kamera.

»Das ist die Mauer, hinten. Und die Linde, von der die Feuerkäfer fallen!« Levi erkannte die Bilder als Erster. »Und da«, er zeigte mit dem Finger auf etwas Großes, seltsam unbestimmtes Schwarzes auf dem Mauerfirst, »da ist der Rabe!«

6 BRACHE

»Das kann alles Mögliche sein«, sagte Nik.

Der Vogel bewegte den Kopf. Wenn das sein Schnabel war, dann war er ganz schön gewaltig. Aber die Aufnahme war extrem körnig. Die Kontraste so krass wie bei einem alten Negativ.

Levi klebte am Bildschirm und lag dabei halb auf Martens Schoß.

»Aber ein Vogel ist das schon irgendwie«, sagte Marten. Er lehnte sich zurück und stützte sich auf die Ellbogen.

Der Vogel bewegte sich wieder. Vielleicht steckte er den Kopf unter den Flügel. So genau war das nicht zu sehen. Dann breitete er die Flügel aus und sprang einfach aus dem Bild.

Nik atmete erleichtert aus.

»Kriegst du ihn wieder rein?« Levi schob sich nervös den langen Pony aus dem Gesicht.

»Schwenken kann ich das Ding nicht«, sagte Marten, als müsste er sich dafür entschuldigen. »Was drauf ist, ist drauf. Und was nicht drauf ist, nicht.« Hinter Levis Rücken warf er Nik einen Verschwörerblick zu. Nik zog zur Antwort die Stirn kraus und schämte sich dafür. Er wollte Levi nicht hintergehen. Nicht einmal mit einer kleinen Geste.

»Kommt, wir gehen raus!« Levi sprang auf.

»Raus?« Marten hielt das Notebook fest und richtete sich wieder auf. »Jetzt?«

Nik seufzte. Damit war das Geheimnis futsch. Manchmal

war es schwer mit Levi. Manchmal dachte er einfach nicht nach. Andererseits hatte Marten sowieso schon etwas geahnt.

»In einer der Vorratskammern kann man ein Fenster öffnen«, sagte Nik. Es würde nichts helfen, drum herum zu reden.

»Ach so …« Marten grinste. »Und ihr beiden steigt nachts da durch.«

Vor ihnen trat Levi von einem Fuß auf den anderen. »Nik? Komm schon, Nik!«

»Nehmt ihr mich mit?«, sagte Marten. »Ich meine, ich will mich nicht aufdrängen oder so.«

22 Uhr. Es war zu früh, dachte Nik. Sie waren einer mehr als sonst, und was Marten draußen tat, bestimmte Marten ganz allein. Nik würde ihn auf der Brache nicht im Griff haben, wie er Levi im Griff hatte. Und außerdem gab es auf dem Gelände mehr Überwachungskameras, als ihm bis eben bewusst gewesen war. Es war leichtsinnig, jetzt durch das Fenster zu steigen. Wenn sie erwischt würden, würde Levi verlieren, was ihm das Liebste war. Dann wäre Schluss mit ihren Expeditionen. Und dieses Problem würde keine *Party by Marty* lösen. Marten konnte nicht mal ermessen, wie groß es war.

»Schalt einmal alle Kameras durch«, sagte Nik.

»Willst du gucken, ob der Vogel drauf ist?« Martens Notebook war eingeschlafen. Er weckte es mit einem Tastendruck.

Der verwaiste Mauerfirst. Die graue Linde.

»Ich will sehen, wo sie uns nicht sehen«, sagte Nik.

Marten holte wieder alle zwölf Kameras auf den Schirm. Keines der Bilder zeigte das Fenster der Vorratskammer. Keines zeigte die Brache. Es war okay.

Nik stand auf. »Das Fenster ist ein Geheimnis.« Er hätte es

Marten gern noch deutlicher gemacht. Marten wusste nicht, wie Levi war. Marten spielte. Er hatte Spaß. Er hatte keine Ahnung. »Es ist Levis Geheimnis«, sagte Nik und wenigstens grinste Marten diesmal nicht.

22 Uhr plus ein paar Minuten. An einem Samstagabend. Es war einfach zu früh. Als sie sich am Mixed Room vorbeischlichen, jaulten drinnen Motoren, Reifen quietschten, Sirenen jammerten den Flüchtigen nach. Bestimmt ließen Noah und Leroy der Polizei keine Chance. Sie waren Autodiebe in den Wellen schlagenden Straßen von San Francisco, in der knallbunten Nacht von Tokio oder der glitzernden Wüste von Doha.

Staubfahnen.

Spielcasinos.

Vibrierende Controller.

Marten trug seine Chucks um den Hals. Er ging demonstrativ auf Zehenspitzen, buckelig wie ein Räuber mit einem Sack auf dem Rücken.

Levi war schon voraus. Er wartete im Gang, an der Tür zur Abstellkammer.

Nik war es mulmig wie nie. Als er die Tür leise zurück ins Schloss gedrückt hatte, lehnte er sich einen Moment dagegen und atmete durch.

Marten sah zum Fenster auf, als wäre es der Fernsehturm. »Cool«, sagte er und schob das Kinn vor.

»Wir müssen was drunterstellen.« Der schwere Karton vom letzten Mal war noch da. Nik schob ihn sich zurecht, stieg darauf, öffnete das Fenster. Nachtluft. Erde. Feuchtigkeit. Da draußen roch es ganz anders als hier drinnen.

Am liebsten wäre Nik zuerst rausgeklettert, aber dann hätte Marten Levi raufhelfen müssen. »Räuberleiter. Komm, mach schon!«, zischte er.

Levi war in die Sneakers geschlüpft. Nik hievte ihn hinauf. Jetzt wollte er es hinter sich bringen. Der Rabe, wenn es überhaupt ein Rabe gewesen war, war bestimmt nicht mehr da. Und wenn er noch auf dem Gelände war, dann war er nicht auf der Brache, und woandershin würde Nik nicht gehen. Die Kameras machten ihm zu schaffen. Er sah schon vor sich, wie sie Levi zeigten: klein und mager, ganz weiß im Gesicht und allein. Und da war jemand, der ihn beobachtete, und den konnte man nicht sehen.

»Jetzt ich, ja?« Marten zog sich auf das Fensterbrett hinauf. Er war zu laut, viel zu laut, dachte Nik.

Als er endlich selber oben war, hörte er Levi mit Marten flüstern. Noch vor einer halben Stunde wäre sein Bruder nicht mal auf den Gedanken gekommen, sich Marten anzuvertrauen. »Raben vergraben ihre Vorräte«, raunte Levi. »Vielleicht hat er hier ein Versteck. Dann kommt er immer wieder, weißt du?«

»Vielleicht ist er auch schon wieder weg.« Nik konnte kaum verbergen, wie sehr es ihm gegen den Strich ging, dass sie jetzt hier draußen waren.

»Wollen wir zuerst zur Linde? Da könnten wir seine Spur aufnehmen …« Levis Begeisterung war ungebrochen. Er merkte nicht mal, wie unwohl Nik war.

»Gute Idee. Dann können wir auch gleich ein bisschen in die Kamera winken.« Sie waren so oft an der Linde gewesen, um Feuerkäfer zu suchen, dachte Nik. Es war ein Wunder, dass sie dabei nicht ins Bild gelaufen waren.

Levi sah ihn enttäuscht an. »Dann gleich zur Brache?«, fragte er.

Marten zog sich die Jeans zurecht. »Klingt gut«, sagte er. »Wo ist denn das?«

Nik ließ den Blick wandern. Das Space Dock war für seine Verhältnisse dunkel. Kleine Lichter in stillen Büros. Nur da und dort ein großes, helles Fenster. Nicht gearbeitet wurde hier nie.

Das Erdgeschoss mit der Eingangshalle war komplett beleuchtet, die hohen Fenster ganz gelb. Drinnen, vor der Sicherheitsschleuse, würde auch jetzt ein Security-Mann stehen, mit breiten Schultern und einem Knopf im Ohr. Am leichtesten erkannte man sie an den Sakkos, unter denen sie ihr Pistolenholster verbargen. Qwipper trugen keine Sakkos. Sie kamen in Jeans und T-Shirts oder gleich in Joggingsachen.

»Ganz leise, okay?« Nik setzte sich in Bewegung. Er hörte Levi und Marten hinter sich. Leise, fand er, war etwas anderes.

Er sah in den verwaschen dunklen Himmel hinauf, wie um Beistand zu erbitten. Eine Eule segelte vorbei, unbemerkt von den anderen. Nik rieb sich die Augen. Ganz bestimmt hatte er sich getäuscht. Diese Nacht war danach: Er sah Gespenster.

Bald darauf schälten sich schon die Datschen aus der Dunkelheit. Heute sahen sie irgendwie lebendig aus. Eine Rotte untersetzter, abgerissener, stinkender Fabelwesen, die sich in einen vergessenen Winkel drängten und misstrauisch zum strahlenden Space Dock hinüberäugten. Sie hatten nichts als Abriss zu erwarten. Es war nur eine Frage der Zeit.

»Wow«, sagte Marten. Sie waren stehen geblieben, zwanzig, vielleicht dreißig Meter von den alten Lauben entfernt.

»Hier war ich noch nie. Kann man da rein? Ich meine, sind die Türen offen?«

Nik antwortete nicht. Die meisten Datschen hatten keine Türen mehr. Der Rabe war bestimmt nicht hier. Der Rabe war bestimmt nicht mal ein Rabe.

»Wir könnten uns ein Sofa besorgen«, sagte Marten. »Dann fehlt nur noch WLAN.«

Levi konnte nicht mehr warten. Mit langen, leisen Schritten ging er auf die äußerste Datsche zu, die Arme ausgestreckt, als würde er auf einem Baumstamm balancieren.

»Hier gab's mal eine Kleingartenanlage«, sagte Nik.

Marten schien das nicht sonderlich zu interessieren. »Komm, wir gehen auch hin.« Er stapfte Levi hinterher.

Für einen Moment blieb Nik allein vor den Lauben stehen und sah erst Levi und dann Marten unter der Blechdachmütze verschwinden. Wenn Levi nicht völlig auf den Raben fixiert war, würde er Marten die Spinnennetze zeigen und von der Ratte erzählen. Er hatte Vertrauen zu Marten gefasst.

Das war gut, dachte Nik. Es war dumm und peinlich, deshalb eifersüchtig zu sein.

Mit einem verlegenen Lächeln, das niemand sah, ging er den beiden nach. Kein Vogel der Welt würde sich in eine verfallende Datsche verirren.

Drinnen erzählte Levi gar nichts. Still und systematisch suchte er den Raum ab, während sich Marten mal hierhin und mal dahin beugte und dann mit der Hand über die alte Tapete strich. Die Wände, wusste Nik, fühlten sich wie Pappmaché an.

An der Rückwand, wo sich die Tapete langsam abschälte, hing immer noch ein Bild. Wahrscheinlich hatte mal ein Bett darunter gestanden. Oder eine Schlafcouch. Nik versuchte, sich vorzustellen, wie es hier gewesen war, als noch jemand in diesem Raum geschlafen hatte, mit Jacken an der Garderobe und Pantoffeln unter dem Bett. Draußen musste es Gärten gegeben haben und Zäune und bestimmt auch einen Weg. Eine Schotterstraße vielleicht, über die die Bewohner an einem Samstag wie diesem mit ihren kleinen Autos hergekommen waren, um das Wochenende hier zu verbringen und das kleine Rasenstück zu mähen, das es jetzt schon lange nicht mehr gab.

Marten konnte nicht sehen, was das Bild über dem verschwundenen Bett zeigte, es war hier drinnen zu dunkel dafür, aber Nik hatte es einmal mit der Taschenlampe angestrahlt. Es war schwarz-weiß, eine schlechte Kopie, und zeigte einen mit Findlingen gespickten Hügel vor einem hohen Himmel über dem Meer.

»Bah!« Marten war in ein Spinnennetz gelaufen. Er klaubte sich angewidert die Spinnfäden aus dem Haar.

Levi warf ihm einen strengen Blick zu. »Ich schau mal draußen«, sagte er. »Sie sind heute alle ganz aufgekratzt.«

»Wer?«, fragte Nik.

»Die Spinnen. Und es sind so viele!«

Nik hörte Levis schnelle Schritte auf dem Linoleumboden. Wenn hier jemand aufgekratzt war, dachte er, dann Levi.

»Nebenan gibt es noch ein altes Klo.« Nik hatte plötzlich das Gefühl, Marten etwas bieten zu müssen. Er wollte nicht, dass ihm langweilig wurde. Er wusste selber nicht, wieso.

»Echt?«

Begeisterung klang anders, aber sie gingen trotzdem zur nächsten Datsche hinüber. Eine Tür hatte sie nicht mehr, dafür hingen noch Gardinen an den Fenstern. Im Fußboden klaffte ein Loch, aber wenn man darübersprang, erreichte man eine kleine Tür, die sich erhalten hatte, auch wenn das Holz derart verzogen war, dass man sie nicht mehr richtig schließen konnte.

Nik zog sie ein Stück weit auf, das Türblatt schabte über die aufgequollenen Dielen, und Marten streckte den großen Kopf in die kleine angrenzende Kammer, um eine grüne Kloschüssel zu bestaunen.

»Ist ja eklig«, sagte er. »Hatten die hier eigentlich keine Duschen?«

»Vielleicht gab's welche in den Gärten.« Nik stellte es sich vor. Vielleicht hatten sie mit Regenwasser geduscht. Vielleicht hatte es auch Regentonnen gegeben und Gießkannen aus Blech. Abgewetzte Gartenhandschuhe aus Leder und alte Spaten, blank vom vielen Gebrauch. Er hatte solche Sachen in Filmen gesehen. Alte Sachen.

»Nik! Nik!« Das war Levi, halblaut, mit gepresster Stimme.

Nik sprang über das Loch und war schon draußen. Er sah Levi im Dunkeln vor einer der hinteren Datschen knien.

»Was ist denn da?«

Levi beugte sich über eine kleine, beinahe ausgetrocknete Pfütze. In der schrumpfenden Wasserlache spiegelte sich ein Rest Licht, das nicht vom Space Dock, sondern von der Straße hinter der Mauer kam. Irgendwo da stand eine Laterne.

»Sieh dir das mal an!« Levi sah zu ihm hoch, drei abgespreizte Finger am Boden.

Nik hockte sich neben ihn. Außer der winzigen Pfütze sah er absolut nichts.

»Das ist eine Vogelspur. Eine große«, flüsterte Levi. »Hier. Das sind die Krallen.«

»Du meinst …« Nik konnte keine Spuren lesen. Das waren irgendwelche Rillen.

»Er ist hier langgehüpft. In diese Richtung.« Levi stand auf und zeigte zur Mauer, an die sich eine letzte Datsche drängte. Es war die große mit der verkanteten Schiebetür. Die mit der Ratte.

»Habt ihr was gefunden?« Marten schlenderte heran, die Hände in den Hosentaschen.

»Eine Spur«, platzte Levi heraus. »Der Rabe war hier.«

»Wow!«, sagte Marten. »Sicher?«

»Er könnte in der Datsche da sein«, sagte Levi. Dann kam er ins Überlegen. »Aber vielleicht würde er sich eher *hinter* den Datschen verstecken. An der Mauer.«

Warum sollte er sich überhaupt verstecken?, dachte Nik. Warum sollte er nicht einfach weiterfliegen? Weg von hier.

»Wir könnten uns ja aufteilen«, sagte Marten. »Einer geht links rum hinter den Datschen her. Einer rechts rum. Und einer geht in die da rein. Wie wär's?«

Nik zögerte einen Moment. Levi schien auf seine Erlaubnis zu warten. Er war es so gewohnt. »Warum nicht?«, sagte Nik leise. Er hatte ein mulmiges Gefühl. Irgendetwas war anders als sonst. Als läge etwas in der Luft.

»Dann gehe ich außen rum«, sagte Levi. »Da lang.« Er zeigte wieder auf die Mauer. Das war die Richtung, an die er glaubte.

»Und ich schaue mir die Datsche an.« Marten glaubte offenbar auch nicht an häusliche Vögel. Er spielte nur mit.

»Okay.« Nik blieb nur noch der Weg zurück, an den Datschen vorbei Richtung Space Dock. Ein wenig graute ihm vor dem schmalen, dunklen, zugewucherten Pfad zwischen der Mauer und den Rückseiten der Datschen, aber immerhin würde er so Levi entgegengehen.

Die ganze Aktion war vollkommen sinnlos. Er wünschte sich, Marten hätte die Kameras nicht gehackt. Es war besser, wenn Levi sich über ein paar Spinnen freute, auf die er zufällig gestoßen war, als einem Raben nachzujagen, den es wahrscheinlich gar nicht mehr gab.

Er fiel in einen leichten Trab, um es schneller hinter sich zu bringen. Dann bog er um die letzte Datsche. Da war das Fenster, dahinter das verlassene Bild. An der Rückwand aus Faserplatten rankte eine Kletterpflanze. Viele Blätter hatte sie nicht, aber viele lange, dünne, sich windende Zweige, die Nik wie Stacheldrahtrollen den Weg versperrten. Er hob die Beine und trat die Ranken so gut es ging nieder. Irgendetwas brachte sich huschend in Sicherheit. Nik betete, dass es nicht die Ratte war.

Er stützte sich an den Faserplatten ab. Sie fühlten sich ziemlich widerlich an. Dann trat er auf etwas Hartes, Rundes und erschrak. Aber es war nur eine Glasflasche, halb vergraben und fast völlig zugewachsen.

Er lauschte. Er hoffte, Levi zu hören, der ihm entgegenkam, aber er hörte etwas anderes rascheln. Kleine Vögel vielleicht, im Schutz der Blätter. Kleine Vögel und hoffentlich nichts sonst.

Es war ziemlich finster hier hinten und schien noch finsterer zu werden. Nik streckte die Arme vor und berührte eine kalte Regenrinne. Seine Füße wühlten in altem Laub. Manchmal schnappte eine der Ranken zurück, als wäre sie ärgerlich. Manchmal raschelte es dicht an der Wand. Er war schon einmal hier gewesen und damals hatte hier gar nichts geraschelt.

Dann riss er den Arm hoch, weil ihn eine Brennnessel gebissen hatte. Er rieb sich die juckende Stelle am Handgelenk, als er den Aufschrei hörte. Er war kurz und hell, der reine Schrecken.

»Levi?« Nik rief es nur halblaut. »Levi?«

Aber das war nicht Levi gewesen, plötzlich war er sich sicher. Das war Marten! Wahrscheinlich war er bloß wieder in ein Spinnennetz gerannt. Oder er war der Ratte begegnet. Musste er so rumschreien?

Nik drehte um. Der Rückweg war leichter und außerdem hatte er es eilig. An der letzten Datsche begann er zu laufen. Das war alles Wahnsinn. Sie schrien. Sie rannten hier rum. Sie würden mit Sicherheit entdeckt werden. Er warf einen schnellen Blick zum Space Dock hinüber. Es war das ewig selbe Bild. Als wäre es nur ein Poster.

»Marten?« Vor den Datschen stand niemand.

Dann sah Nik Levi um die Ecke biegen. Sie liefen jetzt aufeinander zu und trafen sich vor der letzten Datsche.

Marten lehnte an der verkanteten Schiebetür. Er atmete schwer. Sein Brustkorb hob und senkte sich. Offenbar hielt er sich nur mit Mühe auf den Beinen. »Mann!«, stieß er hervor. »Mann! Ich glaub, ich spinne. Das war voll psycho!«

»Hast du die Ratte gesehen?«

Levi streckte schon den Kopf in die Datsche. Ängstlich war er nicht.

»Eine Ratte? Nein, Mann, nein!« Marten schnaufte. »Da saß ein Kerl drin. Da im Dunkeln. In der Ecke.« Er raufte sich die Dreadlocks. »Mir ist das verdammte Herz stehen geblieben!«

»Hier drinnen sind nur die Spinnen«, rief Levi aus der Datsche. »Und Wanzen.«

»Aber er war da!« Marten sank in die Hocke. »Er hat mich angesehen. Mann, das war vielleicht ein Blick!«

»Und dann?« Nik kam das alles unglaublich vor. Aber warum sollte Marten lügen? Er sah gerade gar nicht so aus, als machte er Scherze.

»Und dann? Hey, ich war halb ohnmächtig!«

»Du hast ihn nicht weglaufen sehen?«

Marten schüttelte den großen Kopf und ließ sich dann vollends auf den Boden plumpsen, den Hintern im Dreck und die Arme um die Knie geschlungen. »Jetzt kommt das total Wahnsinnige daran, Mann!« Er schnaufte. »Ich hab einen Raben weghüpfen sehen.«

7 | KARPACZ

Der Blinker tickte. Tomasz wartete, bis ein mit Mountainbikes gespickter Kombi vorbei war, dann bog er nach links. Es ging steil bergab, Tomasz stand ständig auf der Bremse. Eine Haarnadelkurve, noch eine Haarnadelkurve, Emma überlegte, ob ihr schlecht war. Tomasz' kleiner Suzuki-Jeep war so gut wie nicht gefedert. Er roch auch nicht besonders gut.

Hinter dem Fenster hatte Karpacz begonnen. Im Sommer sah wahrscheinlich jeder Wintersportort ein bisschen komisch aus. Alles war auf urig und gemütlich getrimmt. Auf Glühweinstände und überheizte Gaststätten, in denen man sich beim Eintreten die kalten Hände rieb. Karpacz war für eine früh hereinbrechende Dunkelheit gemacht, mit vielen kleinen Lichtern und bemützten Touristen, die nach einem Tag auf der Piste hungrig waren.

Auch die Häuser sahen so aus, als seien sie für den Winter gebaut und würden den Sommer über nur darauf warten, dass sich der Schnee auf ihren roten Dächern und Erkern türmte und die ohnehin schwierige Parkplatzsituation noch schlechter wurde, weil der Winterdienst überall am Straßenrand zusammengekehrte Schneeberge hinterließ.

Tomasz und Emma fuhren an einem Skilift vorbei, der jetzt nicht mehr zu tun hatte, als ein paar wenige schwer beschuhte Wanderer zum Riesenkamm hinaufzuschaukeln. Der Lift war Skier, Skistöcke und lange Schlangen gewohnt. Emma sah die Schneise hinauf, die er in den Bergwald getrieben hatte. Ein schnurgerades Band, in dem Masten, Stangen und Kabel Stämme, Äste und Zweige ersetzten.

Dann passierten sie ein Restaurant im Blockhaus-Stil. Es hieß *Duch Gór*, so als könnte es gar nicht anders heißen. Vor dem Eingang stand ein verwitterter Berggeist aus Holz und wartete auch auf den Winter. In seinen grob behauenen Händen bot er die Speisekarte dar.

Der Suzuki wartete tuckernd vor einer roten Fußgängerampel. Dann stürzten sie sich weiter ins Tal.

Emma hatte zwei ruhelose Nächte und einen ruhelosen, tatenlosen, vollkommen nutzlosen Tag hinter sich. Es kam ihr vor, als hätte sie hauptberuflich im Weg gestanden. Anwesend war sie offenbar überhaupt nur noch fürs Protokoll. Mythobiologen hatten das Recht, einen SEK-Einsatz zu begleiten, wenn er ihrem Objekt galt. Das Institut in Reykjavík hatte das schon vor Jahren durchgesetzt, und Tomasz als offizieller Leiter der Station war nett genug gewesen, Emma mit zwei SEKlern zum Mittagsstein zu schicken, statt selbst zu gehen.

Wahrscheinlich hatte er gewusst, wie sinnlos auch diese Aktion sein würde. Simon Hüttels Karte verzeichnete den Mittagsstein als »Rubenzagel Nest«, auch Horak und Arsenjew hatten dort ihre Suche begonnen. Aber natürlich hatte die Peilung gar nichts ergeben. Sensheim und Gollasch, der Oberst und der Profiler, hatten von Anfang an so wenig daran geglaubt wie Tomasz, weshalb auch keiner der drei mitgegangen war. Stattdessen hatte Emma sich mit einem Michael (kein Nachname) und einem Alex (auch kein Nachname) vom SEK bergan gequält. Die beiden hatten kaum mit ihr gesprochen. Emma war klar, dass sie verdächtig war. Vielleicht war es sogar noch schlimmer und sie galt einfach als unfähig.

Sie war das Mädchen, das zweiundzwanzig kostbare Minuten verschenkt hatte.

Hatte sie das? Sie wusste es selber nicht. Jedes Mal, wenn sie sich darüber klar zu werden versuchte, kam ihr die Sorge um Krakonos dazwischen. Sensheim und Gollasch waren gefährliche Gegner, und dass sie so lange im Dunkeln tappten, würde sie auf Dauer nur noch gefährlicher machen.

Sensheim hatte vor Wut gekocht, als ihm klar wurde, dass er in Karpacz Quartier beziehen musste. Lieber wäre er in seinen Hubschrauber gesprungen und hätte im Tiefflug den Berggeist gejagt. Marek Horak musste genauso gewesen sein und es hatte ihn im Himalaja das Leben gekostet.

Emma hatte mitgehört, wie Sensheim über eine sichere Leitung »besseres Material« angefordert hatte. Die mindere Qualität des alten sowjetischen Senders machte ihn schier verrückt. »Ich kann hier doch nicht mit einer Handantenne über den Berg kraxeln, verdammt!«, hatte er ins Telefon gebrüllt. Gollasch war noch am Freitagnachmittag in den Hubschrauber gestiegen und hatte es mit Überflügen versucht. Die Suche musste ergebnislos verlaufen sein. Hätte Gollasch etwas gefunden, Tomasz hätte davon gewusst und es Emma gesagt.

Der Suzuki bog von der Hauptstraße ab. Links lag ein Fußballkäfig. Vor ihnen, noch ein ganzes Stück entfernt, ragte eine Skisprunganlage auf. Die schmale Straße fiel steil ab, links und rechts hundert Jahre alte Villen. Fachwerk, Walmdächer und kleine Türmchen, alles mit Ferienwohnungen vollgestopft. Niemand würde auf die Idee kommen, dass hier ein Sondereinsatzkommando untergeschlüpft war und Maschinenpistolen, Funkgeräte und Blendgranaten in die Ikea-Kommoden geräumt hatte. Verdeckte Operation. Höchste Geheimhaltungsstufe. Der Berggeist war los.

Als Tomasz in eine enge, abschüssige Einfahrt einbog, erwarteten sie unten ein unauffälliger schwarzer VW-Bus und ein Mercedes Kombi.

»Sie haben das ganze Haus gemietet.« Tomasz stellte den rappelnden Suzuki aus. »Offiziell sind sie ein Sportverein.«

Emma nickte. Ihr war nicht nach Reden. Sie kletterte aus dem Wagen und schloss fast im selben Moment wie Tomasz die Tür. Zwei blecherne Schläge, wie um sich anzukündigen. Sie waren nicht willkommen hier.

Die Villa war frisch renoviert, schon fein gemacht für den Winter und lauschige Abende am Kamin. Emma konnte die Gäste förmlich draußen stehen sehen, im Schnee einer Silvesternacht vielleicht, viel Feuerwerk am Himmel.

Sie schaute hinüber zum Riesenkamm. Die Schneekoppe hatte sich hinter einer Wolkenwand versteckt. *Karkonosze* hieß dieses Gebirge auf Polnisch, *Krkonoše* auf Tschechisch. Es war so scheu wie Krakonos selber.

Drinnen sah es kein bisschen nach Ferien aus, und Emma fragte sich, was Oberst Sensheim angestellt hatte, um den Hausmeister, die Putzfrau oder den Vermieter verlässlich von hier fernzuhalten. Das große Wohnzimmer erinnerte an die Leitstelle eines Raumfahrtkommandos. Auf dem langen Esstisch standen statt Tellern Computer, an den Seiten und darunter Kabelsalat. Über der Couchgarnitur hatte Sensheim einen gerahmten Kunstdruck abhängen lassen (*Riesengebirgslandschaft im aufsteigenden Nebel* – er lehnte jetzt im Flur) und durch eine weiße Leinwand ersetzt, an die er Karten und Fotos projizieren konnte.

Alle SEKler waren in Zivil. Jeans oder Cargohosen, Karohemden oder T-Shirts, Boots oder Turnschuhe. Sie saßen vor den Rechnern oder sprachen leise in Telefone. Auf einem Beistelltisch ackerte ein eilig aufgestellter Drucker.

Alex vom Mittagsstein öffnete ihnen die Tür. Sensheim kam ihnen widerwillig entgegen. Hier drinnen war die Tönung seiner Brille schwach.

»Frau O'Lynn. Herr Wrobel.« Er gab ihnen förmlich die Hand.

»Sie haben etwas gefunden, Oberst?« Tomasz tat genauso förmlich.

»Vielleicht«, sagte Sensheim. »Kommen Sie rein.«

Emma versuchte, nicht schüchtern zu sein. Sie trat mit hoch erhobenem Kopf an den Tisch, aber das bemerkte wahrscheinlich niemand.

»Macht mal kurz Platz für unsere Gäste.« Sensheims Ton ließ keinen Zweifel daran, dass er Tomasz und Emma eigentlich lästig fand.

Zwei SEKler klappten ihre Laptop zu und standen auf. Stühle rückten. Jemand verließ den Raum. Der Drucker auf dem Beistelltisch spuckte ein letztes Blatt aus. Auf dem Sofa unter der Leinwand lag eine ausgebreitete Karte.

»Suchen Sie sich einen Stuhl aus.« Sensheim zeigte auf den Tisch. Emma setzte sich und zog den Stuhl heran. Hätte es Besteck gegeben, sie hätte sich Kabelsalat auf den Notebookteller füllen können.

»Wir spielen mit offenen Karten, Oberst, nicht wahr?«, sagte Tomasz.

»Aber natürlich.« Sensheim sah Emma an. »Wir wollen ja beide dasselbe. Wir wollen Rübezahl zurück.«

Krakonos, korrigierte ihn Emma im Kopf. Sie sah starr auf die leere Leinwand.

»Immer noch kein Signal?«, sagte Tomasz.

»Ich hätte Sie nicht gerufen, wenn ich nichts hätte.« Sensheim war stehen geblieben. »Was wir haben, ist nur nicht besonders gut.«

Gollasch kam wie gerufen aus einem der hinteren Zimmer. Heute trug er ein Sakko über dem offenen Hemd. Er sah aus wie ein junger Kommissar im Fernsehen.

»Die Abteilung Artenschutz.« Er lachte über seinen kleinen Witz. »Guten Tag zusammen.«

Tomasz machte Anstalten, sich zu erheben, aber Gollasch winkte ab. Er warf einen Stapel Papier auf den Tisch. »Hast du sie schon eingeweiht?«

Wahrscheinlich ein Kopfschütteln von Sensheim. Emma konnte es nicht sehen. Der Oberst stand in ihrem Rücken.

»Dann werfe ich mal den Beamer an.« Gollasch beugte sich über den Tisch und machte sich routiniert an einem der Rechner zu schaffen. »Ich hatte«, sagte er dabei, »seine Migrationshistorie schon erwähnt, oder?«

Emma nickte, als säße sie in einer mündlichen Prüfung, und ärgerte sich gleich darüber. Gollasch war nicht ihr Professor. Er war nicht einmal ihr Chef.

»Es gibt ein paar vage Belege aus dem Harz«, sagte Tomasz. »Das ist bekannt. Wahrscheinlich ist er nicht immer im Riesengebirge gewesen. Aber was heißt schon immer? Wir haben es mit einem uralten Wesen zu tun. Er kennt die Welt in einem Zustand, über den wir so gut wie gar nichts wissen. Er kann überall gewesen sein.«

»Zugegeben.« Gollasch fummelte immer noch an dem

Computer herum. »Aber irgendwo müssen wir ja anfangen.«

Tomasz nickte.

»Also Harz.« Gollasch schob den Rechner zurecht. »Bis gestern war das eine von vielen Hypothesen: Er hat sich nach Westen gewandt, warum auch immer. Dass er in der Gegend geblieben ist, schließen wir mittlerweile jedenfalls aus.«

»Wieso?« Eigentlich hatte sich Emma vorgenommen, zu schweigen.

»Deshalb.« Gollasch klickte auf das Trackpad und warf ein Bild an die Leinwand. Es war eine Nachtbildaufnahme, das erkannte Emma gleich. Schwerer war zu sagen, was eigentlich darauf zu sehen war. Für sie war das im Moment nur eine graue Masse.

»Fragen Sie nicht, wo wir das herhaben«, sagte Sensheim in ihrem Rücken. »Ich kann Ihnen nur sagen, dass es von der deutsch-polnischen Grenze stammt.«

Vielleicht, dachte Emma, war diese graue Masse Wasser.

»Was Sie dort sehen, ist die Neiße«, sagte Gollasch.

Wasser. Sie hatte recht gehabt.

Tomasz meldete sich zu Wort. »Von wann stammt die Aufnahme?«

»Freitagnacht«, sagte Gollasch. Er stand jetzt neben der Leinwand. Wie ein Erdkundelehrer neben seiner Karte. »Fünfundzwanzig Stunden nach seinem Abgang.«

»Und warum zeigen Sie uns das?«, fragte Tomasz.

Emma konnte es auch nicht verstehen.

»Weil wir zu dem Bild sozusagen auch einen Ton haben«, sagte Gollasch. »Pures Glück.« Er zuckte mit den Schultern. »Aber für ein paar Sekunden hatten wir ein Signal. Es hat allerdings ewig gebraucht, es herauszufiltern und als solches zu erkennen. Dieser Sender ist eine ziemliche Herausforderung. Wir wissen also erst seit ein paar Stunden, dass er in der Nacht von Freitag auf Samstag an dieser Stelle war. Und seit anderthalb Stunden haben wir auch dieses Bild.«

»Aber der Sender …«, sagte Tomasz.

»Liefert keine Bilder, natürlich nicht. Er sitzt tief in seinem Fleisch.« Gollasch trat an den Tisch und stützte beide Arme darauf. »Betrachten Sie es als eine Illustration. Wir wussten, wo er wann gewesen sein muss, und haben uns ein Satellitenbild dazu besorgt. In der Hoffnung, dass er drauf wäre. Zufällig. Sie wissen doch: Die ganze Welt wird unablässig fotografiert.«

»Aber auf dem Bild ist nichts«, sagte Tomasz.

»Doch.« Gollasch beugte sich wieder über den Rechner. »Wir holen das mal näher ran.«

Ein zweites Bild, die Vergrößerung des ersten. Der Fluss war jetzt fast weiß. Bestimmt hatten sie die Aufnahme aufgehellt oder sonst wie bearbeitet. Emma versuchte, sich vorzustellen, wie es wirklich dort gewesen war: der Fluss ganz schwarz, die Nacht gewaltig, ein träges Rauschen in der Flussmitte und ein leises Plätschern am Ufer, der Geruch und die Kälte des Wassers, ein schwacher Wind und vielleicht ein Rascheln. Draußen raschelte es immer irgendwo. Man musste nur genau genug hinhören. Gollasch hatte vielleicht ein Signal aufgefangen, aber in Wahrheit hatte er keinen Ton.

»Sehen Sie es?«

Tomasz schüttelte den Kopf. Emma sah auch nichts.

»Dann noch größer.« Gollasch ging wieder zum Computer. »Jetzt?«

Das dritte Bild zeigte etwas im Wasser. Einen dunklen Fleck – wahrscheinlich auch bearbeitet –, der die Strömung des Wassers zu verändern schien.

»Canis lupus«, sagte Gollasch. »Ein Wolf. Oder besser gesagt: sein Kopf. Der Rest ist nämlich unter Wasser, weil er schwimmt. Hier überquert er die Neiße. Unser Mann hat die Gestalt gewechselt.«

»Das ist doch eine reine Vermutung.« Tomasz hatte sich vorgebeugt und starrte aus schmalen Augen auf das Bild.

Das war wirklich ein Wolf, dachte Emma. Sie wusste, dass Wölfe durch Oder und Neiße schwammen. In Deutschland gab es mittlerweile wieder eine kleine Wolfspopulation. Hundert Jahre nach ihrer Ausrottung waren sie dorthin zurückgekehrt, und ihr gefiel der Gedanke, dass Krakonos sich unter sie gemischt hatte.

Nur glaubte sie es nicht. Er hatte Flügel gehabt, als er seinen Stein verlassen hatte. Sie hatte ihn auffliegen sehen. Warum sollte er in eine langsamere Gestalt wechseln, wenn er noch gar nicht am Ziel war? Oder hatte er vielleicht gar kein Ziel?

Plötzlich hatte sie eine Idee. Es war ein verwegener Gedanke. Wie eigentlich immer, wenn man zwei sehr unterschiedliche Dinge kombiniert.

»Wo genau ist das?«, fragte sie unvermittelt und unterbrach Gollasch mitten im Satz. Sie hatte gar nicht bemerkt, dass er redete.

Der Profiler sah sie leicht verwundert an. »In der Nähe von Muskau. Die Stadt hat er ziemlich sicher umgangen.« Das kam wie aus der Pistole geschossen. Er nahm ihre Frage ernst. Emma war sich nicht sicher, ob das gut oder schlecht war.

»Hat der Mond dort geschienen in der Nacht?« Wenn sie das Bild bearbeitet hatten, und das hatten sie bestimmt, dann wusste er das.

»Ja.« Jetzt wirkte er misstrauisch.

»Könnten Sie noch mal das vorherige Bild zeigen? Bitte.«

Gollasch nickte und schaltete zurück.

Jetzt, wo sie es wusste, konnte Emma den schwimmenden Wolf auch auf dieser Aufnahme erkennen. Aber darum ging es ihr gar nicht. Da war noch ein zweiter Fleck auf dem Wasser. Er war wirklich kaum zu sehen, aber unbewusst war er ihr schon beim ersten Mal aufgefallen. Der Berggeist hatte ein Ziel, und wenn es kein Ziel war, dann war es doch wenigstens so etwas wie eine Route. Er wusste, was er tat. Und er hatte nicht die Gestalt gewechselt.

Emma schob ihren Stuhl zurück und stand auf. Sie ging nach vorn zur Leinwand, an Gollasch vorbei. Sie zeigte auf den zweiten Fleck. Der Berggeist war auf dem Bild, aber der Wolf war er nicht. »Das ist ein Schatten«, sagte sie. »Der Schatten eines Raben.«

Sie sah Sensheim an, der sie fixierte. Dann ging die Tür auf und Alex ohne Nachname kam herein. Es war etwas Wichtiges. Man sah es ihm an. Sein Kinn bebte.

»Oberst?«

»Was ist?« Sensheim fühlte sich gestört.

»Wie haben ein neues Signal.«

»Was? Wo?«

»Berlin«, sagte Alex ohne Nachname. »Ziemlich deutlich.«

8 | HORAK

Er war allein auf der Brache. Er wusste selbst nicht, wieso. Er war auf der Suche nach Levi – das war es. Levi war fort und er rief nach ihm. Er formte die Hände zu einem Trichter und rief so laut er konnte. Das Space Dock drehte sich schon nach ihm um. Drohend beugte es sich zu ihm herab, als wäre es aus Gummi. Nik flüchtete sich in die Datsche, die verdammte Ratten-Datsche, aber da hockte Martens Kerl – es war ganz sicher der Kerl, den Marten gesehen hatte – und funkelte ihn mit seinen schwarzen Vogelaugen an und formte die gefiederten Hände zu einem Trichter und machte …

Bwwwww.

Nik war schweißnass.

Bwwww, machte der Rabenmann wieder.

Nik wälzte sich herum. Das Qwip.com-T-Shirt klebte ihm am Leib.

Bwwww.

Er warf die Bettdecke zurück. Er klappte die Augen auf.

Bwwww.

Wie verdammt erleichtert er war, die dummen Lichtspiele der LED-Kugel zu sehen. Den grünen Widerschein einer fantastischen Berglandschaft. *Herr der Ringe*. Neuseeland. Eine vulkanische Inselgruppe aus dem Katalog.

Bwwww.

Nik holte tief Luft. Das war sein Handy. Er setzte sich auf. Der Schweiß rann ihm über die Brust. Das Shirt würde er wechseln müssen. Er fingerte nach dem Handy auf dem

Nachttisch. Es ließ nicht locker. Was für ein scheußlicher Traum das gewesen war!

Nik wischte über den Schirm. Ein Qwip von Marten: ein weit aufgerissenes himmelblaues Auge.

Bist du wach?

Jetzt ja, dachte Nik, drückte auf KAPERN und qwippte zurück.

Yep.

Marten machte sich nicht die Mühe, das Bild zu tauschen. Dasselbe vor Schreck geweitete Auge kam zurück.

Bin gleich da.

Warum das? Nik schälte sich das nasse T-Shirt vom Leib, krabbelte zum Fußende seines Betts und langte in den Schrank. An Qwip.com-T-Shirts herrschte kein Mangel. Sogar seine Haare waren feucht. Sein Gesicht fühlte sich aufgeschwemmt an und kalt.

Wie spät es wohl war? Im frischen T-Shirt warf er sich zurück aufs Bett und weckte noch mal sein Handy. Es zeigte *2:31*. Mitten in der Nacht. Er fiel ins Kissen und stöhnte. Seit Levi von dem Raben geträumt hatte, war alles aus dem Lot. Jetzt träumte er schon selber so einen Unsinn. Und Marten verschickte die passenden Qwips, um 2.31 Uhr. Morgen war Unterricht, verdammt. Und er war mit seiner Turing-Präsentation dran.

»He!« Marten war hinter dem Quipu aufgetaucht. Er flüsterte. »Okay, wenn ich reinkomme?«

»Was ist denn?« Nik schwang sich aus dem Bett.

Das Quipu teilte sich und Marten erschien. Zerrissene Jogginghose, tarnfarbenes Unterhemd und auf dem Kopf ein Adlerhorst aus Dreadlocks. Einen Augenblick lang war sein

Gesicht ganz grün vom LED-Feelgood-Programm. Seinen Rechner trug er wie ein Butler das Frühstückstablett. »Ich konnte nicht schlafen, Mann.«

»Ja«, sagte Nik und fuhr sich über die kurzen Haare.

Marten hockte sich einfach neben ihn. »Mir ist der Kerl in der Laube nicht aus dem Kopf gegangen.« Er klappte den Rechner auf. Der Bildschirm leuchtete auf.

Nik kniff die Augen zusammen und rieb sich das Gesicht. Unter dem trockenen T-Shirt hatte er eine Gänsehaut.

»Ich meine: Hab ich ihn gesehen oder hab ich ihn nicht gesehen? Spinne ich oder spinne ich nicht?, das war die Frage.«

»Marty ...«

»Nein, nein. Ich wollte es einfach wissen.« Marten bearbeitete die Tastatur. »Also bin ich zu den Kameras zurück. Dachte, ich behalte das Gelände mal im Auge. Wenn ich ihn sehe, spinne ich nicht. Und wenn ich ihn nicht sehe – okay, dann könnte er sich mittlerweile einfach verdrückt haben. Aber immerhin: Dann wäre er nicht mehr da und ich könnte die Sache vergessen.«

»Marty ...«

»Nein, hör mir zu. Ich lasse die Bilder also laufen. Die ganze Nacht. Und dann ...«

Nik war sich ganz und gar nicht sicher, ob er hören wollte, was jetzt kam. Der Mann, den Marten gesehen zu haben glaubte, hatte ihm gerade einen Albtraum beschert. Er hatte genug davon. »Marten, vielleicht sollten wir die Geschichte überhaupt vergessen. Du spinnst nicht, okay? Du bist super in Ordnung. Egal, was da draußen war.«

»Jetzt lass mich doch, Mann! Ist wichtig. Ich hab im letzten Moment einen Screenshot gemacht. Schau. Schau dir das an!«

Ein Bild von der Überwachungskamera füllte den Schirm. Schwarz-weiß, überbelichtet, körnig. Die Mauer, die Linde, die Straßenlaterne. Die Stelle, wo der Rabe erschienen war.

»Hier. Am linken Bildrand.« Martens Finger zitterte leicht, als er gegen den Schirm stupste.

»Das …« Nik schluckte.

»… ist Levi, haargenau.« Marten nickte.

»Wann war das?« Nik beugte sich vor. Es war nur ein halber Levi zu sehen. Scheitel, Stirn und Nasenspitze. Ein Stück tiefer ragte sein Turnschuh ins Bild.

»Ich weiß nicht. Halbe Stunde?«

»Ein halbe Stunde?« Nik sprang auf. »Warum bist du nicht sofort hergekommen?«

»Warte, warte, warte! Das ist ja nicht die ganze Geschichte …«

»Ach, nein?« Er durfte jetzt keine Zeit mehr verlieren. Nik griff nach seiner Hose. Warum war er bloß nicht darauf gekommen? War es nicht klar gewesen, dass Levi sich wieder rausschleichen würde? Dass er einen Weg finden würde, zur Not auch ohne Nik? Nik hatte es ihm verboten. Er hatte auf ihn eingeredet. Aber hatte er nicht insgeheim gewusst, dass Levi nicht auf ihn hören würde?

Nik fummelte an seinem Gürtel und hielt gleichzeitig nach seinen Sneakers Ausschau. »Wenn das nicht die ganze Geschichte ist«, sagte er, »dann beeil dich besser mit dem Rest. Ich muss jetzt nämlich da raus und ihn holen.« Er hatte die Sneakers erspäht und bückte sich nach ihnen. »Kannst du die anderen Kameras noch mal aufrufen? Vielleicht entdecken wir ihn. Dann muss ich nicht lange suchen.« Vermutlich würde Levi sowieso auf der Brache sein.

»Das ist es ja eben«, sagte Marten leise.

»Was ist es ja eben?«

»Die Kameras funktionieren nicht mehr.«

»Wie?« Nik fuhr herum. »Sind sie dir drauf gekommen?« Es wurde immer schlimmer! Jetzt war auch noch Martens Hack aufgeflogen und sie hatten die Unternehmenssicherheit am Bein!

»Nein, nein. Die haben gar nichts gemerkt. Die haben selber kein frisches Bild mehr.«

Nik verharrte mitten in der Bewegung, den einen Sneaker am Fuß, den anderen in der Hand. »Was soll das heißen?«

Marten reckte ihm sein Zehnkämpferkinn entgegen. Er sah vollkommen ratlos aus. »Die werden seit einer halben Stunde gestört, Mann! Da funkt irgendwer ganz gewaltig dazwischen. Und zwar einer, der mächtig was davon versteht. Was die drüben im Space Dock sehen, ist bloß noch ein Standbild. Irgendwer hat die Kameras eingefroren. Da ist was im Busch, Nik. Da ist irgendwas im Busch, aber ich habe keine Ahnung, was.«

»Vielleicht ist es nur ein Bug.« Nik schlüpfte in den zweiten Schuh. Wenn er es sich überlegte, war er ganz froh, dass die Sicherheit da draußen nichts sah. So konnte Levi wenigstens nicht noch mal ins Bild laufen. »Egal. Ich muss jetzt.« Er hielt eine Sekunde inne. »Kommst du mit?«

Martens Adamsapfel wanderte einmal auf und ab. Seine Augen kamen dem Qwip, den er eben verschickt hatte, verdächtig nahe. »Ich komm mit in die Kammer.« Marten legte den Laptop zur Seite. Er klappte ihn nicht einmal zu. »Ich steh da Schmiere, okay?«

Sie nahmen den vertrauten Weg, Marten auf Socken, Nik gab sich keine Mühe, leise zu sein. Es war Sonntag und die Academy war wie ausgestorben. Es würde sie niemand hören. Er hatte ja auch Levi nicht gehört. Der Gedanke machte ihn wütend. Levi hatte ihn hintergangen.

Er stieß die Tür zur Kammer auf. Das Fenster stand sperrangelweit offen. Darunter hatte Levi drei Kisten aufeinandergestapelt. So einfach war das.

»Hey, pass auf dich auf, ja?« Marten war stehen geblieben, den Arm nach Niks Schulter ausgestreckt.

»Mach ich.« Das war nicht das Problem.

»Hast du dein Handy?«

Nik legte eine Hand auf seine Hosentasche. Er hatte es eingesteckt. Er nickte.

»He, Mann, vielleicht hat Levi seins ja auch …«

»Keine Chance.« Nik kletterte auf den Kistenstapel. »Er hat es nie dabei.«

Marten zuckte hilflos mit den Schultern. »Ich warte hier, okay?«

Nik langte nach der Fensterbank. Er zog sich hoch. Dann kauerte er dort oben im Fenster.

Marten sah zu ihm hinauf. Irgendetwas arbeitete in ihm. Sein Kinn malmte. »Hör mal, bevor du gehst …«

»Ja?« Die Nacht strich über Niks blanke Arme. Ein leichter dunkelblauer Wind. Marten musste kein schlechtes Gewissen haben, dass er nicht mitging, dachte Nik. Es gab keinen Grund, sich zu quälen. Levi war Niks Job. So war es schon immer gewesen. Am Ende ging das Marten nichts an.

»Der Kerl, den ich gesehen hab«, sagte Marten unten in der Kammer, »ich hab mich furchtbar erschreckt, aber ... Ich glaub, das war kein übler Typ. Ich hab den nur irgendwie gestört. Der wollte mir nichts Böses. Der ist abgehauen. Weißt du, was ich meine?«

»Ja«, sagte Nik, rutschte ein Stück weiter und richtete sich auf. Er warf nicht mal einen Blick zum Space Dock hinüber. Er würde gleich zur Brache gehen. Er hatte eben erst davon geträumt.

»Levi?«

Die Datschen wirkten noch abweisender als sonst. Sie hüllten sich in Holz, Asbest und dumpfes Schweigen. Sie rotteten trotzig vor sich hin. Sie stanken, und Nik konnte nicht begreifen, wie er jemals freiwillig hierher hatte kommen können.

»Levi?« Er hatte geflüstert, halblaut gerufen, jetzt zischte er den Namen seines Bruders.

Modergeruch schlug ihm entgegen, als er den Kopf durch das erste Türloch streckte. Die Mischung aus Staub und Schimmel und Vergangenheit raubte ihm diesmal fast den Atem. Levi war hier nicht, aber in einer undurchdringlich finsteren Ecke raschelte es schon wieder.

Nik huschte zur nächsten Tür und zog den Kopf nach einem Atemzug Fäulnis wieder zurück. Dann fiel er in einen Trab und hielt direkt auf die letzte Laube zu, die sich an die Mauer lehnte wie auf einen Stock. Das Licht der Straßenlaterne schwappte über ihr eingesunkenes Teerpappendach und rieselte auf die nackte, platte Erde vor der verkanteten Tür.

»Nik?«

Das war Levi. Er musste Niks Schritte gehört haben. Er trat aus der Tür, das bleiche Licht im bleichen Gesicht, die Augen schmal vor Misstrauen.

»He, Mann! Du kannst nicht einfach abhauen!« Nik war plötzlich atemlos, vor Erleichterung und Ärger. Er schnappte nach Luft. Vielleicht war er auch einfach schneller gelaufen, als ihm bewusst gewesen war.

»Nicht jetzt.« Levi war vor der Schiebetür stehen geblieben, als wollte er sie versperren. »Nicht jetzt, okay?«

Nik versuchte, einen Blick ins Innere der Datsche zu werfen, aber Levi machte einen Schritt zur Seite und verstellte ihm die Sicht.

»Levi, was soll das?«

Levi konnte ihn nicht ansehen. »Bloß nicht jetzt«, sagte er wieder. »Ich komme gleich, okay? In ein paar Minuten. Gib mir ein paar Minuten.«

»Du kommst jetzt, verdammt! Wir hatten uns geeinigt, dass du nachts nicht allein rausgehst. Du hast es mal versprochen.«

»Ich mach's nicht wieder.« Levi wich zurück, die Arme ein wenig abgespreizt. Da war etwas in der Datsche. Und Levi wollte nicht, dass Nik es sah.

Nik stellte sich auf die Zehenspitzen. Er machte einen langen Hals. Er konnte in der Datsche nichts erkennen. »Levi, versteckst du da etwas?«

Levi sah zur Seite und sagte kein Wort.

»Hast du den Raben gefunden?«

Levi klebte jetzt an der Tür, die Hände flach gegen die verzogenen Flügel der Schiebetür gepresst.

»Ist der Rabe tot?« Nik wusste auch nicht, wie er darauf kam. Levi konnte Ewigkeiten damit verbringen, mumifizierte Mistkäfer anzustupsen und ihnen gut zuzureden.

»Nein«, sagte Levi leise. »Er ist nicht tot.« Er flüsterte jetzt. »Und er ist auch kein Rabe.«

Auf einmal waren sie beide so still, dass die kleinen Geräusche groß wurden. Das morsche Gebälk der Datsche knackte. Der laue Wind verschob ein paar auf dem Dach gestrandete Kiefernnadeln. Ferner, sehr ferner Verkehr rauschte, wie es manchmal tief unten in einem Gully rauscht.

»Ist das dein Bruder?« Die Stimme kam aus der Datsche. »Warum bringst du ihn nicht rein?«

Nik zuckte vor Schreck. Er spürte das Blut aus seinem Gesicht weichen. Plötzlich wurde ihm flau. Er warf Levi einen unsicheren Blick zu. »Wer ist das?« Es war weniger als ein Flüstern. Eigentlich formte er die Frage bloß mit den Lippen. Er hatte den dringenden Wunsch, Levi zu packen und von hier fortzuziehen.

Aber Levi klammerte sich regelrecht an die Tür und sah ihn aus großen Augen an. Es war ein flehentlicher Blick. Es war die Bitte, ihn nicht zu verraten.

Nik holte tief Luft, dann schob er Levi sanft zur Seite und zwängte sich durch die Tür. Er trat auf das Wellen schlagende Linoleum. Die alten Bohlen darunter stöhnten.

»Nik, ja? Dein Bruder hat mir von dir erzählt. Er tut nichts Böses. Schimpf nicht mit ihm!«

Auf dem Fußboden, rücklings an die Wand gelehnt, saß ein Mann. Nik sah zuerst die genagelten Sohlen seiner Stiefel, dann die dunkle Schirmmütze auf seinem Kopf und das blasse Gesicht darunter. Vielleicht war er vierzig, vielleicht fünfzig, in jedem Fall sah er ganz anders aus als irgendjemand bei Qwip.com. Eher wie ein Goldgräber oder ein Holzfäller oder ein Pferdehändler aus dem Kaukasus. Kein Mensch trug mehr Nagelstiefel und solche Mützen.

»Tut mir leid, dass ich nicht aufstehe. Aber es geht mir gleich besser. Der Schmerz lässt schon nach.«

Niks Blick fiel auf den rechten Arm des Mannes. Der Hemdärmel war hochgekrempelt und sein nackter Unterarm war blutverschmiert.

»Wer sind Sie?«, brachte Nik heraus. »Was tun Sie hier?« Levi stand hinter ihm. Nik hörte ihn atmen.

Mithilfe seines unverletzten Arms setzte sich der Mann ein Stück weiter auf. Dann lupfte er die Mütze und wischte sich den Schweiß von der kahlen Stirn. Neben seinem linken Bein lag ein blutverschmiertes Schweizer Messer. Leroy hatte verbotenerweise auch so eins.

»Du ahnst nicht, wie schwierig die Antworten auf so einfache Fragen sein können«, sagte der Mann.

»Dann hole ich besser die Sicherheit«, sagte Nik und warf einen prüfenden Blick über die Schulter. Er wäre schneller durch die Tür als der Mann auf den Beinen. Er wusste nur nicht, was mit Levi war. Selbst wenn Levi ihn nicht aufhalten würde – würde er mit ihm zum Space Dock laufen?

»Nein.« Der Mann streckte ihm die flache Hand entgegen. Dann sah er an sich herab, von der Brust bis zu den Stiefeln. »Das hier ist Marek Horak. Ein ...« Er stockte einen Moment. »Ein Biologe aus der Tschechoslowakei.«

Nik stutzte. »Die Tschechoslowakei gibt es nicht mehr«,

sagte er dann mit fester Stimme. Er wusste das genau. Er würde sich hier nicht linken lassen. Die Tschechoslowakei war ein vergangenes Land.

»Ach nein?« Über das Gesicht des Mannes flog ein Grinsen. »Nun, ich nehme an, Marek Horak gibt es auch nicht mehr.« Er schob sich noch ein Stück höher. Dann ballte er die rechte Hand prüfend zur Faust. Er hatte erkennbar Schmerzen, aber er konnte sie bewegen. »Ich hab dir gesagt, dass es schwierig ist.«

»Was machen Sie hier mit meinem Bruder?« Nik wich einen Schritt zurück. Vielleicht konnte er Levi packen und einfach zum Space Dock zerren. Er war noch nie in so einer Situation gewesen. Er wünschte sich, Marten wäre hier. Zu zweit würden sie mit dem Kerl fertigwerden. Einen Moment überlegte er, Marten zu qwippen.

»Dein Bruder hat mir geholfen. Ich bin ihm sehr dankbar dafür.«

Nik wandte sich zu Levi um. Diesmal sah sein Bruder nicht weg. »Ich hab ihm das Messer besorgt«, sagte Levi leise. »Leroys Messer.«

Niks Blick wanderte zu dem blutverschmierten Schweizer Messer, zum blutenden Arm des Mannes und dann zurück zu Levi. »Wieso?«

»Er hat mich darum gebeten«, sagte Levi. »Er brauchte es.«

»Hör mal, Nik.« Der Mann meldete sich wieder zu Wort. »Ich hatte etwas im Arm. Ich musste es … entfernen.«

»Wann hat er dich darum gebeten?« Nik sah Levi an.

»Heute Morgen.« Levi flüsterte fast. »Ich war nicht im Unterricht, Nik. Ich war hier. Wir haben geredet. Und die Vögel waren hier. Sie setzen sich auf seine Schultern. Und auf seinen Kopf. Sie laufen ihm über die Arme. Sie … sie haben überhaupt keine Angst vor ihm.«

Merkte er nicht, wie idiotisch das alles klang?

»Wir sollten jetzt gehen, Levi.« Nik fasste ihn am Arm. Dann sah er zu dem Mann hinüber. »Und Sie sollten auch gehen, Herr … Horak. Kommen Sie nie wieder her! Verschwinden Sie einfach, okay? Wenn Sie verschwinden, sage ich niemandem, dass Sie hier waren.«

Levi versuchte, sich aus seinem Griff zu lösen, aber Nik ließ ihn nicht los.

Der Mann nickte. »Das ist in Ordnung.« Er zog ein Bein an, setzte es auf und stemmte sich mit einem leisen Ächzen in die Höhe. Er war nicht groß, eher untersetzt, und er trug eine aberwitzige Kniebundhose. »Geh mit deinem Bruder, Levi! Und danke für deine Hilfe.«

Nik wich zurück. Aber Levi stand da wie angewurzelt.

»Na, geh schon!« Der Mann lächelte. Das Lächeln sah aus, als gehörte es ihm nicht. »Ich komm schon zurecht, glaub mir. Ich …« Plötzlich legte er den Kopf in den Nacken und lauschte. »Hört ihr das?«

Nik hörte nichts.

Levi trat einen Schritt vor. Er bückte sich nach dem Messer. Nach Leroys Messer. Dann bückte er sich noch einmal, aber in diesem Moment hörte Nik es doch. Ein Brummen.

Levi stopfte sich etwas in die Tasche. Er wischte das Messer an der alten Tapete ab.

»Was ist das?«, sagte Nik. Er ging zur Tür und streckte den Kopf hinaus. Rechts das Space Dock, ein bisschen dunkler als sonst. Ein eiserner Mammutbaum mit lichten, gelben Flecken. Links die Mauer, bleich im Licht der Straßenlaterne –

von dort kam das Brummen her. Vielleicht war es die Straßenlaterne selber, dachte Nik. Vielleicht war sie drauf und dran, durchzubrennen.

Plötzlich stand Horak neben ihm. Mit der linken Hand knöpfte er sich den rechten Hemdärmel zu, aber sein Blick ging nach oben, zur Mauer. »Komisches Ding. Hast du so was schon mal gesehen, Nik?«

Mit dem Kinn wies er zum Mauerfirst. Die Blässe von eben war verschwunden. Die Haut des Mannes war wettergegerbt und er roch ein bisschen nach Datsche.

Im ersten Moment dachte Nik, über der Mauer würde ein großer Vogel stehen, im Flug, wie ein überdimensionierter Kolibri. Dann wurde ihm klar, was das schwarze Ding wirklich war.

»Das ist eine Drohne«, sagte er.

Horak sah ihn verständnislos an.

»Das ist nicht gut«, sagte Nik. Er drehte sich zu Levi um. »Schnell, wir müssen weg hier!«

9 | ADLERSHOF

Sie hatten Berlin erreicht. Schon von Weitem, noch auf der Autobahn, hatte Emma den Lichtsmog gesehen, eine elektrische Staubschicht im Himmel. Dann hatte sich der VW-Bus in eine dieser endlosen Kurven gelegt, die in einem großspurigen Bogen von der Autobahn führten, mitten hinein in den Lichtkegel der Stadt.

Emmas Laptop rutschte über den Campingtisch. Sie hielt ihn fest und warf einen letzten Blick auf die aufgerufene Datei, einen langen Aufsatz mit dem Titel *Fotografie, Archäologie und die mythobiologische Landschaft*. Noch hatte sie nicht gefunden, was sie suchte, aber sie war auf der richtigen Spur. Sie hatte sich schon in Karpacz, als Oberst Sensheim ihnen das Nachtbild von der Neiße gezeigt hatte, an die alten Aufnahmen von Major George Allen erinnert. Krakonos folgte einer Route. Zumindest war das ihre Theorie.

Was Major George Allen damals, indem er aus einem kleinen Flugzeug heraus die Landschaft von oben fotografierte, entdeckt hatte, nannten Mythobiologen heute »Schattenpfade«. Von oben, aus der Vogelperspektive, konnte man die uralten Wege noch sehen. Wie Fossilien hatten sie sich in die Landschaft geprägt. Oft hatte der Fortschritt sie überwuchert – bebaut, asphaltiert, mit Schotter und Schienen bedeckt oder einfach zerschnitten wie Bänder. Aber wenn man genau hinsah und Linien weiterdachte, konnte man sie erkennen: Millionen von Schritten hatten die Schattenpfade über Tausende von Jahren in die Erde gekerbt. Alte

Handelswege waren darunter, Viehwege und Treidelpfade an den Ufern der Flüsse, aber manche der Wege waren noch älter und verbanden Grabstätten und Heiligtümer, verschwundene Haine, längst gefällte Zauberbäume und verlassene Eingänge miteinander, von denen die Mythobiologie überhaupt nur wusste, weil es die Schattenpfade gab und man sie sichtbar machen konnte.

Die Karten waren alle in der Datenbank, aber im Bus, irgendwo hinter Bolesławiec, war die Verbindung zum System in Reykjavík zu schlecht gewesen, um sie aufzurufen. Während sie über die dunkle Autobahn auf die deutsche Grenze zurollten, hatte Emma es mehrfach versucht und leise vor sich hin geflucht.

Schließlich war sogar der still vor sich hin brütende, in sein Karohemd versunkene Tomasz aufmerksam geworden. »Was machst du eigentlich da, Emma?«

Sie hatte sich gleich ertappt gefühlt und das Bildschirmfenster eilig geschlossen. Es war ihr nicht bewusst gewesen, aber sie wollte nicht, dass Tomasz die Karten sah. Denn was immer sie herausfand – Tomasz würde es vermutlich an Gollasch und Sensheim weitergeben; er würde es weitergeben müssen. Sie waren ja schließlich ein Team. Sie hatten ein gemeinsames Ziel, auch wenn sie von verschiedenen Seiten kamen: Das SEK schützte die Menschen vor den Überzeitlichen; die Mythobiologie schützte die Überzeitlichen vor den Menschen. Nur konnte Emma sich einfach nicht einreden, dass das wirklich dasselbe war. Leute wie Sensheim und Gollasch hatten ihre Aufgabe erfüllt, wenn es keine Überzeitlichen mehr gab. Leute wie Tomasz und sie verhinderten jedes Mal bloß das Schlimmste.

»Ich hab mich nur ein bisschen abgelenkt.« Emma hatte wahllos eine andere Datei aufgerufen, einen Aufsatz über Lugh, den Leuchtenden, und seinen Tanz um das feindliche Heer. Dann hatte sie ein bisschen krumm zu Tomasz hinübergelächelt und verlegen »Irische Mythologie« gemurmelt.

»Wir finden ihn schon wieder«, hatte Tomasz gesagt, und Emma hatte halbherzig genickt.

Dabei meinte Tomasz es gut. Er glaubte, sie würde sich Vorwürfe machen, weil sie oben in der Baude nicht gleich Alarm geschlagen hatte. Doch wenn sie an Krakonos dachte und daran, wie er einfach aufgebrochen war, dann war das wie die Erinnerung an einen Triumph. Nein – Emma hatte auch den Aufsatz über den Tanz des Lugh weggeklickt –, sie und Sensheim spielten nicht im selben Team. Am Ende war alles besser als das, was Sensheim vorhatte.

Emma hatte zu dem schwarzen Wald hinübergesehen, der die leere Autobahn säumte, und an den Kludde in Ypern gedacht – von ihm war nur eine tote Katze am Straßenrand übrig geblieben.

Den Rest der Fahrt hatte Tomasz eisern geschwiegen, den Blick starr aus dem Fenster gerichtet. Dass er nervös war, war allein seinen Fingern anzumerken, die unablässig auf den Campingtisch trommelten, als gehörten sie ihm nicht.

Vorn, im nur von den Instrumenten erhellten Dunkel der Fahrerkabine, saßen Alex und Michael ohne Nachnamen, aber die beiden hatten, seit sie über die deutsche Grenze gerollt waren, auch kein Wort mehr gesprochen. Wenn sie Pech hatten, dachte Emma, war der Einsatz gerade in vollem Gang. Im schlimmsten Fall war alles vorbei, wenn sie eintrafen.

Tomasz und sie hatten ein Recht, bei dem Einsatz dabei zu sein – jedenfalls hatte Tomasz als Stationsleiter dieses Recht –, aber Sensheim hatte sie ausgekontert. Indem er Tomasz und Emma in den VW-Bus gesetzt hatte, hatte er sich einen ordentlichen Vorsprung verschafft. Er selbst hatte den Mercedes genommen, zusammen mit Gollasch und den drei übrigen SEKlern. Die angeforderte Verstärkung würde sie vor Ort erwarten. Emma hatte es mitgehört: Das Ziel war Berlin-Adlershof.

Draußen sah nichts nach alten Wegen aus. Der VW-Bus rollte über ein nagelneues, vierspuriges Asphaltband, dicht gesäumt von antennengleichen Laternen und seltsam normierten jungen Bäumen. Die Fahrbahn war fast taghell erleuchtet. Es war drei Uhr in der Nacht. Stiller würde es in der Stadt nicht werden. Nur vereinzelt kam ihnen ein Auto entgegen, bestrich sie mit seinem weißen Scheinwerferlicht und verschwand mit alarmierend roten Leuchten. In der Fahrerkabine knisterte es. Wahrscheinlich hatten sie da vorne Funkkontakt.

Die mächtigen Gebäude am Straßenrand sahen aus wie gerade erst aufgestellt. Emma kam es vor, als führe der Bus nicht durch eine Stadt, sondern durch ein lebensgroßes Modell, in das überlebensgroße Architekten ihre überspannten Entwürfe aus dem 3-D-Drucker stellten: merkwürdig verzerrte Quader, bunt beleuchtete Würfel, Pyramiden aus Glas und Stahl. In einem hoch aufragenden Turm stapelten sich Neuwagen, ein bewachsenes Dach schlug Wellen wie eine Achterbahn, in einem flachen Rundbau aus Glas leuchteten leere Büros wie Körperzellen unter dem Mikroskop. Da und dort schienen neonfarbene Schriftzüge und reflektierende Wegweiser auf: *Sense X, Neurostart, berlin-it, Qwip.com.*

Warum, überlegte Emma, war Krakonos gerade hierher gekommen, wo rein gar nichts mehr an seine Welt erinnerte? Sie dachte an die Wintervillen von Karpacz, die nur hundert Jahre älter waren als das hier. Sie dachte an den Riesenkamm, wie er im Nebel lag, und an die Felsnadeln des Mittagsstein, die seit Jahrtausenden erodierten.

Sie bogen ab und Emma klappte den Laptop zu. Vor ihnen ragte ein Gebäude auf, das aussah, als hätte es der irrste aller Architekten gerade erst in das Stadtmodell gerammt. Es war eine Art fliegender Untertasse mit einem stählernen Stiel, darum herum eine im Licht der Straßenlaternen fahle Mauer.

Am Steuer verlangsamte Alex ohne Nachname das Tempo. Der Funk knisterte wieder. Halb auf dem Bürgersteig vor der Mauer parkten zwei schwarz glänzende VW-Busse, die genau wie ihrer aussahen. Schimmernder Lack, verdunkelte Fenster, Nummernschilder, die wahrscheinlich nirgendwo registriert waren.

Alex hielt und stellte den Motor ab. Tomasz schluckte hörbar. Die Scheinwerfer des Busses erloschen. Einen Augenblick lang waren sie alle still. Dann öffnete Alex die Fahrertür, schälte sich aus dem Sitz und schob mit einem Rasseln die Seitentür auf. Nachtluft drang ein. Der Betongeruch von Industriegebieten und die gespannte Stille der kleinen Stunden nach Mitternacht. Erst als sie dicht hinter Tomasz aus dem VW-Bus kletterte, hörte Emma ein leises Brummen. Über dem Mauerfirst stand eine Drohne.

Sie waren nicht zu spät gekommen. Oberst Sensheim, wahrscheinlich mit tausenderlei Vorbereitungen befasst, hatte kaum Zeit gewonnen. Bestimmt hatte er sich mit allerlei Stellen abstimmen müssen. Vielleicht hatte er auf das Okay eines Geheimdienstoffiziers gewartet. Ein Einsatz in der Stadt war besonders heikel. Das oberste Gebot lautete: Keine Zeugen!

Zusammen mit seinen Leuten stand Sensheim jetzt neben dem Drohnenpiloten, eine Traube schwarzer Gestalten, die mit ihren Helmen und Schutzwesten unförmig und kaum noch menschlich wirkten. Ebenso gut hätten sie Roboter sein können, die sich hier auf ein für das menschliche Ohr nicht wahrnehmbares Signal hin zusammengefunden hatten.

Von der Straße aus waren sie nicht zu sehen, weil die Busse sie verdeckten. Doch die Straße war ohnehin verwaist. Hier wohnte weit und breit niemand. Nur einige Büros in dem absurden Gebäude hinter der runden Mauer schienen auch tief in der Nacht noch besetzt zu sein.

Gollasch eilte ihnen über den Bürgersteig entgegen. In seinem leichten, dunklen Mantel und den klappernden Lederschuhen sah er nicht danach aus, als würde er gleich über diese Mauer steigen. Er war der Profiler. Er arbeitete nur mit dem Kopf.

»Gut hergekommen?« Gollasch gab Emma und Tomasz die Hand.

Tomasz sah zu der dunklen Traube hinüber, die sich gerade über den grünlich schimmernden Bildschirm des Drohnenpiloten beugte. »Gibt es Probleme?«, fragte er.

»Das kann man sagen.« Gollasch wies über die Mauer auf die fliegende Untertasse. »Das da ist die Deutschlandzentrale eines ziemlich bekannten Internetunternehmens. Die haben einen eigenen Sicherheitsdienst. Euer Berggeist hätte sich an keinem unpassenderen Ort verkriechen können.« Gollasch sah Emma an. »Haben Sie vielleicht eine Ahnung, warum er hier ist?«

Emma dachte an die Schattenpfade und schüttelte den Kopf. Der Profiler hatte sie in Verdacht. Auf seine Art war er schlauer als Sensheim, der sie bestimmt bloß für eine blöde Ziege hielt.

»Na ja.« Gollasch ging zur Tagesordnung über. »Wir hatten jedenfalls alle Hände voll zu tun. Die Polizei auszuschalten, sind wir gewohnt. Notfalls ziehen wir sie mit Falschmeldungen ab oder schalten uns vor den Notruf und filtern die 110. Externe Sicherheitsdienste sind eigentlich auch kein Problem, die kann man, wenn's nötig ist, stumm schalten. Aber wenn der Sicherheitsdienst auf dem Firmengelände sitzt, gibt es jedes Mal Schwierigkeiten. Wir mussten ihre Überwachungskameras einfrieren, und es besteht die Gefahr, dass sie's merken. Aber wenn sie Alarm schlagen, landet das jetzt bei uns, da kann nichts mehr schiefgehen. Nur wenn sie selber aktiv werden, stehen wir erst mal dumm da. Zumal der Laden ziemlich neu ist und wir wenig über ihn wissen. Amerikanische Holding. Die lassen sich ungern in die Karten gucken.« Er zuckte mit den Achseln.

»Ist er sicher auf dem Gelände? Ist das Signal stabil?«, fragte Tomasz. Seine Stirn war ein Gitternetz aus Falten. Darüber das Mäusefell seines kurzen, dichten Haars.

»Ja«, antwortete Gollasch knapp. »Die Kollegen haben ein Wunder gewirkt. Sie haben eine dieser vorsintflutlichen Antennen aufgetrieben, die zu fast hundert Prozent korrespondiert. Wenn sie erst drinnen sind, haben wir sozusagen

Fernsehempfang wie zu Zeiten der Braunschen Röhre. Ein bisschen Schnee vielleicht, aber sonst ein untrügliches Signal. Dass wir so nah sind, macht die Sache natürlich leichter. Viel weiter als ein paar Hundert Meter reicht das rostige Ding nicht. Ist wirklich ein bisschen so wie zu Zeiten des seligen Horak.« Er grinste, als wäre er nicht im Geringsten nervös, und warf einen Blick auf seine Armbanduhr, ein übergroßes Ding aus gebürstetem Stahl. »Aber es wird Zeit«, sagte er. »Angeblich sind die Jungs und Mädels da drinnen üble Workaholics. Bevor es hell wird und die ihre Rechner anschmeißen, müssen wir über alle Berge sein. Ohne Spuren.«

»Was wollen Sie mit ihm machen?« Emma hatte einen Frosch im Hals.

»Fragen Sie das den Oberst!«, sagte Gollasch. »Aber ich nehme an, am Ende ist das situationsabhängig. Ich habe ihn als Gefährder eingestuft, wie Sie wissen. Und ein Einsatz im Stadtgebiet erfordert Schnelligkeit. Aber keine Sorge, die Drohne bleibt, solange aus Sicherheitsgründen kein anders lautender Befehl kommt, im Einsatz. Sie können den Zugriff also von hier aus beobachten. Auf dem Gelände haben Sie keinen Zutritt. Das versteht sich von selbst, oder?«

Von selbst hätte sich ein Vortrittsrecht der Wissenschaft verstanden, dachte Emma. Tomasz war der Krakonos-Spezialist. Sensheim und Gollasch waren bloß Jäger.

Aber Tomasz, der an dieser Stelle hätte widersprechen müssen, nickte nur bedrückt und ging neben Gollasch auf die Traube schwarzer Gestalten zu, aus der gleich neben der sperrigen Antenne, die das SEK aufgetrieben hatte, Sensheims schnittiger Schädel ragte.

Emma vergrub die Hände in den Taschen ihrer Cargohose. Es hatte sich wenig geändert, seit Horak die Überzeitlichen gejagt hatte wie Großwild, dachte sie. Dann sah sie an der Mauer hinauf, wie sie erst vor ein paar Tagen zu seinem Felsengrab aufgesehen hatte. *Rübezahl, Rübezahl, wenn's dich gibt, verschwind doch mal!*

Wenn sie es doch nur über diese Mauer schaffen könnte, dachte sie dann. Vielleicht konnte man ja mit ihm reden. Wenn auch nur ein Funken Wahrheit in den Legenden war, die Musäus und Praetorius überliefert hatten, hatte er früher mit sehr vielen Menschen geredet. Dann hatte es Zeiten gegeben, in denen er Menschen wie ein Spaziergänger begegnet war. Herr der Berge. Hüter der Bergwelt. Gollasch hatte ihm in seinem Profil unterstellt, eine tickende Zeitbombe zu sein: vollkommen isoliert und in seiner Verzweiflung zu allem fähig. Der Krakonos hingegen, den Praetorius beschrieb, war listig und überlegt und konnte sehr gut unterscheiden, mit wem er es zu tun hatte. Hochmütige Jäger schickte er fort, hungernden Bauern gab er zu essen. Und Gewalt war nicht sein erstes Mittel. Vor einem halben Jahrhundert, als Krakonos schon einmal der Gejagte gewesen war, hätte er Horak leicht überwältigen können. Stattdessen hatte er Horak sein Spiegelbild gezeigt, hatte sich in seinen Peiniger verwandelt – in der vergeblichen Hoffnung, dass Horak verstand, was er dem Berggeist antat.

»Go!«

In das SEK kam plötzlich Bewegung. Die Traube löste sich auf. Aluleitern wurden aus den Bussen gezogen und an die Mauer gelehnt. Die Drohne über dem Mauerfirst schoss nach vorn und verschwand aus Emmas Sichtfeld. Sensheim schob sich ein Nachtsichtgerät vor die ausnahmsweise nicht bebrillten Augen.

Die ersten Männer waren schon auf den federnden, leise quietschenden Leitern. Ein unterdrückter Kommandoruf, Schattenrisse über dem Mauerfirst: Helme, Schultern und der schmale Lauf eines Sturmgewehrs. Das scharfe Surren einer Winde.

Emma legte die Hände an den Mund und schloss für einen Moment die Augen. Als sie sie wieder aufmachte, scharten sich nur noch Tomasz, Gollasch und ihre beiden Chauffeure um den Drohnenpiloten.

Schleppend, als hätte sie Blei in den Schuhen, ging Emma zu ihnen. Der Bildschirm des Piloten war nicht größer als ein Tablet und direkt über der Fernsteuerung angebracht. Zunächst konnte Emma kaum etwas erkennen. Erst nach und nach verwandelten sich die hellweißen Schemen in SEKler. Gebückt huschten sie durch hohes, nächtlich graues Gras und überwanden das dunkle Band eines Wegs oder Pfads. Es sah aus, als müssten sie darüberklettern. Für einen Moment glaubte Emma sogar, das Drahtgestell der alten Antenne zu erkennen.

Dann wechselte die Perspektive – vielleicht gab es auch ein zweites Kameraauge oder die Drohne hatte sich ruckartig bewegt. Auf dem kleinen Bildschirm war jetzt eine Reihe niedriger Gebäude zu erkennen, grau in dunkelgrau in schwarz, und dann, plötzlich, zwei kleine helle Gestalten, die sich sehr schnell bewegten. Im Negativbild der Nachtaufnahme leuchteten ihre Köpfe grellweiß.

»Scheiße«, sagte der Drohnenpilot. »Das sind Kinder.«

10 | ZUGRIFF

»Das ist eine Kamera-Drohne!« Nik hatte Levis Hand umklammert. Er zerquetschte sie fast. Sie rannten so schnell sie konnten.

Die Drohne war in ihrem Rücken, hoch über ihnen. Der verdammte Sicherheitsdienst! Vielleicht waren die Überwachungskameras deshalb eingefroren worden: Sie hatten jetzt etwas viel Besseres.

Konnte das sein?

So viel Aufwand, nur weil sie nachts aus dem Fenster gestiegen waren?

Nik versuchte, einen klaren Gedanken zu fassen, aber er handelte nach Gefühl. Mit einem scharfen Ruck zog er Levi nach rechts, in eine der mittleren Datschen. Seit sie Horak zurückgelassen hatten, hatten sie nur ein paar Meter gewonnen.

Es gab keine Tür. Sie platzten in den Raum. Alte Gardinen vor dem Fenster. An der Wand waren ein paar Bretter gestapelt, die niemand mehr je brauchen würde. Es gab ein verschmiertes Fenster in der Rückwand. Auf dem Sims davor stand eine vergessene Vase. Sie musste seit Jahrzehnten da stehen.

Nik und Levi kauerten sich neben das Türloch und spähten hinaus. Sie konnten die Drohne hören, aber nicht sehen. Suchte sie wirklich nach ihnen? Suchte sie vielleicht nicht eher nach Horak?

Nik hatte das Gefühl, ihm würde gleich der Schädel zerspringen. Er lugte nach rechts. Beim Space Dock bewegte sich gar nichts. Als hätte jemand auf Pause gedrückt.

»Was hat er dir erzählt?«

»Wer?«, fragte Levi.

»Horak!«

Levi ließ sich auf den Boden sinken und lehnte sich an die dünne Wand neben dem Türloch. »Nichts.«

»Hör auf! Natürlich hat er dir was erzählt. Du hast ihm Leroys Messer besorgt!«

Draußen brummte die Drohne. Worauf wartete sie?

»Er hatte was im Arm. Er hat es sich rausgeschnitten.«

»Was hatte er im Arm, verdammt?«

Levi blieb Levi und verstockt. »Ich weiß nicht«, sagte er leise.

Nik starrte ins Dunkel hinaus. Sobald sie die Datsche verließen, wären sie im Bild. Noch größere Sorge machte ihm aber, dass die Drohne bestimmt nur ein Vorbote war. Irgendjemand musste sie lenken. Irgendjemand hatte sie ihnen auf den Hals gehetzt. Wo war dieser Jemand? Was wollte er von ihnen? Und wer war dieser Jemand, wenn es nicht der Sicherheitsdienst war?

Wenn dieser Jemand nicht die Sicherheit war, dann konnte die Sicherheit ihnen jetzt helfen. Aber der Preis dafür wäre, von der Academy zu fliegen. Es gab Schlimmeres, dachte Nik.

Er rappelte sich auf. Er sah sich in der Datsche um. Sie waren schon oft hier gewesen.

Was hatte Horak gesagt? Dass es Horak nicht mehr gebe? Das machte keinen Sinn. Das alles machte keinen Sinn. Nik stampfte ärgerlich auf. Die Bohlen bebten. »Du glaubst doch nicht wirklich, dass er der Rabe ist, oder? Dass er hierher geflogen ist?«

»Doch«, sagte Levi. Er lehnte an der Wand und sah Nik unverwandt an. »Das glaube ich. Horak ist nicht sein richtiger Name.«

»Ach nein?« Nik spürte, wie er immer wütender wurde. Es war drei Uhr in der Nacht, eine Drohne jagte ihnen nach, und Levi erzählte ihm Märchen, als wäre er nicht zehn, sondern fünf.

Nik fingerte das Handy aus seiner Tasche. »Ich rufe jetzt im Space Dock an. Wir machen Schluss mit dem Mist hier!«

»Und Riebe?« Levi streckte einen Arm nach seinem Bruder aus.

»Wer? Wovon redest du?«

»Riebe. Das ist sein Name. Er hat ihn mir verraten. Ich hab ihn Riebe genannt.« Dann senkte Levi den Blick. »Nein. Stimmt nicht. Ich hab mich nicht getraut, ihn beim Namen zu nennen.« Er hob den Kopf wieder. »Ich glaube, er ist kein Mensch, Nik. Er ist etwas anderes. Er war der Rabe. Wirklich! Und er ist nicht Horak.«

»Er ist wahrscheinlich ein Krimineller. Oder ein Irrer. Und wenn du mich fragst, dann ist die Drohne hinter ihm her und nicht hinter uns.« Nik starrte auf sein Handy und fluchte. »Die haben das Mobilfunknetz gestört«, sagte er. Er war sich sicher; er hatte hier sonst immer Netz gehabt. Vielleicht konnte er das WLAN der Academy erreichen. Oder eins vom Space Dock.

»Nik! Was ist das?« Levi war aufgesprungen. Er sah nach draußen, starr vor Angst.

Nik war gleich bei ihm. Über die Brache kam ein halbes Dutzend schwarzer Gestalten auf sie zu. Seltsam geduckt und seltsam unförmig. Sie trugen Helme! Wahrscheinlich trugen sie Waffen! Die Drohne brummte über ihnen.

Für einen Moment war Nik speiübel. Kalter Schweiß trat ihm auf die Stirn. Sie mussten weg hier! Was immer hier lief, es war lebensgefährlich!

Mit einem Satz war er am hinteren Fenster und wischte die Vase vom Sims. Mit einem dumpfen Ton landete sie auf den durchfeuchteten Bohlen. Der Fenstergriff ließ sich nur noch mit roher Gewalt umlegen. Der Rahmen klemmte auch. Er war ziemlich verzogen. Nik hängte sich mit seinem ganzen Gewicht an den Griff. Er zerrte. Er stemmte sich mit den Füßen gegen die Wand. Das Fenster schwang auf und brachte ihn beinahe zu Fall.

»Raus hier, los!« Er schob Levi zum offenen Fenster. Dahinter waren die Mauer und das Stacheldrahtgewirr der Ranken. Dahinter war vor allem schwarze Nacht. Egal. Er hatte sich erst gestern da hindurchgekämpft. »Mach schon!«

Levi hockte auf dem Fenstersims wie ein Vogel auf einem Ast.

»Mach!«

Nik setzte ihm nach. Er landete in den Ranken. Einer seiner Sneakers verfing sich im Gewirr der Zweige. Eine Dorne kratzte über seinen nackten Arm. Er tastete nach Levis Hand. Sie hasteten weiter. Das Laub und die Ranken. Sie machten schrecklich viel Lärm. Es war nur ein schmaler Durchgang zwischen Mauer und Datschen.

Sie mussten nicht reden. Sie verstanden sich auch so. Vielleicht würden sie sich hinten herum schleichen können – bis zum Ende der Reihe und dann unbemerkt über die Brache bis zur Academy. Vielleicht hatte das hier gar nichts mit ihnen zu tun.

Niks Schulter schabte an einer der Faserplatten entlang. Er stieß sich den Fuß an der halb eingegrabenen Flasche. Sie hatten die letzte Datsche erreicht und wurden jetzt langsamer.

Die Drohne war immer noch in der Luft, aber leiser. Sie hatte sich nicht bewegt.

Sie ließen den schmalen, überwucherten Durchgang hinter sich. Bis zum Space Dock war es ein weiter Weg, viel weiter als bis zum Q-Strich der Academy, aber sie könnten sich im Schutz der Mauer fortbewegen, das Space Dock weiträumig umlaufen und dann vom Café aus auf die Academy zuhalten. Zur Not krochen sie dann einfach über das flache, bewachsene Dach auf die Seite mit dem offenen Fenster, wo Marten auf sie wartete.

Ob er überhaupt noch da war? Wie viel Zeit war wohl vergangen?

Nik lugte um die Ecke der letzten Datsche. Dann ging er auf die Knie und kroch an der Seitenwand entlang. Levi war hinter ihm. Er hörte ihn atmen. Nik musste einen Blick riskieren. Die schwarzen Gestalten hatten ihre Datsche mit Sicherheit schon erreicht. Vielleicht schwärmten sie gerade aus. Vielleicht …

»Ich hab das Signal!«, rief jemand. »Oberst! Ich hab das Signal!«

Nik streckte den Arm aus und hielt Levi zurück. Die Männer standen vor der Datsche! Gleich um die Ecke! Sie waren schon hier!

»Wenn er aufsteigt, Fangschuss. Verstanden? Schießt auf jeden verdammten Vogel, den ihr seht!«

Nik hielt den Atem an.

Vogel?

Levi bebte.

Suchten sie den Raben? Das konnte nicht sein.

»Oberst. Ein Funkspruch von Gollasch.«

»Ja?«

»Angeblich sind Kinder auf dem Gelände.«

»Sei's drum. Wir folgen dem Signal. Und schickt die verdammte Drohne weg. Das klingt ja wie ein Schwarm Wespen.«

Schritte.

»Alle da?«

»Jawohl, Oberst.«

»Ist der Weg hinter diesen Bruchbuden dicht?«

»Jawohl, Oberst.«

»Signal?«

»Rechts. Vielleicht ein paar Meter.«

Metall. Ein Klicken.

»Ausschwärmen! Ich bleibe hier und nehme das Dach.«

Das war der Moment, in dem Nik aufsprang. Sie waren in Lebensgefahr. Er musste etwas tun, bevor hier alles schrecklich schieflief. Ein Oberst. Ein Soldat! Sie waren aus einem Fenster geklettert, Herrgott! Sie hatten nichts verbrochen.

»Hallo?«, rief er. Was für ein mickriges Stimmchen er hatte! Es kostete ihn alle Kraft, die er hatte, das herauszubringen. »Hallo? Wir … sind hier. Wir …« Er zog Levi auf die Beine, umklammerte seine Hand und zog ihn ein Stück weit von der Datsche weg, ins Freie. »Wir haben keine Waffen. Wir sind

Kinder.« Er hob die freie Hand. Plötzlich wurde er geblendet. Der Taschenlampenstrahl war genau auf sein Gesicht gerichtet. Dahinter, aufgefächert, die schwarzen Gestalten. Sie knirschten. Etwas klickte. Einer der Männer reckte ein zackenbewehrtes Gerät.

»Starkes Signal. Das ist er.«

»Welcher?«

»Links. Der Kleine.«

Links stand Levi. Der Kleine war Levi.

»Hören Sie …« Nik stellte sich vor seinen Bruder. Er breitete die Arme aus. Er kniff die Augen zu. Das Licht traf ihn mitten im Gesicht.

»Hundert Prozent?«

Dann kam das Wasser in Massen. Wie eine Wand stand es plötzlich zwischen ihnen und den Männern. Wind heulte. Eine gewaltige Böe jagte den prasselnden Regen über die Brache. Das spärliche Licht, das eben noch vom Space Dock und den Laternen hinter der Mauer gekommen war, erlosch wie eine Kerze.

Nik war sofort durchweicht. Er hörte nichts mehr außer dem pfeifenden Wind und dem prasselnden Regen. Er taumelte zurück. Er sah plötzlich Horak vor sich stehen, nur eine Handbreit entfernt und doch hinter den Wassermassen, die vom Himmel stürzten, kaum zu erkennen. Die Schirmmütze saß ihm wie ein Schwamm auf dem Kopf. Sein Blick war so starr wie der eines Vogels.

Im nächsten Moment zog er Nik und Levi fort. Die Brache hatte sich binnen Sekunden in ein Schlammfeld verwandelt. Nik rutschte aus, aber Horak zog ihn mit einem Ruck zurück auf die Beine.

Dann ließ der Regen so plötzlich nach, wie er gekommen war, aber dafür war jetzt Nebel aufgestiegen, undurchdringlich wie weißer Rauch, die Lichter dahinter nur Schemen.

Sie schienen im Nirgendwo zu stehen, nicht mal das Space Dock war noch zu sehen, aber Nik konnte Stimmen hören. Die schwarzen Männer brüllten.

»Der Junge! Er ist der kleine Junge!« Nik konnte jedes Wort verstehen.

»Levi!« Horak keuchte. »Hast du den Sender eingesteckt?«

»Was?« Nik spürte Horaks eisernen Griff. Seine harten, schwieligen Hände.

»Levi! Hast du es eingesteckt? Das Ding, das ich mir aus dem Arm geschnitten habe!«

»Ja.« Levi schnappte nach Luft. »Ich hab's in der Hosentasche.«

»Her damit! Gib's her!«

Horak ließ Nik los. Levi gab ihm etwas und dann warf Horak dieses Etwas weg. Weit weg, mit aller Kraft, in einem hohen Bogen.

»Licht! Scheiße! Licht! Scheinwerfer an!«, brüllte jemand.

»Oberst?«

»Der Scheinwerfer, verdammt noch mal!«

Grelles Licht prallte vor die Nebelwand, die sie umhüllte. Sekunden später heulte die Sirene im Space Dock los. Nik kannte sie vom jährlichen Feueralarm. Da mussten sie immer in Zweierreihen aus der Academy marschieren und sich vor dem Space Dock eine Stunde lang die Beine in den Bauch stehen.

»Abbruch!«, rief jemand hinter der Nebelwand, aber er wurde gleich von der Stimme des Obersts niedergeschrien. »Außer Kraft. Zugriff! Nach wie vor Zugriff!«

Vom Space Dock kamen tastende Lichter auf sie zu, verzerrt von der Wand aus Nebel.

»Signal von weiter hinten! Oberst, das Signal kommt von dahinten aus dem Gebüsch.«

»Vergesst das Signal! Wir greifen uns den kleinen Jungen. Das ist ein Befehl!«

Niks erster Impuls war, auf die Leute von der Sicherheit zuzurennen, auf ihre tastenden Taschenlampenstrahlen, auf das heulende Space Dock zu.

»Kommt!« Er tastete nach Levis Hand. Er bekam sie zu fassen. Er drehte sich zu Horak um und sah im Dunkeln Levi neben sich stehen. Er sah *zwei Levis* und ihm war schon wieder speiübel.

»Halt! Bleiben Sie, wo Sie sind!« Das waren die Leute von der Sicherheit.

Von der anderen Seite Laufschritte. Der Oberst und seine Männer kamen auf sie zugerannt. Sie kamen näher, immer näher.

Nik fasste beide Levis an den Händen und rannte einfach los. Weiter in den Nebel, dahin, wo die Academy lag. Das Fenster, die Kammer, bloß weg hier.

Schlamm spritzte auf. Er konnte den Flachbau jetzt sehen, ein heller Streifen Wand, der aus der Erde ragte, und in der Mitte das Fenster zur Kammer.

In ihrem Rücken nur noch Gebrüll und sich überschlagende Stimmen. Nik meinte, den Oberst zu hören, und jemand schrie: »Konzernsicherheit! Stehen bleiben! Sie haben unbefugt dieses Gelände betreten!«, aber die Stimmen wurden leiser, und das Fenster war jetzt zum Greifen nah.

»Marten! Marten!« Aber was sollte er ihm sagen? Er kam nicht allein mit Levi. Er hatte zwei Levis dabei.

11 LEVI & LEVI

»Mann, Mann, Mann! Wo wart ihr denn so lange? Da draußen ist ja die Hölle los!« Marten stand völlig aufgelöst unter dem Fenster. Kaum hatte Nik den Kopf hereingesteckt, redete er los. Seine Dreadlocks sahen aus wie nach einem Stromschlag. »Mann!« Er sprang auf den Kistenstapel und griff nach Niks Arm, um ihn in die Kammer zu ziehen.

Hinter ihnen heulte das Space Dock immer noch. Der Nebel, den sie mitgebracht hatten, waberte in die neonhelle Kammer und löste sich dort auf. Marten hatte das Licht angemacht. Vielleicht, um ihnen den Weg zu leuchten.

»Schnell! Wir müssen dieses Fenster zumachen. Und dann haut ihr euch in die Betten. Ihr wart nie da draußen, hört ihr? Ihr wart die ganze Zeit hier. Ich bin Zeuge.«

Nik ließ sich auf die Kisten rutschen. Er stand jetzt ganz dicht neben Marten, aber er kam nicht zu Wort, und er hätte auch gar nicht gewusst, wo anfangen. Er sprang von dem wackelnden Stapel und stand in der Kammer. Seine Kleider waren schwer vom Regen. Das Wasser stand in seinen Schuhen.

»Komm, Levi!« Marten streckte schon wieder die Arme aus. »Die Erzieherin war auch schon hier. Ich hab sie gerade noch abfangen können. Hab gesagt, ihr schlaft – trotz der Sirene. Sie hat's gefressen und ist zu den Zwergen zurück. Mann! Ich hab gedacht, wir werden evakuiert oder so.«

Marten fasste Levi unter den Achseln, zog ihn rein und setzte ihn auf dem Stapel ab.

Den ersten Levi, dachte Nik. Er konnte es selbst nicht glauben.

Marten drehte sich um, um das Fenster zu schließen, und dann fror alle Bewegung ein. Es wurde totenstill. Nur die Sirene heulte weiter.

Es war, als bewegte sich Marten in Zeitlupe. Er sah den zweiten Levi im Fenster hocken. Er drehte sich langsam um und sah den ersten Levi tropfend in der Kammer stehen, patschnass vom Regen, so wie der Levi im Fenster. Marten sah erst den einen, dann wieder den anderen an. Das ging ein paar Mal so. Dann klappte Martens kräftige Kinnlade nach unten. Falls er etwas sagen wollte, misslang das gründlich. Er brachte nicht mehr als ein Röcheln heraus. Er war jetzt sehr weiß im Gesicht und musste sich rücklings an die Wand lehnen, immer noch auf dem kippelnden Kistenstapel.

»Mann!« Es war weniger ein Wort als ein Stöhnen. »Hey, Nik …« Er sank so lange an der Wand herab, bis er auf dem Kistenstapel hockte. »Mir geht's nicht so gut, Nik. Ich …«

»Schon in Ordnung.« Nik kletterte an Marten vorbei auf den Stapel und half dem zweiten Levi herein. Er konnte sie selbst nicht unterscheiden. Dasselbe von der Nässe beinahe graue Haar. Dasselbe dunkle, durchweichte T-Shirt. Dieselben schmalen Schultern, dieselben dünnen Beine, dieselbe Undurchdringlichkeit.

Levi.

Horak.

Zum ersten Mal glaubte Nik wirklich, dass Horak der Rabe gewesen war.

Riebe. Er formte den Namen mit den Lippen. Riebe. Das sei sein wahrer Name, hatte Levi gesagt.

»Mir geht's echt nicht gut, Nik. Mir geht's plötzlich total dreckig.« Marten hatte sich nicht bewegt. Nik schob sich an Marten vorbei und schloss das Fenster. »Es ist alles okay, Marten. Mit dir ist alles okay.« Er beugte sich zu Marten hinab und fasste ihn an der Schulter. »Es sind wirklich zwei. Ich weiß auch nicht, wieso.«

»Wow.« Marten stemmte sich auf die Beine. Er sah die beiden Levis an. Er fuhr sich durch die Dreadlocks. Er hatte wieder ein bisschen Farbe im Gesicht. »Okay. *Copy & Paste.*« Er blies die Backen auf und stieß eine Menge Luft aus. »Ist einer von euch echt oder funktioniert das nicht so? Hallo? Irgendwelche Kopierverluste?« Er versuchte es mit Humor, der besten Marty-Waffe.

Die beiden Levis tauschten einen Blick und plötzlich konnte Nik sie unterscheiden. Der linke, der zuletzt in die Kammer geklettert war, war nicht sein Bruder. Wie seine Augen den Raum scannten, wie sie sich zu orientieren versuchten, verriet es ihm. Dieser Levi war noch nie hier gewesen.

»Wir sollten das Licht ausmachen.« Der fremde Levi sprach mit Levis Stimme, aber nicht auf Levi-Art. Die meisten Sätze von Niks Bruder endeten als Frage, selbst wenn sie keine Frage waren.

»Was? Wieso?« Marten war gleich wieder alarmiert.

Nik löschte schnell das Licht. Am Fenster wischte der schmale Strahl einer Taschenlampe vorbei.

»Raus hier!«

Die beiden Levis und Marten stolperten auf den Gang. Nik zog die Tür hinter sich zu und verharrte einen Augenblick. Es roch nach PVC und Reinigungsmitteln. Es roch ganz anders als draußen. Er tropfte immer noch den Fußboden voll.

Er musste jetzt das Richtige tun, dachte Nik, aber er hatte nicht die leiseste Vorstellung, was das Richtige sein könnte. War das die Sicherheit da draußen? Oder waren es die Männer dieses Obersts?

Schließlich öffnete er die Tür wieder, aber nur einen Spaltbreit, und kroch auf allen vieren in die Kammer zurück. Bloß einen Meter weit, im Schatten der Regale, um durch das Fenster zu sehen.

Sie hockten davor, im Licht ihrer eigenen Lampen, und sie trugen schwarze Helme mit einem Gitter vor dem Mund. Der Sicherheitsdienst hatte den Oberst nicht aufgehalten. Wenigstens zwei seiner Männer waren hier.

Er fand Marten und die beiden Levis in Martens Wabe. Hinter dem Quipu leuchtete das irre grüne *Herr der Ringe*-Land. Marten und sein Bruder saßen auf dem Bett. Der Levi-Riebe lehnte an Martens Nachttisch, vor der Batterie aus Colaflaschen. Martens Blicke schossen zwischen den beiden Levis hin und her. Es sah aus, als verdrehte er die Augen.

»Sie sind am Fenster«, sagte Nik. »Sie sind uns gefolgt.«

Ein leises Stöhnen in der Runde.

Sie brauchten dringend einen Plan. Nik warf dem Levi-Riebe einen fragenden Blick zu. Es steckte ein Rest Horak in ihm, fand er. Vielleicht waren es die Augen, auch wenn es durch und durch Levis Augen waren.

»Sie haben Levi gesehen. Und sie haben kein Signal mehr, um uns zu unterscheiden.« Der Levi-Riebe biss sich auf die Unterlippe, so wie es auch der Levi-Levi manchmal tat. »Am besten gehe ich raus und stelle mich.«

»Nein!« Der richtige Levi riss den Kopf hoch. »Die bringen

dich um. Wir haben sie reden hören. Wenn du dich in einen Vogel verwandelt hättest, hätten sie dich einfach abgeschossen.«

»So.« Der Levi-Riebe fuhr sich über das Kinn, wie es bärtige Männer manchmal taten.

»Könntest du nicht einfach abhauen?«, fragte Levi.

Der Levi-Riebe nickte. »Aber dann würden sie auf dich losgehen, Junge. Du hättest den Sender nicht einstecken sollen. Ich hätte den Sender nicht einfach da liegen lassen dürfen.« Er furchte die Stirn. Das tat Levi auch oft.

»Sender? Kann mir mal irgendwer erklären, was hier abgeht?« Marten sah in die Runde. Am Ende klebte sein Blick an Nik.

»Ich wünschte, ich könnte«, sagte Nik. Dann wandte er sich an den Levi-Riebe. »Was wollen die von dir? Und wer sind die überhaupt?« Am liebsten hätte er »Wer bist du?« gefragt, aber das traute er sich nicht. Er fürchtete die Antwort.

»Ich weiß es nicht genau.« Der Levi-Riebe verschränkte die Arme. »Und für eine richtige Erklärung ist auch keine Zeit. Ich bin auf dem Weg, versteht ihr? Ich wollte wohin, aber …« Er schüttelte den Kopf. »Es ist mehr Zeit vergangen, als ich dachte. Ich bin vergebens hierhergekommen, und sie wollen nicht, dass ich weiterziehe. Ich habe nichts Böses getan.« Er schüttelte noch einmal den Kopf, den Blick nach unten gerichtet. »Außer dass ich euch in Schwierigkeiten gebracht habe. In große Schwierigkeiten. Es tut mir leid.« Er sah sie an. Erst Nik, dann Levi.

»Warum hast du meine Gestalt angenommen?«, fragte Levi.

Marten neben ihm zuckte und schnappte nach Luft. Wenn er jetzt umkippen würde, hätten sie ein Problem mehr.

»Um dich zu schützen. Sie glauben, dass du ich bist, verstehst du? Sie suchen jetzt dich. Weil du den Sender hattest. Es wird sie verwirren, wenn sie merken, dass es dich zwei Mal gibt. Wenn sie nicht mit sich reden lassen, erhöht es deine Chance um fünfzig Prozent.« Der Levi-Riebe streckte eine Hand durch das Quipu und spähte durch den Spalt. »Aber damit du wirklich in Sicherheit bist, muss ich mich stellen.«

»Werden sie es denn dann glauben? Dass du du bist?« Nik hatte es abgewogen. Er war dafür, dass Riebe sich stellte. Er war sich nur nicht sicher, ob es das Problem auch lösen würde. »Lassen die mit sich reden?« Er hatte ihre Stimmen gehört. Er hatte die Stimme des Obersts gehört. Er hielt diesen Mann für gefährlich. »Sind die von der Polizei?« Er wusste zu wenig, um sich richtig zu entscheiden, und die Zeit lief ihnen davon. So wie diese Männer ausgesehen hatten, sprengten sie verschlossene Türen einfach auf.

»Ich weiß es nicht genau.« Der Levi-Riebe seufzte. »Du würdest mich auslachen, wenn du wüsstest, wie wenig ich weiß. Von allem hier.« Er ließ die Schnüre des Quipu zurückschwingen. Er klang jetzt gar nicht mehr nach Levi, auch wenn er mit Levis leiser Stimme sprach. »Erinnert ihr euch an Marek Horak?«

»Du hattest seine Gestalt.« Die richtige Levi-Stimme. Es klang wie eine Frage.

»Ja. Das da draußen sind Horaks Söhne, nehme ich an. Sie wussten von dem Sender. Horak hat mir den Sender verpasst. Das ist lange her. Mir war nicht klar, wie sehr sich alles seitdem verändert hat. Ich habe es erst auf dem Weg begriffen.«

»Ich kapier überhaupt nichts«, sagte Marten zu niemand Bestimmtem. Er sagte es einfach in den Raum.

»Und jetzt?« Niks Stimme war belegt. Er hatte genau zugehört und war doch kein bisschen schlauer.

»Es gibt nur zwei Möglichkeiten. Ich stelle mich oder wir hauen zusammen ab«, sagte der Levi-Riebe.

»Dann hauen wir zusammen ab. Ich will hier eh nicht bleiben. Und wenn du dich stellst, dann stelle ich mich mit.« Levi warf Nik einen trotzigen Blick zu. »Dagegen kannst du nichts machen, Nik. Gar nichts!«

»Psst!« Der Levi-Riebe hob die Hand. »Nicht streiten. Ihr habt mir geholfen. Ich schulde euch Dank. Aber was für ein Dank wäre das, wenn wir jetzt zusammen da rausgingen? Ich kann euch nicht mitnehmen auf meinem Weg. Es ist zu gefährlich.«

»Doch, das kannst du. Das musst du sogar.« Levi war aufgesprungen. »Du musst uns so lange mitnehmen, bis sie sicher wissen, dass ich nicht du bin. Bis sie einen Beweis haben.«

Nik starrte seinen Bruder an. So hatte er ihn noch nie erlebt. So fraglos. So entschlossen. Er überlegte, ob Levi recht hatte. Er dachte an die beiden Männer vor dem Fenster. Sie suchten einen kleinen blonden Jungen. Den, der zuletzt das Signal ausgesendet hatte.

»Zeig mir deinen Arm!«, sagte er zu Riebe. Der Sender, von dem hier immer die Rede war, musste in Horaks Arm gesteckt haben. Deshalb hatte Horak ein Messer gebraucht.

Der Levi-Riebe hielt ihm den Arm hin. Horaks Arm war blutverschmiert gewesen, der Arm des Levi-Riebe war in Ordnung. Auf die Schnelle konnte Nik nicht beweisen, welcher Levi eigentlich Riebe war.

»Psst!« Marten legte den Kopf in den Nacken und sah zur Decke hinauf. »Hört ihr das?«

Dumpfe Schritte auf dem Flachdach. Sie waren über ihnen. Marten sprang auf. »Komm mal mit, Nik!« Er tauchte durch das Quipu.

Nik warf den beiden Levis einen Blick zu und tauchte hinterher. Er hatte keine Ahnung, was Marten vorhatte.

Ein paar Schritte von seiner Wabe entfernt blieb Marten stehen. Er wartete, bis Nik zu ihm aufgeschlossen hatte. »Hey, Mann. Was ihr da redet, ist zehn hoch Bahnhof für mich. Glaubst du, ihr müsst abhauen? Wollen die Levi ans Fell?« Marten flüsterte.

Nik zuckte hilflos mit den Achseln. Die Antwort schien ihn eine Ewigkeit zu kosten. »Könnte sein«, sagte er endlich.

»Dann wüsste ich einen Weg raus«, sagte Marten leise.

Nik sah ihn verständnislos an. Die LED-Kugel färbte Martens Gesicht fantastisch grün. Das Geräusch von Wellen. Das Space Dock heulte nicht mehr. Irgendjemand hatte die Sirene abgestellt.

»Hier.« Marten hatte sein Handy gezückt und hielt es Nik genau vor die Nase. »Wir könnten ein Qwipmob rufen. Bis genau vor die Treppe. Ihr müsstet nur noch reinspringen.«

»Und dann? Fahren wir hier immer im Kreis?« Die Qwipmobs konnten das Gelände nicht verlassen. Die Software war so programmiert. Für den Straßenverkehr waren sie nicht mal zugelassen.

»Nichts da. Seit meinem Hack fahren sie auch raus. Kleiner Nebeneffekt. Ging nicht anders.« Der schwache Ansatz eines Grinsens.

»Du meinst, das klappt?«

»Du hast gesehen, wie man es steuert. Hier …« Er machte sich an seinem Handy zu schaffen. »Passwortschutz aufgehoben. Nimm's! Wenn du es für richtig hältst, nimm's!«

»Sagst du ihnen, dass Levi nicht Riebe ist?«

»Wer?«

»Riebe. Das ist sein wahrer Name. Jedenfalls sagt Levi das.«

»Ich sag's ihnen.« Marten nickte. Dann fing er an, auf seiner Wange rumzubeißen. »Der Typ ist okay, oder? Hast du eine Ahnung, wer er ist?«

Nik schüttelte den Kopf. War Riebe okay? Er wusste es nicht. Aber er hatte ihnen geholfen. Er hatte den Sender weggeworfen. Wahrscheinlich hätte er es besser gelassen. Wenn er den Sender an sich genommen hätte, wäre alles anders.

Vielleicht.

Nik griff nach dem Handy. Jetzt lag es schwer in seiner Hand. Er sah zu Martens Wabe hinüber, wo Levi und Riebe auf ihn warteten. »Du sagst es ihnen, ja? Und sag ihnen auch, dass er uns geholfen hat!«

»Ich tu, was ich kann, Mann!«

Nik wischte über das Handy. Das WLAN hier drinnen funktionierte. Er tippte auf das Hühnerei mit Rädern.

»Einfach rufen?«

»Einfach rufen.«

»Und dann nehme ich die hier.« Er zeigte auf Martens spezielle Rührei-App, den Qwipmob-Hack.

»Genau. Der Knopf reguliert das Tempo. Rechts ist die Bremse.«

12 DOPPELTES SPIEL

Offensichtlich war etwas schiefgelaufen. Eine ganze Weile lang hatte Emma in der Traube um den Drohnenpiloten gestanden und auf die gespenstischen Nachtbilder gestarrt. Das SEK rückte an. Die Kinder waren aus dem Bild verschwunden. Vielleicht verbargen sie sich in einem der Häuser. Sie tauchten nicht wieder auf.

Aber die Anspannung hatte ihr zugesetzt. Irgendwann hatte sich Emma aus der Gruppe gelöst und gegen die Mauer gelehnt. Ihr war kalt vor Müdigkeit. Sie rechnete mit dem Schlimmsten. Sie schloss die Augen und hoffte, dass es vorüberging. Wenn sie ehrlich mit sich war, wartete sie auf Schüsse. Sensheim war nicht da reingegangen, um Gefangene zu machen. Zumindest war das ihre Angst.

Stattdessen knisterte der Funk und die Drohne kehrte zurück. Der Pilot landete sie auf dem Bürgersteig und packte sie kopfschüttelnd in einen der Busse. Wie er sie trug, wirkte sie wie eine riesige, mumifizierte Spinne.

Emma sah Tomasz auf Gollasch einreden – als Mythobiologe musste er darauf bestehen, dass der Zugriff dokumentiert wurde. Doch plötzlich trat Gollasch zurück, den Kopf in den Nacken gelegt, und dann heulte eine Sirene los. Emma zuckte zusammen.

Im nächsten Augenblick raste Gollasch, das Handy am Ohr, in einen der Busse. Sekunden später streckte er noch einmal den Kopf heraus und gab Michael und Alex ein Zeichen. Die beiden stürmten an Emma vorbei und sprangen auf die Leitern. Das Aluminium stöhnte unter ihrem Gewicht. Sie gingen über die Mauer, in Helm und Weste und bewaffnet, so wie die anderen SEKler zuvor.

Emma verstand nicht. »Tomasz?« Sie lief auf ihn zu. Er hatte die Hände an die Wangen gelegt. Er sah übernächtigt aus, blass im Licht der Laternen, mit dunklen Ringen unter den rot geäderten Augen. »Was ist da los?«

»Die Konzernsicherheit hat uns bemerkt.« Tomasz schlang die Arme um die Brust. »Ich glaube, der Notruf ist gerade bei Gollasch eingegangen.«

»Brechen sie ab?«

»Ich weiß nicht.« Tomasz sah zu den Leitern hinüber.

Emma wusste, was er dachte: Wenn sie abbrachen, warum waren die beiden dann noch über die Mauer gegangen?

»Eigentlich müssten sie abbrechen«, sagte Tomasz. Er warf einen Blick auf seine Armbanduhr. »Ihnen bleibt nicht viel Zeit, um den Einsatz zu kaschieren.« Sein nächster Blick ging zum Himmel hinauf. »Es wird bald hell.«

Emma wusste ein wenig darüber, wie M-SEKs Einsätze kaschierten. Es war ein umständlicher Prozess. Sie würden die Konzernsicherheit beruhigen müssen, ohne ihr die Wahrheit zu sagen. Meist schob man einen verdeckten Terroreinsatz vor, verdonnerte zufällige Zeugen unter Strafandrohung zu Stillschweigen und fürchtete sich doch wochenlang vor irgendwelchen halb garen Berichten in der Presse. Wenn irgendein Reporter wilde Vermutungen anstellte, gab es ein Problem. Und wenn es ein Problem gab, brauchte es noch mehr Lügen. Das war einer der Gründe, warum es viel einfacher für Sensheim wäre, Krakonos' Flucht so schnell wie möglich zu beenden, egal um welchen Preis. Außer dem Institut in Reykjavík würde sich am Ende niemand über einen toten Berggeist beschweren. Weder die Geheimdienste noch die Politik. Innerirdische hatten keine Lobby. Sie machten nur Probleme.

»Meinst du, er ist noch auf dem Gelände?« Die Sirene heulte immer noch. Es war ein irgendwie außerirdisches Heulen, so als wären gerade grüne Männchen gelandet. Sie konnten den Einsatz unmöglich fortsetzen. Das hier war eine Panne. Es hatte nicht funktioniert.

»Krakonos?« Tomasz schauderte. »Ich glaube, sie haben sein Signal verloren.« Er musterte sie prüfend. »Ich weiß, was du jetzt denkst, Emma. Aber es wäre besser, sie würden ihn kriegen. Es wäre auch besser für ihn.«

Emma heftete ihren Blick auf den Bürgersteig. Mit dem Schuh fuhr sie eine der Fugen nach. »Und wenn ich mal nachsehen würde?« Sie machte eine Pause. »Tomasz?«

Er räusperte sich. »Da drin ist es gefährlich, Emma.«

Sie sagte nichts.

»Sensheim wird toben«, sagte er.

»Und wenn er es gar nicht erfährt?« Sie warf einen Blick zu den Bullis hinüber. Weder der Drohnenpilot noch Gollasch waren zu sehen. Es war eine Ausnahmesituation. Das SEK war an der Belastungsgrenze. Sensheims Truppe hatte gerade anderes zu tun, als aufsässige Mythobiologen zu beaufsichtigen. »Mir ist furchtbar übel, Tomasz. Ich glaub, ich muss mal ein paar Schritte gehen.«

»Emma!«

Sie war schon an einer der beiden Leitern. »Du hast mich gar nicht gesehen.« Sie flüsterte.

Tomasz Wrobel legte die Stirn in tausend Falten. Dann

wandte er sich langsam ab. Das war mehr, als Emma ihm zugetraut hatte.

Ein paar Sekunden lang baumelte sie mit langen Armen vom Mauerfirst. Erst traute sie sich nicht, loszulassen, aber dann landete sie sicher in raschelndem Gras. Es stand hoch hier, wie Binsen. Es sah nicht aus, als gehörte es hierher.

Sie zog sich die dünne Jacke glatt und versuchte, sich zu orientieren. Die Spuren des SEK waren überdeutlich. Niedergetretenes Gras markierte den Weg.

Das Gelände war riesig und in der Mitte thronte dieses Gebäude wie aus einem Science-Fiction-Film. Emma kam sich vor wie in einer Kulisse. Es hätte sie nicht gewundert, wenn im nächsten Moment ein Scheinwerfer angegangen wäre und ein Regisseur im Klappstuhl sie angeschnauzt hätte: »He, Lady, Sie laufen durchs Bild!«

Aber die Lichter brannten woanders. Ein gutes Stück entfernt, viel zu weit, als dass man etwas hätte hören können, sah sie sich kreuzende Taschenlampenstrahlen und dann und wann eine dunkle Gestalt in einen Lichtkegel treten. Sie ging davon aus, dass SEK und Konzernsicherheit dort zusammengetroffen waren. Sie stellte sich Sensheim vor, wie er mit mühsam unterdrückter Wut verhandelte und Anzug tragenden Sicherheitsmännern, die sonst nur in schimmernden Foyers herumstanden, sein Märchen auftischte: Terrorabwehr, Geheimhaltungspflicht – über Krakonos würde er kein Wort verlieren. Emma konnte die skeptischen Mienen der Sicherheitsmänner vor sich sehen. Sie würden Ausweise oder Dienstmarken verlangen. Bestimmt hatte das SEK welche dabei, gefälscht von der zuständigen Geheimdienstabteilung.

Sensheim würde auf keinen Fall preisgeben, was er hier eigentlich wollte.

Konnte es sein, dass Alex und Michael nur über die Mauer gegangen waren, um bei diesem sorgfältig geprobten Theaterstück mitzumachen? Emma schüttelte unwillkürlich den Kopf. Eher spielte Sensheim ein doppeltes Spiel und hatte seine Reserve losgeschickt.

Jetzt ärgerte sie sich, dass sie eben nicht länger in Gollaschs Nähe geblieben war. Sensheim musste ihm irgendein Signal übermittelt haben. Dann hatte Gollasch Alex und Michael den Einsatz befohlen. Sie hatte gesehen, wie er ihnen ein Zeichen gab.

Sie joggte durch das hohe Gras, immer da lang, wo das SEK es niedergetrampelt hatte. Es gab keine Möglichkeit, die Spuren der Sensheim-Truppe von denen von Alex und Michael zu unterscheiden. Sie brauchte Glück und einen klaren Kopf. Wenigstens wurde ihr beim Laufen wieder warm.

Sie erreichte einen Bohlenweg und kletterte darüber. Sie hatte ihn schon auf den Drohnenbildern gesehen. Er führte wahrscheinlich ins Zentrum der Anlage, aber genau konnte sie das nicht sehen. Es war zu dunkel. Der Weg verlor sich in der Nacht.

Sie lief weiter. Nach und nach wurde das Gras schütterer. Rechts tauchte die Mauer wieder auf, die sie an einer anderen Stelle eben überwunden hatte. Sie konnte jetzt die Häuserzeile sehen, an der die Kinder entlanggelaufen waren. Nur waren es keine richtigen Häuser – aus größerer Nähe sahen sie eher wie Schuppen oder Garagen aus. Emma erkannte eine Art Vordach aus Wellblech, eine schwach spiegelnde Fensterscheibe, das dunkle Loch einer fehlenden Tür. Vielleicht waren es auch Gartenhäuser. In jedem Fall sahen sie nach Abriss aus.

Ihre Schritte schmatzten auf einmal. Der Boden war hier völlig durchweicht, so als hätte es eben erst heftig geregnet.

Aber es hatte nicht geregnet. Der Himmel war klar. Er war die ganze Zeit klar gewesen. Sie erinnerte sich an den Lichtsmog, als sie mit dem Bus von der Autobahn abgefahren waren. Es hatte seit Stunden nicht geregnet.

Sie ging auf die Knie und drückte die Hand in den Schlamm. Sie zählte eins und eins zusammen. Krakonos war ein Wettermacher. Er hatte Regen und Wind geschickt, als er aus seinem Stein gekommen war.

Plötzlich sah sie es wieder vor sich: Der Wind schüttelte die schwarzen Fichten am Hang; feiner Regen benetzte ihr Gesicht, kaum dass sie den Kopf durch die Tür gestreckt hatte. Blitze fingerten vom Himmel. Dann prasselte es.

Sie rieb sich den Schlamm von der Hand und stand auf. Krakonos hatte sich gewehrt. Er hatte Regen geschickt. Er war hier gewesen. Irgendwo hier.

Sie ließ den Blick schweifen. An den verfallenden Gartenhäusern vorbei zu dem irrwitzigen Turm. Da drüben leuchteten sie immer noch mit ihren Taschenlampen. Dort würde er nicht sein. Dann fiel ihr Blick auf ein niedriges Gebäude, das sich wie ein schmaler Strich vom Hauptgebäude in Richtung Mauer zog. Sie würde einfach der Nässe folgen.

Ihre Sohlen schmatzten im Schlamm. Sie wurde wieder schneller. Dann trat sie auf etwas. War das ein Stein? Sie kniete sich hin und hob es auf. Es war ein Stück Metall, überzogen mit einer Art Schmiere. Es war so verdammt dunkel. Sie drehte sich, so gut es ging, ins Licht. Es war der Sender!

Sie hatte ein Schwarz-Weiß-Foto von ihm gesehen; Tomasz hatte es ihr lachend gezeigt, um ihr klarzumachen, wie vorsintflutlich das Gerät war. Sowjetunion, Sechzigerjahre – dafür, dachte Emma, war der Sender erstaunlich klein. Weit entfernt von den monströsen Halsbändern, die die Zoologen noch Jahrzehnte später verwendet hatten. Das hier war Raumfahrttechnik dagegen. Marek Horak hatte das Beste vom Besten benutzt. Fünfzig Jahre lang hatte dieses kleine Ding seine Signale auf wechselnde Bildschirme in der Baude geschickt.

Sie rieb mit den Fingern über das Metall, dann wusste sie plötzlich, was die Schmiere war: Blut! Krakonos hatte sich den Sender aus dem Arm gerissen, geschnitten, gebissen – sie wusste nicht, was. Dafür wusste sie jetzt, wozu er in der Lage war. Er hatte das M-SEK ausgetrickst. Er hatte begonnen, seine Spur zu verwischen. Er hatte gewusst, dass der Sender ihn verraten würde. Krakonos war uralt und doch von dieser Welt. Er war kein Fossil, sondern immer noch mitten unter ihnen.

Emma schaute zu dem jaulenden Gebäude hinüber, dieses UFO am Stiel. Plötzlich bedrängten sie tausend Fragen. War er deshalb in die Stadt gekommen? Wollte er im Gewimmel untertauchen? Dachte er so weit? War ihm derart bewusst, wie die Welt aussah, der er vor fünfzig Jahren den Rücken zugekehrt hatte? Lag sie mit den Schattenpfaden falsch? Suchte er vielleicht gar keinen Eingang? Oder wollte er nur seine Spur verwischen, bevor er sich zu seinesgleichen zurückzog?

Emma versuchte zum x-ten Mal, es sich vorzustellen: wie er in seinem Stein erwacht war und das Gnomennest leer gefunden hatte. Die Mythobiologie wusste so wenig darüber, wie die Überzeitlichen miteinander kommunizierten. Unter der Erde waren sie nach wie vor für sich, allen Messungen entzogen. Geheime Bohrungen hatten so gut wie nichts ergeben. Tauchten sie ab, wurden sie eins mit der Welt. Auch das hatten sie den Menschen voraus: Weder Zeit noch Raum würden sie je verstoßen. Hier, zwischen Straßen und Häusern und unter dem elektrisch verdreckten Himmel, mochten sie wie Fremde wirken. In Wahrheit jedoch waren sie auf der Erde zu Hause, wie kein Mensch es jemals sein würde. Die Überzeitlichen waren weder Herrscher noch Gäste. Auf ihre Art waren sie die Erde selbst.

Sie durfte nicht länger hier herumstehen. Sie verlor kostbare Zeit. Sie legte den Sender zurück in den Matsch. Sie konnte ihn nicht an sich nehmen. Offiziell war sie gar nicht hier. Offiziell vertrat sie sich in den öden Straßen da draußen die Beine, weil ihr plötzlich übel geworden war. Die Sirene wollte keine Ruhe geben. Sie heulte in einem fort.

Hier standen überall Pfützen, manche von ihnen schimmerten im verstreuten Licht. Emma folgte ihnen, immer auf das flache Gebäude zu. Sie wurde schneller, wenn sie besser sah, und langsamer, wenn das Licht nicht reichte. Sie kniete sich wieder hin. Hier hatte es nicht geregnet. Hatte sie die Spur verloren?

Dann sah sie einen einsamen Taschenlampenstrahl gegen das flache Gebäude stoßen. Für einen Moment leuchtete eine weiße Wand auf. Dann warf ein tief sitzendes Fenster das Licht zurück und sie erkannte die SEKler. Es waren zwei. Es mussten Michael und Alex sein.

Jetzt hatte sie keinen Zweifel mehr: Sensheim ließ den Einsatz klammheimlich weiterlaufen! Da drüben verhandelte er mit der Konzernsicherheit, und hier, vielleicht hundert Meter von ihr entfernt, machten seine Leute weiter Jagd auf Krakonos.

Wussten sie, wo er steckte? War er in diesem Gebäude? Mittlerweile hatte er eine kleine Ewigkeit Zeit gehabt, sich in einen Vogel zu verwandeln und davonzufliegen. Emma sah noch einmal die schwarze Schwinge über sich, in der Regennacht im Riesengebirge. Die Chance war groß, dass Michael und Alex nur ausbaden mussten, dass Sensheim nicht verlieren konnte.

Sei schon fort!, dachte sie und warf einen Blick zum Himmel hinauf. Hinter der elektrischen Staubschicht warteten die Sterne. Dann fügte sie sich in die Möglichkeit, dass der Berggeist wirklich in diesem halb vergrabenen Gebäude war. Wenn, dann sollte sie ihn finden, dachte Emma, und nicht Sensheims Leute.

In einem weiten Bogen schlich sie sich an Michael und Alex vorbei, die immer noch vor dem Fenster hockten. Auf dieser Seite des Gebäudes schien kein Eingang zu sein. Am besten würde sie es umrunden. Irgendwo musste es eine Tür geben und die musste sie finden.

Als sie die Querseite des Flachbaus erreicht hatte, erstarb die Sirene, mitten in einem jammervollen Ton. Emma nahm es als schlechtes Zeichen. Sensheim war damit einen Schritt weiter. Die Konzernsicherheit verzichtete auf den Alarm.

Sie spähte an der Gebäudewand entlang zu Alex und Michael hinüber. Das Licht ihrer Lampe war erloschen. Aber sie hockten noch vor dem Fenster. Jetzt, wo die Sirene schwieg, konnte sie sie flüstern hören.

Dann splitterte Glas. Sie brachen das Fenster auf! Mit einem Satz war Emma auf dem dürftig bewachsenen Flachdach. Sie durfte jetzt keine Zeit mehr verlieren! Michael und Alex stiegen in das Gebäude!

An die Idee, ihnen zu folgen, hatte sie keinen Gedanken verschwendet. Wahrscheinlicher schien ihr, die beiden trieben, indem sie das Fenster aufbrachen, Krakonos auf der anderen Seite heraus. Sie musste die Tür finden. Jedes Gebäude hatte eine. Mindestens eine. Das war das nächste Problem.

Sie hastete über das Dach, den Blick nach links gerichtet. Da vorn beleuchtete ein Licht eine Art Vorplatz. Da war auch so etwas wie eine Straße. Betonplatten. Eigentlich nicht mehr als ein Weg.

Auf einmal sah sie Lichter näher kommen, wie zwei runde Augen. Scheinwerfer! Das musste ein Auto sein, aber sie konnte den Motor nicht hören. Sie warf sich flach auf den Bauch. Die Scheinwerfer strichen über sie hinweg.

Vor dem Gebäude kam das Auto zum Stehen und wendete in wenigen, roboterhaften Zügen, ruckte vor und zurück und surrte dabei. Es war ein kleines Elektroauto, ein helles, auf die Seite gekipptes Oval. Beim Wenden strahlten seine Lichter eine breite, helle Treppe an, die zum Gebäude hinabführte.

Dann hörte sie einen unterdrückten Laut und schnelle Schritte auf der Treppe und im nächsten Moment konnte sie die Heraufstürmenden sehen. Es mussten die Kinder sein, die die Drohne gefilmt hatte! Emma machte einen größeren Jungen mit kurzen Haaren aus und zwei kleinere mit hellen. Sie spurteten auf das kleine Auto zu.

Emma war schon wieder auf den Beinen. Sie rannte über das Dach. Vielleicht konnte sie ihnen den Weg abschneiden. Vielleicht konnte sie sich vor den Wagen stellen. Egal was – sie musste nur schneller als Alex und Michael sein. Und schneller als diese Kinder.

Die Wagentüren schlugen zu. Genau unter ihr befand sich die Treppe. Aber sie konnte unmöglich springen; es war zu tief. Sie hetzte auf dem Dach weiter, an dem Wagen und der Treppe vorbei.

Das Auto setzte sich surrend in Bewegung. Seine Scheinwerfer leuchteten hell auf. Davor das Band aus Betonplatten.

Sie sprang vom Dach, strauchelte, aber kaum dass sie ihr Gleichgewicht wiedergefunden hatte, rannte sie schon weiter, den kreisrunden roten Rücklichtern des Wagens hinterher.

Am liebsten hätte sie gebrüllt, aber womöglich hatte sie Alex und Michael schon im Rücken. In vollem Lauf warf sie einen Blick zurück. Auf der Treppe war niemand. Ihre Beine liefen wie von selbst. Der kleine Wagen wurde immer schneller, die roten Lichter immer kleiner. Er hielt auf so etwas wie ein Pförtnerhäuschen zu. Im Licht der Laterne daneben erkannte Emma eine rot-weiß gestreifte Schranke. Sie sah den kleinen Wagen in die Kurve gehen. Er wurde nicht langsamer. Er wurde schneller.

Emma trudelte aus, die letzten langen Schritte, bevor sie zum Stehen kam und keuchend zusah, wie der kleine Wagen mit seinem sonderbar gerundeten Dach die Schranke touchierte und mit einem Knall aus den Angeln hob.

DRAUSSEN

13 TAXI, TAXI

Nik zitterten immer noch die Arme. Er hatte Martens Handy fast zerquetscht. Gas geben, bremsen, lenken, in die Kurve gehen, abbiegen. Er war sich vorgekommen, als würde er mit einem PlayStation-Controller ein Flugzeug fliegen. Und während ihm der Schweiß auf der Stirn stand und seine Hände sich wie Schwämme anfühlten, hatte Levi auf der Rückbank gejauchzt. Er kannte ihn so gar nicht.

Der Levi-Riebe hatte sich in die vanillefarbenen Lederpolster gedrückt. Wenigstens einer, der sich so unwohl fühlte wie Nik.

Sie mussten das Qwipmob schnell loswerden. Es wäre Wahnsinn gewesen, damit eine längere Strecke zu fahren. Spätestens, als ihnen das erste Auto mit jaulender Hupe entgegenkam, war Nik das klar geworden. Irgendwie war er auf die Gegenspur geraten. Er riss das Handy herum. Marten war ein Irrer. So konnte man nicht Auto fahren. Mit dreizehn und ohne Führerschein schon gar nicht.

Außerdem war die Scheibe zersplittert, als sie die Schranke durchbrochen hatten. Und immer noch finster war es auch.

Die Straße, auf die er in seiner Panik abgebogen war, hatte furchtbar viele Spuren. Jedes ihm entgegenrasende Scheinwerferlicht hatte zu einem neuen Schweißausbruch geführt. Zum Glück war auf den Straßen nicht viel los – von dem seltsamen Qwipmob ohne Nummernschilder sahen die anderen Autofahrer wahrscheinlich nicht viel mehr als das Licht.

Dann waren die Gegenspuren auf einmal ganz leer gewesen

und Nik hatte auf der anderen Straßenseite diesen Bauwagen ausgemacht. Er riss noch einmal das Handy herum, das Qwipmob schien hinten auszubrechen, die kleinen Reifen quietschten, aber dann segelten sie über eine Bordsteinkante und Niks rechter Daumen hieb auf die Bremse. Das Qwipmob machte einen letzten Satz und dann stand es neben dem Bauwagen und seine Lichter und Instrumente erloschen.

Plötzlich hatten sie im Dunkeln gesessen, hinter dem Spinnennetz der gesplitterten Scheibe. Und wie um diesen Albtraum ein für alle Mal zu beenden, hatte Nik Martens Handy zitternd in die Hosentasche gesteckt.

»Wow!«, hatte Levi gesagt, und dann hatten sie sich einer nach dem anderen aus dem Qwipmob geschält.

Ratlos stand Nik jetzt auf dem Bürgersteig. Laternenlicht und ein schmerzhaft früher Morgen. Hinter dem Bürgersteig fiel eine Böschung ab. Dahinter das schwarze Wasser eines Kanals, in dem gelbe Lichter trieben.

»Wir haben's geschafft!« Levi lachte ungläubig. Er strahlte, als wäre das alles nur ein Spiel. »Wir sind da rausgekommen!«

Nik sah über die breite Straße hinweg auf die großen Gebäude von Adlershof. Viel Außenbeleuchtung, wenige erleuchtete Fenster. Seiner Schätzung nach waren sie kaum einen Kilometer vom Space Dock entfernt. Sie hatten gar nichts geschafft, außer sich in furchtbare Schwierigkeiten zu bringen.

Auf der Suche nach einem Verbündeten warf er dem Levi-Riebe einen ratlosen Blick zu, aber auf einmal schien es der richtige Levi zu sein, der unentschlossene, unbeteiligte Levi, der sie anführte.

»Du musst das Handy wegwerfen, Nik!«, sagte er.

»Was?«

»Dein Handy. Wenn du es bei dir hast, können sie uns tracken. Das weiß jeder. Es wählt sich ins Netz ein und dann haben sie uns.« Levi trat einen Schritt näher. Es sah aus, als wäre er bereit, sich dafür zu prügeln.

Nik wich einen Schritt zurück. Er hatte sein Handy immer dabei. Ohne fühlte er sich nackt. Irgendwie unbehaglich, schutzlos. Sie brauchten das Handy, um Hilfe zu rufen. Er musste ihren Eltern qwippen. Sie sollten sich keine Sorgen machen, auch wenn sie mächtig Grund dazu hatten. Das war doch das Mindeste.

»Es wählt sich in diesem Moment ein, Nik. Wenn wir es behalten, hängen wir die nie ab!« Levi sprach mit ihm, wie er sonst mit Levi sprach, dachte Nik. Er wollte das Handy nicht wegwerfen. »Und wenn ich es ausmache?«

»... dann machst du es auch irgendwann wieder an.« Levi trieb ihn in die Ecke, nur mit seinem Blick.

»Ich sollte wenigstens Ma qwippen«, sagte er. »Das Handy ist an. Jetzt ist es sowieso schon egal.«

Für einen Moment wurde Levis Blick weicher. »Dann mach schnell!«

Niks Hand fuhr in die Hosentasche. Die Geste kam ganz automatisch. Er hatte sein Handy immer in der linken Hosentasche. Mit der Zeit hinterließ es eine Spur in jeder Jeans, einen weißen Strich im blauen Stoff, wie eine Narbe.

Doch diesmal stieß seine Hand nicht auf eins, sondern auf zwei Handys. Eben im Qwipmob hatte er Martens Smartphone einfach dazugestopft.

Seine Lippe zitterte, nur kurz. Es ging so schnell – er hatte in diesem Moment beschlossen, Levi zu hintergehen. Er würde ihm nicht sagen, dass er zwei Handys hatte. Es tat ihm weh, aber es ging nicht anders. Er würde seins, nein, er würde Martens Handy behalten. Marten hatte den Code ausgestellt. Er konnte es benutzen, wann immer er wollte. Er konnte jemanden anrufen. Hilfe holen. Das war wichtig. Und wenn sie Martens Handy auch trackten, dann war das eben so.

In seiner Tasche tastete Nik über die gerundeten Kanten. Es war leicht, die beiden Geräte zu unterscheiden. Martens Smartphone war kleiner und schwerer. Niks Finger fuhr über die kleinen Knöpfe und Schalter an der Seite. Wenn es laut gestellt war, musste er es leise stellen. Ein klingelndes Handy würde ihn verraten.

Er schwitzte schon wieder, aus lauter Panik. Das Handy würde einmal brummen, wenn er den Ton ausstellte. Wenn der Ton allerdings schon ausgestellt war, würde er gar nichts hören. Er legte blind den Schalter um. Martens Handy vibrierte leise – zu seiner unendlichen Erleichterung. Dann zog er sein eigenes Handy hervor. Das Ganze hatte nur ein paar Sekunden gedauert. Levi hatte nichts gemerkt. Er wirkte zufrieden, weil es so aussah, als würde Nik sich fügen.

Nik fühlte sich fürchterlich. Er zitterte noch immer, als er seinen Code eingab und der Einfachheit halber in der Qwip-List nach der letzten Nachricht seines Vaters suchte. Er fand diesen blöden knatschgelben Kopf mit der rosaroten Zunge. Sein Vater hatte ihn vom Flughafen San Francisco geschickt. Sie waren auf der Brache gewesen, als der Qwip ankam.

Nik drückte auf KAPERN und tippte mit zwei bebenden Daumen.

wir sind ok
macht euch keine sorgen

Wie wenig das war. Aber was sollte er sonst schreiben? Wie er mit einem Qwipmob und zwei Levis gerade durch die Schranke gebrochen war? Dass eine Art Terrorabwehr sie verfolgte? Sollte er Martens Handy wirklich behalten? Er konnte jetzt nicht mehr zurück.

»Fertig?«, fragte Levi.

Er nickte.

»Dann komm!« Levi klang versöhnlicher, nicht mehr so kompromisslos wie eben. »Wir schmeißen es in den Kanal.«

Nik suchte noch einmal den Blick des Levi-Riebe, aber der schien gar nicht zu verstehen. Mit den Augen suchte er die Gegend ab. Er schien sich zu orientieren.

Nik kam es vor, als stünden sie schon seit Stunden zwischen dem Qwipmob und dem großen grauen Bauwagen, aber wahrscheinlich waren noch keine fünf Minuten vergangen, seit das Qwipmob über die Bordsteinkante geschrammt war.

Levi hatte ihm die Hand auf die Schulter gelegt. Zusammen standen sie an der Böschung, unter sich das spiegelnde Wasser. Die Strömung rauschte leise.

»Gib's mir!«, sagte Levi und nahm ihm das Handy aus der Hand. Levi zögerte nicht einen Augenblick. Das Handy flog in hohem Bogen ins Wasser. Ein Platschen und es versank.

Sie liefen am Kanal entlang, ziellos, hinter ihnen graute der Morgen. Nik konnte sich kaum auf den Beinen halten. Er war wie betäubt. Was sie hier machten, war Wahnsinn. Manchmal fuhr er mit der Hand in die Hosentasche und hielt sich an Martens Handy fest.

Er hatte keine Ahnung, wie es weitergehen sollte. Im Stillen hoffte er, eines der vorbeibrausenden Autos würde halten und Polizisten sprängen heraus. Dann würde er sich einfach vor den richtigen Levi stellen; er würde alles sagen. Sie konnten Levi doch nicht dauerhaft mit Riebe verwechseln. Wer immer Riebe war …

Es wurde ihm schlecht bei diesem Gedanken. Sie waren aus der Welt gefallen. Jedenfalls aus der Welt, die er kannte. Er lief mit einer Hand in der Hosentasche. Er ließ Martens Handy nicht los. Hoffentlich war es aufgeladen. Schweißnasse Panik, schon wieder. Nachsehen konnte er jetzt nicht.

Vor ihm schienen die beiden Levis leise zu streiten. Sie waren sich nicht einig, so viel war klar. Dennoch kam sich Nik ausgeschlossen vor. Lag es daran, dass die beiden identisch aussahen und er der einzige Nicht-Levi war? Es war noch etwas anderes: Levi und Riebe verband etwas, und Nik wusste nicht einmal, was.

»Wir brauchen ein neues Auto. Riebe sagt, er könnte es fahren.« Levi war stehen geblieben. Der Levi-Riebe auch. Der Himmel war jetzt lichtgrau. Der Tag brach an.

Ein Auto? Was Levi da gesagt hatte, kam nur langsam bei Nik an. Sollten sie jetzt auch noch ein Auto klauen? Am liebsten hätte er Levi geschüttelt. In Wahrheit starrte er ihn nur fassungslos an.

»Wir nehmen ein Taxi«, sagte Levi und deutete die Straße runter. Dort gab es einen Taxistand. In der Parkbucht wartete ein hellgelber Mercedes. Der Fahrer ging telefonierend auf dem Bürgersteig auf und ab. Er war ein großer Mann mit Schmerbauch, einem Wust schwarzer Haare und einem Dreitagebart. Er sah aus wie ein Mann, der sich wehren konnte.

»Hast du Geld?«, fragte Nik.

»Brauchen wir nicht«, sagte Levi.

Nik hätte sich am liebsten einfach auf den Bürgersteig gesetzt. Er würde da nicht mitmachen. Er würde streiken. Sollte Levi doch machen, was er wollte. Nein, das lieber nicht.

Riebe musste ihm helfen, dachte Nik. Egal, wie Levi-haft er gerade aussah: Riebe war doch ein erwachsener Mann. Als Horak war er ein erwachsener Mann gewesen.

Doch als Nik Hilfe suchend zum Levi-Riebe hinübersah, gab es den Levi-Riebe nicht mehr. Da stand der Taxifahrer – bauchig, bärtig, schwarzhaarig, in Hemd und tief sitzender, speckiger Jeans.

Nik zwinkerte. Es half nichts. Er sah zum Taxistand hinüber. Der Taxifahrer telefonierte nach wie vor. Es gab ihn jetzt zweimal.

»Los!« Levi fing an zu laufen.

Nik blieb einfach stehen. Der Taxi-Riebe schaute ihn an, die neue Stirn in Falten. »Ich weiß, was du denkst«, sagte er. »Wir passen zusammen auf ihn auf. Einverstanden?«

Levi, schon ein Stück voraus, winkte ungeduldig.

»Wir kriegen das schon hin. Ich überleg mir was. Aber wir müssen erst sichergehen, dass sie uns nicht verwechseln. Levi und mich.«

Nik stöhnte. Wie sollte er jemandem trauen, der Gesicht und Stimme wechselte wie T-Shirts? Riebes neue Stimme war kratzig und tief.

Nik setzte sich wie ferngesteuert in Bewegung. Er ging einfach neben dem Taxi-Riebe her. Sie schlossen zu Levi auf. Dann ging der Taxi-Riebe voran. Er wurde nicht mal langsamer, als er sich dem Taxi näherte.

Der richtige Taxifahrer hatte ihnen den Rücken zugekehrt. Nik hörte ihn mit Riebes Stimme in sein Handy reden. Mit der freien Hand gestikulierte er.

Riebe öffnete die Fahrertür. Levi streckte den Kopf ins Wageninnere. »Der Schlüssel steckt«, hörte Nik ihn sagen. Jetzt stand auch die hintere Tür offen und Levi schob sich auf die Rückbank.

Nik blieb an der hinteren Tür stehen. Er stand da wie festgeklebt. Der telefonierende Taxifahrer drehte sich um. Sehr langsam ließ er das Handy sinken und starrte Riebe an, der sich auf die Fahrertür seines Taxis stützte.

Ein Lieferwagen rauschte vorbei und verschluckte alle anderen Geräusche. Der Taxi-Riebe hob einen Arm und winkte dem Taxifahrer zu. Das Handy des Taxifahrers fiel auf den Bürgersteig. Der Taxi-Riebe klemmte sich hinter das Steuer. Er wandte sich zu Levi auf der Rückbank um.

Levi sagte: »Du musst den Schlüssel einmal fest reindrücken.«

Dann brauste das nächste Auto vorbei und verschluckte Levis Stimme. Als Nik sie wieder hörte, schrie er von der Rückbank aus: »Nik! Steig ein!«

Es war eine Art umgekehrtes Wettrennen. Die Frage war, wer sich noch langsamer bewegte: Nik oder der richtige Taxifahrer, der den Blick nicht vom Taxi-Riebe hinter dem Steuer seines Taxis lösen konnte.

Levi hatte Nik am Gürtel gepackt. Er zog ihn auf die Rückbank. Nik stieß sich den Kopf. Dann sank er auf das glatte schwarze Leder.

Der Motor lief schon. Riebes Hand schwebte über dem Hebel in der Mittelkonsole. Nik konnte auch nicht Auto fahren, aber so viel wusste er: Der Wagen hatte eine Automatikschaltung.

Der Hebel stand auf P für *Parken*. Aber was hieß N? Und D? Und R?

Der Taxifahrer stakste jetzt auf sie zu. Er ging wie ein Zombie, auf steifen Beinen, die Arme lang. Er glotzte durch die Windschutzscheibe. Jetzt versperrte er ihnen den Weg.

Riebes Hand schwebte immer noch über dem Hebel. Er schien nichts von der Automatik zu verstehen.

Einen Moment fürchtete Nik, sie würden den armen Taxifahrer versehentlich über den Haufen fahren, aber der stakste weiter, um den Wagen herum, auf die Fahrertür zu. Sein stoppeliges Gesicht kam ganz nah, als er sich zur Fensterscheibe herabbeugte. Seine Hand wanderte schon zum Türgriff, so langsam wie jede seiner Bewegungen, nur hatte Riebe jetzt den Hebel nach vorne gerammt: Der Mercedes schoss rückwärts. Der Taxifahrer blieb stehen, über den leeren Asphalt gebeugt.

Das Taxi knallte rückwärts gegen den Bordstein. Der Taxi-Riebe hob das Knie und trat wuchtig auf eine der Pedalen im Fußraum. Dann schob er den Hebel in der Mitte zurück, gab Gas und der Motor heulte sinnlos auf.

Der richtige Taxifahrer vor ihnen richtete sich langsam wieder auf. Er starrte sein Taxi, er starrte sich selber an. Offenbar hatte sein zweites Ich vergessen, wie man Auto fuhr. Wie in Zeitlupe stemmte er die Hände in die Hüften.

Der Taxi-Riebe drückte den Hebel der Automatik in die nächste Position, und dann schossen sie auf die Straße, haarscharf am richtigen Taxifahrer vorbei. Hinter ihnen hupte es. Vor ihnen sprang eine Ampel auf Gelb.

»Bei Rot muss man halten«, hörte Nik Levi sagen.

Sie waren nicht mal angeschnallt, dachte er.

14 | DER EINZIGE ZEUGE

Es war nach fünf, die Sonne ging auf. Emma sah sie aus ihrem Versteck im Osten kriechen.

Ihre Augen brannten vor Müdigkeit. Hinter der Mauer rauschte der erste Verkehr. Auf dem Gelände herrschte eine gespenstische Stille. Jenseits der Mauer erhoben sich die absurden Gebäude von Adlershof, schwarz im Gegenlicht. Sie waren irgendwo da draußen: drei Kinder, von denen eines keines war.

Das war so ziemlich alles, was Emma derzeit wusste. Tomasz hatte es ihr zugeraunt, als sie sich zum SEK gesellt hatte, als wäre sie nie zuvor auf dem Gelände von Qwip.com gewesen.

Tomasz war jetzt mit Oberst Sensheim und Gollasch da unten. Es gab einen Zeugen. Die Befragung lief und Emma kam sich ausgeschlossen vor.

Einen Augenblick lang stellte sie sich vor, wie es wäre, jetzt einfach abzureisen und alles hinter sich zu lassen: den Berggeist, Tomasz, das SEK, die rätselhaften Kinder und diese gespenstische Szenerie.

Aber dieser Gedanke war nur ihrer Erschöpfung geschuldet. Sie war hier noch nicht fertig. Um zu überleben, brauchte Krakonos ihre Hilfe. Halb fürchtete sie und halb hoffte sie das.

Sie ließ die Beine baumeln. Sie saß auf dem Rand des Flachdachs, die breite, helle Treppe unter sich. In ihrem Rücken wuchsen ein paar magere Gräser und Sträucher. Sie fragte sich, warum sich gerade Internetunternehmen immer so einen penetrant grünen Anstrich gaben.

Soweit sie es verstanden hatte, war dieser halb in der Erde vergrabene Flachbau so etwas wie ein Hort. Ein Gefängnis für Kinder zum Zweck der Freiheit ihrer Erzeuger. Das hier jedenfalls sah wie ein Gefängnis aus. Es fehlten nur die Gitter vor den Fenstern. Was hatte Krakonos ausgerechnet in dieses Gebäude getrieben?

Emma hatte es erst begriffen, nachdem sie mit Tomasz gesprochen hatte, aber sie hatte ihn gesehen: Eines der beiden blonden Kinder war der Berggeist gewesen. Doch warum machte er es sich so schwer? Er hätte einfach davonfliegen können. Er hätte alleine flüchten können, ohne sich mit diesen beiden Kindern aufzuhalten. War es vorstellbar, dass er dieses kleine Elektroauto gesteuert hatte, das das SEK jetzt fieberhaft suchte? Und wenn ja, hieß das dann, er hatte die Kinder entführt?

Der Gedanke machte ihr Gänsehaut. In ihrer Vorstellung wollte der Berggeist nichts Böses. In ihrer Vorstellung hatte er bisher nichts außer der Freiheit gesucht. Aber was, wenn sie falsch, und Gollasch richtiglag? Wenn Krakonos so wie Sensheim bereit war, über Leichen zu gehen? Wenn er mit allen Mitteln kämpfte? Sie dachte an den Sender, den sie im Matsch gefunden hatte.

Die beiden Kinder waren hier draußen gewesen, als der Zugriff begann. Die Drohne hatte sie aufgenommen – zu zweit. Krakonos war zu diesem Zeitpunkt nicht bei ihnen gewesen, zumindest in keiner erkennbaren Gestalt. Wie passte das alles zusammen?

Emma blinzelte in die aufgehende Sonne. Apfelsinenfarbenes Licht. Sie hätte einiges dafür gegeben, jetzt da unten zu sein, bei der Befragung des einzigen Zeugen. Sie rieb sich die Augen. Sie brauchte Geduld.

Tomasz kam als Erster heraus. Er kam alleine. Emma hörte unter sich die automatische Tür aufgehen und dann seine Schritte auf der breiten Treppe. Sie ließ sich vom Dach herab und ging ihm über die Betonplatten entgegen.

»Und?«

Tomasz war fahl im Gesicht. Er hatte einen Bartschatten. Er fuhr sich über das kurze eisengraue Haar. »Einer ihrer Mitschüler«, sagte er. »Marten Siebel heißt er. Fünfzehn Jahre alt. Aber er ist völlig durcheinander. Gollasch und Sensheim bearbeiten ihn jetzt. Der arme Junge.« Er seufzte.

»Was hat er gesehen?« Emma spähte die Treppe hinab. Dieser Hort sah aus wie ein weiß lackierter Bunker.

»Zu viel. Ihm ist klar, dass Krakonos sich in den Jungen verwandelt hat. Aber Gollasch ist mächtig gut darin, ihn zu verunsichern. Er redet ihn gerade schwindlig. Das ist Teil des Problems.«

»Wieso?« Am liebsten hätte Emma Tomasz geschüttelt. Warum sprach er so langsam? Warum klang er so mutlos?

»Weil Gollasch auf etwas Bestimmtes hinauswill, Emma.«

»Auf was? Entführung?« Was das *Erscheinen* des Berggeists betraf, war es Gollaschs Job, dem Jungen da unten das Wort im Mund umzudrehen. Am Ende durfte er selbst nicht mehr glauben, was er gesehen hatte. Was jedoch das *Verhalten* des Berggeists anging, brauchten sie eine möglichst unbeeinflusste Zeugenaussage. Das war das Problem, das Tomasz meinte.

»Geiselnahme«, sagte Tomasz leise. »Er will auf Geiselnahme hinaus.«

»*Was?*«

»Es spricht einiges dafür, oder nicht?« Tomasz sah sie traurig an. »Es spricht auch einiges dafür, dass er sich in den Jungen verwandelt hat, um sich selbst zu schützen. Um seine Verfolger zu verwirren. Womit er den Jungen in große Gefahr gebracht hat.«

»Ist es das, was der Zeuge sagt?« Emma war plötzlich heiser. Als sei vor lauter Zweifel ihre Stimme belegt. Sie musste an die Kinder denken. Deren Schutz hatte absoluten Vorrang. Das war ihr klar.

»Es spielt keine Rolle, was der Zeuge sagt.« Tomasz sprach immer noch leise. »Wie immer er die Situation gedeutet hat, er war nicht Herr des Verfahrens. Wir wissen nicht, was Krakonos ihm vorgemacht hat. Marten behauptet, Krakonos habe die Kinder vor dem Zugriff schützen wollen. Als wären sie irgendwie im Visier des SEK gewesen. Aber Sensheim leugnet das. Er hat schon vor der Befragung Stein und Bein geschworen, dass Krakonos bereits vor dem Zugriff die Gestalt des kleinen Jungen angenommen hatte. Die Senderortung war eindeutig. Wahrscheinlich hat er sogar den großen Bruder getäuscht.«

»Bruder?«

»Es sind Brüder. Nicholas und Levi Blumberg. Dreizehn und zehn Jahre alt.« Tomasz seufzte. »Das ist eine Katastrophe, Emma. Der Kontakt an sich ist schon eine Katatrophe Aber dass sie bei ihm sind ...« Er schüttelte den Kopf. »Wir müssen jetzt helfen, die Kinder zu befreien. Koste es, was es wolle.«

Emma schluckte. »Wie geht es jetzt weiter?« In ihrem Hirn

arbeitete es unablässig. War es wirklich so gewesen, wie Sensheim sagte? Ihr ging der Sender nicht aus dem Kopf. Wann hatte Krakonos ihn entfernt? Erst im Getümmel des Zugriffs? War das wahrscheinlich? Und was hatten die Kinder auf dem Gelände gemacht? Waren sie überhaupt beide draußen gewesen, als der Zugriff begann? Was, wenn einer der beiden Jungen, die die Drohne gefilmt hatte, schon Krakonos gewesen war?

»Sie suchen das Elektroauto. Der Zeuge sagt, der große Bruder habe es gefahren. Offenbar hat Nicholas die Software gehackt. Er durfte es gar nicht fahren.« Tomasz holte tief Luft. »Wir sollten beten, dass sie das Auto schnell finden. Mit den wohlbehaltenen Kindern.«

In diesem Moment ging die Tür wieder auf. Sensheim und Gollasch kamen die Stufen herauf, Sensheim noch immer im Kampfanzug. Sie sprachen leise, verstummten aber sofort, als sie Emma und Tomasz entdeckten.

»Geht's wieder besser, Frau O'Lynn?« Gollasch lächelte sie an. Eine makellose Maske.

Ihr war schlecht gewesen, genau. Emma lächelte zurück, genauso makellos, wie sie hoffte. »Es geht schon. Danke.« In einem Anfall schlechter Schauspielerei rieb sie sich den Bauch.

Sensheims Blick war geradezu feindselig. Er wandte sich nur an Tomasz. »Der Junge ist jetzt in der Obhut einer Erzieherin. Seine Eltern waren bisher nicht zu erreichen.«

»Und die Brüder?«, fragte Tomasz.

»Wir haben ihre Eltern informiert. Offenbar sind sie gerade in Amerika. Bis sie hier sind, haben wir die Kinder hoffentlich wieder. Leider hat das Tracking ihrer Mobiltelefone nichts ergeben. Das eine ist stumm und das andere liegt hier.« Seinem vorwurfsvollen Ton nach zu urteilen, hatte nicht Krakonos, sondern Tomasz die Kinder entführt und dem SEK dann auch noch die Handyortung verdorben.

Sensheim fuhr mit dem Zeigefinger über die Kerbe neben seinem Mundwinkel. »Es ist Ihnen klar, dass wir Ihr Objekt nicht länger schützen werden? Darüber müssen wir nicht diskutieren, oder?«

Tomasz nickte blass.

Sensheims Blick wanderte zu Emma. »Ich lasse Ihren Rübezahl nicht mehr von der Leine. Das war's. Keine Rücksicht. Er ist raus.« Er gönnte ihr nicht einmal ein Nicken, bevor er weiterging. Er ließ sie einfach stehen.

Gollasch zuckte in gespieltem Bedauern die Achseln und folgte ihm rasch.

Tomasz stöhnte leise. »Komm«, sagte er, als der Oberst und der Profiler schon ein Stück weit über die schmale Betonpiste gegangen waren. »Wir haben hier nichts mehr zu tun.«

Emma war anderer Meinung. Sie legte ihm die Hand auf die Schulter. »Geh schon vor!« Sie bekam langsam Übung darin, sich zu verstellen. »Ich bleib noch einen Moment hier sitzen. Ich muss das alles erst verarbeiten.«

Sie wartete, bis auch Tomasz über die Betonpiste verschwunden war. An der zerstörten Schranke stand einer der Busse des SEK, Sensheims mobile Kommandozentrale.

Einfach die Treppe zu nehmen, wäre keine gute Idee. Emma wollte nicht gesehen werden und bestimmt würde sich die automatische Tür da unten auch gar nicht für sie öffnen. Sie hatte einen anderen Plan.

Sie stieg wieder auf das flache Dach. In der dünnen Schicht

Erde, die das Dach bedeckte, stieß sie überall auf ihre eigenen Spuren. Hier war sie entlanggerannt. Hier hatte sie sich in den Dreck geworfen. Es hatte nichts gebracht. Sie war zu spät gekommen.

Sie überquerte das Dach und sprang auf der anderen Seite wieder hinunter. Dort war das Fenster, das Alex und Michael eingeschlagen hatten. Es gab nicht mal ein Absperrband, nur die zerbrochene Scheibe. Immerhin hatte jemand das Fenster wieder geschlossen, aber das ließ sich leicht rückgängig machen.

Emma griff an den scharfen Kanten der eingeschlagenen Scheibe vorbei und fingerte nach dem Fenstergriff. Dann schwang das Fenster auf und sie kletterte hinein. Sie landete auf knirschenden Scherben. Gleich neben der Wand war ein kleiner Turm aus Kisten eingestürzt. Alex und Michael würden sich diesen Tritt kaum gebaut haben. Vielleicht war dieses Fenster sogar der Ausstieg der Kinder gewesen.

Sie befand sich in einer Art Abstellraum, links und rechts Regale voller Kartons mit IT-Kram, geradeaus eine einzige Tür.

Was ich hier tue, ist Hausfriedensbruch, dachte Emma, mindestens. Dass sie die Ermittlungen eines M-SEK störte, noch gar nicht eingerechnet. Wahrscheinlich spielte sie gerade mit ihrer Zulassung als Studentin der Mythobiologie.

Noch mehr Scherben knirschten unter ihren Schritten. Sie öffnete vorsichtig die Tür und streckte den Kopf in einen Gang hinaus. Zu hören war nichts, weder Stimmen noch Schritte.

Sie trat in den Gang. Zwei Türen links, beide verschlossen. Als sie das Ohr an eine von beiden legte, glaubte sie das

Brummen eines Servers zu hören. Das passte. Alles hier war weiß. Es roch nach Desinfektion und Technik.

Dann erreichte sie eine offene Tür. Ein großer Raum, vollgestellt mit bunten Sofas. An den Wänden waren große Bildschirme angebracht.

Marten Siebel, dachte sie. Wo steckst du?

Sie erreichte eine Art Saal, unter der Decke hing eine Kugel, die vermutlich auch so etwas wie ein Bildschirm war. Darunter, wie Dominosteine aneinandergebaut, bestimmt ein ganzes Dutzend Kojen. Komisch bunte Vorhänge trennten sie ab. Einen Augenblick lang kam sich Emma vor wie in einem Computerspiel. Irgendein abstraktes Adventure mit viel Farbe und Geometrie.

Sie stand ganz still und lauschte. Tomasz hatte eine Erzieherin erwähnt. Für den Fall, dass sie ihr begegnete, legte sie sich besser eine Ausrede zurecht. Aber dann vergaß sie diesen Gedanken, weil sie sich Krakonos hier drinnen vorstellte, noch verblüffter als sie.

Hier brachten Kinder den ganzen Tag zu?

Sie hörte etwas quietschen. Eine Schranktür, eine Matratze, vielleicht die Gummisohle eines Schuhs. Sie folgte dem Geräusch. Hinter einem der Vorhänge leuchtete es blau. Der komische Vorhang schnitt das Licht zu einem Gitter.

Sie nahm ihren ganzen Mut zusammen, Erzieherin hin oder her. »Marten?«

»Ich bin okay, Kerstin. Ich bin okay. Danke. Ich will jetzt nur ein bisschen allein sein.« Die Stimme kam von hinter dem Vorhang. Es quietschte wieder. Eine Matratze.

Emma griff nach den knotigen, bunten Schnüren des Vorhangs, teilte sie und streckte den Kopf hindurch. Viel Kram auf dem Boden, leere Flaschen auf dem Nachttisch, ein Junge mit einem Wust Dreadlocks lag auf dem Bett.

Er schob seinen Laptop zur Seite und sah sie voller Erstaunen an.

»Ich bin nicht Kerstin«, sagte Emma. Kerstin, nahm sie an, war die Erzieherin. Hoffentlich hatte Kerstin gerade ganz woanders zu tun.

»Stimmt«, sagte der Junge. Er sah völlig fertig aus. Frustriert und übernächtigt und, wie er sie so musterte, auch zunehmend genervt. Dann flackerte sein Blick einmal. Er war, dachte Emma, Krakonos begegnet. Er hatte also schon einmal jemanden gesehen, der nicht der war, der er zu sein vorgab. Vielleicht hatte er Angst vor ihr.

»Ich bin Emma«, sagte Emma. »Emma O'Lynn. Und ich sehe immer so aus.«

Der Junge – Marten – zog die Nase hoch. Kein Lächeln, kein Grinsen, sondern Sorge und Erschöpfung. »Gehören Sie zu denen?«, fragte er. »Ich hab denen nämlich schon alles gesagt. Und ich hab keinen Bock, dass mir wieder einer das Wort im Mund verdreht.«

Er sprach von Gollasch. Emma zog die Stirn kraus. »Ich versteh schon«, sagte sie.

»Ach ja?«, sagte Marten.

Sie wagte es. Sie trat einen Schritt vor und stand jetzt vor seinem Bett. Die Schnüre in ihrem Rücken fielen zurück an ihren Platz.

Marten setzte sich auf, zog die Knie an und schlang die Arme darum. Er trug ein T-Shirt, eine Jogginghose und abenteuerliche Socken.

»Nein«, sagte Emma, »ich gehöre nicht zu denen. Und

wenn du sie jetzt rufst, wenn du nur nach Kerstin rufst, stecke ich mächtig in Schwierigkeiten.«

»Ach ja?«, sagte Marten wieder. Er traute ihr nicht, das war offensichtlich. »Und wieso?«

»Das ist kompliziert«, sagte Emma. Sie wusste nicht, wohin mit ihren Händen. Am Ende ließ sie sie einfach baumeln.

Zu ihrer Überraschung nickte er. Er sah sie an. Zehn Prozent weniger Misstrauen, grob geschätzt.

»Ich kenne den Mann, den du als ... als zweiten Levi kennengelernt hast.« *Levi.* Sie sagte den Namen zum ersten Mal. Sie kannte diesen kleinen Jungen nicht. Das machte es schwerer.

»Kennen?« Marten schnaubte. »Ich habe mich getäuscht.« Er sah an die Decke.

»Das haben sie dir eingebläut«, sagte Emma. Konnte sie verantworten, was sie hier tat? Wenn sie diesem Jungen die Wahrheit sagte, verletzte sie ihren Eid.

»Ach ja? Und woher wissen Sie das? «

»Du kannst du zu mir sagen«, sagte Emma. »So viel älter als du bin ich nicht.«

»Sie müssen sich nicht bei mir einschleimen«, sagte Marten. »Ich sag sowieso nichts.« Er streckte das Kinn vor, trotzig. Es war ein erhebliches Kinn. »Doch, eins sag ich: Er hat sie nicht entführt. Hören Sie? Sie sind freiwillig mitgegangen. Levi wollte es. Und Nik hat es für das Beste gehalten. Das können Sie Ihren Kollegen gern ausrichten. Aber die glauben mir ja nicht.«

»Das sind nicht meine Kollegen«, sagte Emma. Was Sensheim betraf, stimmte das sogar. Sie wollte diesen Jungen nicht belügen. »Und ausrichten kann ich ihnen auch nichts.

Was wir hier reden, bleibt unter uns. Was mich angeht, muss es unter uns bleiben. Sonst bin ich meinen Job los.«

»Was für ein Job ist das denn?«

Emma seufzte. »Das kann ich dir nicht sagen. Ich bin keine Polizistin oder so. Ich bin Wissenschaftlerin. Jedenfalls bin ich dabei, eine zu werden. Ich beschäftige mich mit Wesen wie ihm – dem zweiten Levi. Aber schon das musst du für dich behalten. Tust du das?«

Marten sah sie an. Mehr Zustimmung gab es nicht.

»Darf ich dir ein paar Fragen stellen?«

Er zögerte lange. Dann nickte er endlich.

»Okay.« Emma schluckte. Sie musste sich konzentrieren. Sie musste die richtigen Fragen stellen. Die entscheidenden. »Sind Nicholas und Levi beide draußen gewesen in der Nacht? Bei diesen verfallenen Schuppen?«

Er nickte.

»Und sie sind zusammen wieder reingekommen? Ich meine: zu dritt?«

Marten nickte wieder.

»Und haben Sie einen Sender erwähnt?«

»Ja.«

»Was haben sie gesagt? Über den Sender?«

Marten räusperte sich. »Ich hab kein Wort verstanden, Mann. Ich hab bloß zehn hoch Bahnhof verstanden. Das war alles total crazy.«

»Versuch trotzdem, dich zu erinnern. Sie haben von einem Sender gesprochen. Was war mit dem Sender?«

»Levi hätte ihn nicht einstecken sollen. Oder nicht liegen lassen. Oder beides.« Marten schnaufte. »Nicht einstecken.« Dann fuhr er sich durch die Dreadlocks, als wäre er ärgerlich.

»Der Sender war irgendwie das Problem. Es ging immer darum, dass sie den richtigen und den falschen Levi da draußen nicht unterscheiden könnten. Die Kerle da draußen. Die dann das Fenster eingeschlagen haben und hier reingestürmt sind …«

Alex und Michael. Der Junge musste sich halb zu Tode erschreckt haben. »Du meinst, der richtige Levi hatte den Sender eingesteckt?« Emma wurde mit einem Schlag einiges klarer. Krakonos hatte den kleinen Jungen gedeckt. Er hatte ihn aus der Schusslinie genommen. Sie lächelte unwillkürlich. Sie hatte sich nicht in ihm getäuscht.

»Was ist denn?«, fragte Marten. »Warum lächeln Sie?«

»Weil ich jetzt weiß, dass er sie nicht entführt hat.«

»So?« Marten musterte sie eindringlich. »Das ist gut«, sagte er. »Das ist nämlich die Wahrheit.«

»Danke, Marten.« Sie schob die Hände in die Hosentaschen und zog sie gleich wieder heraus. Es war Zeit zu gehen. Sie durfte nicht entdeckt werden. Jetzt erst recht nicht mehr. Sie wurde noch gebraucht.

»Gern geschehen. Denke ich mal.«

»Und ich war nicht hier, hörst du? Wir haben nie miteinander gesprochen. Okay?«

»Okay«, sagte Marten leise.

Emma drehte sich um.

»Würde das auch für was anderes gelten?«, sagte Marten.

Emma wandte sich ihm wieder zu. Sie sah ihn fragend an.

»Würde das auch für etwas gelten, was ich Ihnen verrate?«

»Du meinst, ob das genauso unter uns bliebe?« Emma hob die Schultern und ließ sie wieder sinken. »Ich bin durch das zerbrochene Fenster eingestiegen. Ich kann niemandem auch nur sagen, dass ich hier war. Ist das genug Sicherheit?«

»Denke schon«, sagte Marten. Noch rang er mit sich.

Emma setzte sich einfach auf die Bettkante.

Marten schwieg. Dann sagte er langsam: »Es sind zwei Dinge.«

»Okay …«

»Das erste ist: Ich hab ihn schon in der Nacht vorher gesehen. In einer anderen Gestalt. Ganz kurz nur. Da war er ein Mann. Nicht mehr jung. In so komischen Wanderklamotten. Und dann war er plötzlich ein Rabe.«

Emma nickte, zu sehr mit Nachdenken beschäftigt, um etwas zu sagen. Samstagnacht. Die Zeit stimmte. Der Rabe stimmte. Es musste Krakonos gewesen sein. »Und das zweite?« Sie würde später über den Mann in den Wanderklamotten nachdenken.

»Das Qwipmob.« Marten flüsterte fast.

»Das was?«

»Das Elektroauto.«

»Ach so …«

»Ich hab gesagt, Nik hat es gehackt.«

»Hat er nicht?«

»Das war ich. In Wirklichkeit war ich das. Ich hab ihm mein Handy gegeben. Damit konnte er es fahren. Er konnte es mit meinem Handy steuern. So funktioniert der Hack.« Marten seufzte. Er musste furchtbare Gewissensbisse haben.

»Das ist schrecklich verboten, nehme ich an«, sagte Emma. »So ein … *Qwipmob* zu hacken.«

»Na ja«, sagte Marten. »Vor allem habe ich ihnen so die Flucht ermöglicht, oder? Ich wollte das den drei Typen von eben nicht sagen. Die waren eh schon kolossal genervt von mir ...«

Emma nickte. Sie hatten das kleine Auto mit einem Handy gesteuert. Das war etwas, das sie crazy fand. Dann stutzte sie plötzlich. »Es war *dein* Handy?«

»Ja, das sag ich doch die ganze Zeit. Mit seinem konnte er das gar nicht machen.«

»Nik hat also jetzt dein Handy dabei?« Emmas Stimme sprang auf der Tonleiter nach oben.

»Ja.«

»Und du hast das bisher niemandem verraten?«

»Nein.«

»Marten!« Sie fasste ihn mit beiden Händen an den Schultern. Am liebsten hätte sie ihn geschüttelt. »Ich sag's keinem und du sagst es keinem, aber würdest du mir deine Nummer geben?«

15 | FERHAT CAN

Es war Tag. Ein wasserblauer Himmel, die Sonne jetzt zitronengelb. Es würde noch ein, zwei Stunden dauern, bis man sich bei Qwip.com sonnenbebrillt auf der Caféterrasse drängte.

Nik war dran mit seiner Turing-Präsentation.

Der Taxi-Riebe hatte den Taxi-Funk kaputt gemacht. Vielleicht hatte er ihn auch nur abgestellt. Er hatte mit seiner neuen, großen, ziemlich behaarten Hand einmal kurz und trocken davorgehauen. Das war an der ersten roten Ampel gewesen, an der er ruckelnd hielt.

Der Taxi-Riebe konnte eigentlich nicht Auto fahren, aber dafür hielt er sich gut. Wenigstens fuhr er langsam. Anfangs waren sie sogar manchmal mit lautem Gehupe überholt worden.

Aber die zweispurigen Straßen und der Berufsverkehr lagen schon lange hinter ihnen. Ganz Berlin lag hinter ihnen. Sie fuhren durch den grünen Tunnel einer brandenburgischen Allee. Alte Bäume beugten sich schützend über sie.

Riebe kurvte schon die ganze Zeit über kleine Straßen und schien sich an jeder Kreuzung neu zu orientieren. Jedes Mal hob er leicht den Kopf, als würde er Witterung aufnehmen, so wie ein Tier.

Am Armaturenbrett klebte ein Taxi-Ausweis. Darauf eine Nummer, der Name eines Taxiunternehmens und unter einem schlechten Foto aus dem Automaten der Name des Mannes, dem sie am Taxistand in Adlershof davongefahren waren. Er hieß Ferhat Can. Die dunklen Augen im Rückspiegel gehörten auch ihm.

Von Zeit zu Zeit warf der Ferhat-Riebe Nik einen Blick zu. Vielleicht sollte er beruhigend wirken. *Wir passen zusammen auf Levi auf. Wir kriegen das schon hin,* hatte Riebe zu ihm gesagt, bevor sie das Taxi geklaut hatten.

Aber Nik war kein bisschen beruhigt. Zu Anfang der Fahrt hatte er immer wieder panisch aus dem Rückfenster gesehen und jeden Moment mit einem Verfolger gerechnet, im günstigsten Fall mit einem Polizeiwagen und Blaulicht, denn eine gewöhnliche Streife war bestimmt ungefährlicher als die schwarzen Männer von der Brache. Aber sie waren allein auf der Straße, zu dritt unterwegs in einem gestohlenen Taxi, und der Mann am Steuer war auch geklaut.

Nik war erleichtert deshalb. Denn wenn der richtige Ferhat Can zur Polizei ginge, dann würden ihre Verfolger doch bestimmt erfahren, dass Riebe nicht mehr Levi war. Es sei denn, der richtige Ferhat Can würde gar nicht erst zur Polizei, sondern gleich zum Arzt marschieren. Er hatte sich gerade selber sein Taxi gestohlen: Ferhat Can hatte Grund, an seinem Verstand zu zweifeln.

Nik ließ sich in die lederne Rückbank sinken. Er fühlte sich geschlagen.

Levi war mittlerweile über die Mittelkonsole auf den Beifahrersitz geklettert. Er hatte sich sogar angeschnallt, damit der Mercedes aufhörte zu piepen. Jetzt zählte er Ferhat Cans sauer verdientes Geld, erst die Scheine in der großen schwarzen Brieftasche, dann das lose Wechselgeld auf dem Grund eines leeren Becherhalters.

»Zum Tanken und zum Essen reicht's«, sagte Levi zufrieden, als er mit dem Zählen fertig war. Er schien hier draußen ein anderer Mensch zu sein als drinnen bei Qwip.com. In der Academy hatte er sich nur treiben lassen. Als er noch bei den Q-Zwergen war, hatte er immerhin manchmal wissen wollen, wann Ma käme, um sie abzuholen, aber irgendwann hatte ihn auch das nicht mehr interessiert. Danach hatte es für ihn nur noch die Tiere gegeben, draußen auf der Brache und zur Not im Netz.

Levi ließ den Blick über die Felder hinter dem Fenster streichen. Hochgewachsener Mais, dann ein Getreidefeld, durch das sich in einer Wolke aus Staub ein Mähdrescher fräste. »Das ist ganz schlecht für die Tiere«, sagte Levi wie zu sich selbst.

»Was?« Der Ferhat-Riebe hielt mit beiden Händen das Lenkrad umklammert, die Straße fest im Blick.

»Die Mähdrescher«, sagte Levi. »Die Tiere verstecken ihre Kinder in den Feldern. Rehkitze, junge Feldhasen. Oft ducken sich die Jungen statt wegzulaufen. Und dann macht der Mähdrescher sie einfach tot.«

Der Ferhat-Riebe sagte nichts, aber für einen Moment nahm er den Blick von der Straße und musterte Levi anerkennend.

»Hab ich gelesen«, sagte Levi bloß.

Draußen zog eine abgemähte Wiese vorbei, gelb und trocken.

»Bist du schon mal auf einem Feld gewesen?«, fragte der Ferhat-Riebe. »Im Mais? Im Weizen? Weißt du, wie es da riecht?«

»Nein.« Levi schüttelte den Kopf. »Aber ich würde das gern mal riechen.« Er wandte sich Riebe zu. Offenbar schien ihn dessen neue Gestalt überhaupt nicht zu verwirren. Marek Horak, Ferhat Can, sogar Levi Blumberg, sein Spiegelbild: Levi kam mit allen klar. »Am liebsten würde ich mal in den Wald«, sagte er.

Riebe lachte das Lachen Ferhat Cans, tief und fröhlich. »Mal sehen«, sagte er. »Mal sehen, ob wir einen Wald für dich finden.«

Nik beugte sich vor. Bestimmt, dachte er, hatte der richtige Ferhat Can Kinder. Er beugte sich vor, den Kopf zwischen den Lehnen der Vordersitze. »Wo fahren wir überhaupt hin?«

Ferhat Cans dunkle Augen suchten ihn im Rückspiegel. »Wir suchen uns einen Ort, wo wir uns in Ruhe voneinander verabschieden können«, sagte Riebe.

»Nein«, sagte Levi. »Das ist zu gefährlich. Vergiss nicht: Sie halten mich für dich.«

»Noch«, sagte Riebe. »Aber Horaks Söhne sind nicht dumm.«

Horaks Söhne, so hatte er die schwarzen Männer auf der Brache schon in Martens Wabe genannt.

»Ich glaube, das sind sie doch«, sagte Levi mit seiner Kinderstimme. »Wir sollten weit fahren.« Er sah aus dem Fenster. Die Bäume der Allee rückten einer nach dem anderen vorbei. »Weit weg«, sagte Levi. »Wo sie uns gar nicht finden.« Er wandte sich wieder dem Ferhat-Riebe zu. »Wenn du nicht wegläufst, sondern dich nur duckst, dann kriegen sie dich.«

»Jetzt sorgen wir erst einmal dafür, dass sie nicht *dich* kriegen.« Riebe hielt an einer Kreuzung. Er witterte wieder. Dann bog er links ab.

Diesmal standen keine Bäume am Straßenrand, nur Leitpfosten aus Plastik, deren eines weißes Auge manchmal in der Sonne blitzte. Es wurde langsam heiß in dem Mercedes. Bestimmt gab es eine Klimaanlage, aber die war nicht an.

Nik machte einen zweiten Versuch: »Wo fährst du uns hin?« Fast war er versucht, *Sie* zum Ferhat-Riebe zu sagen. Er kannte diesen Mann ja gar nicht.

»Ich suche etwas«, sagte der Ferhat-Riebe. »Wenn wir nicht in diesem Auto säßen, ginge es einfach geradeaus.« Im Rückspiegel warf er Nik wieder einen Blick zu. »Ich war lange alleine«, sagte er dann. »Ich will zurück zu meinem Volk.«

Nik wich seinem Blick aus. Es war Zeit, die eine, alles entscheidende Frage zu stellen. »Wer bist du?«, sagte er und sah dabei aus dem Fenster, als würde er die Frage dem Feld da draußen stellen.

»Meinen Namen habe ich euch schon verraten. Für euch bin ich Riebe.«

»Und für die anderen? Wer bist du für ...« Nik meinte die schwarzen Männer, die Polizei, die Terrorabwehr, er wusste nicht, was. Er sagte: »... für Horaks Söhne?«

»Ich weiß nicht, ob ihr das wirklich wissen wollt«, sagte Riebe. Er sah auf die Straße, ein trockenes hellgraues Band. Rechts flog ein mageres Wäldchen vorbei. Kiefern und spindeldürre Birken.

»Ich will es wissen«, sagte Levi. »Ich will es wissen wie die Vögel. Die Vögel wussten gleich, wer du bist. Du warst der Rabe. Ich weiß, dass du der Rabe warst.«

Der Ferhat-Riebe lächelte. »Ja.« Er nickte. »Ich war der Rabe. Aber ich war auch der Hirsch. Der größte Hirsch unter den Hirschen. Und ich war der wilde Eber, der größte, den es gab.« Er steuerte das Taxi durch eine Kurve. »Aber ich war auch der Milan. Und ich war ein Wolf unter Wölfen. Das auch.« Er schien das zu sich selbst zu sagen. Es klang wie die Erinnerung an einen schönen Traum. »Ich bin sehr alt«, sagte Riebe. »Für euch bin ich unvorstellbar alt.«

Ferhat Can war vielleicht vierzig, womöglich noch ein bisschen älter. Wenn er lachte, legte sich ein Strahlenkranz aus Falten um seine Augen. Seine Bartstoppeln waren da und dort schon weiß.

»Was heißt *für uns*?«, fragte Nik.

»Ich weiß nicht, wie ich das erklären soll.« Riebe lächelte wieder. »Ich weiß nicht einmal, *ob* ich es erklären soll.« Er lachte. »Schau, Nik. Eigentlich bin ich nicht alt. Aber ich bin auch nicht jung. Das sind Worte, die für mich nichts bedeuten. Ich bin immer nur da. Ich bin immer gleich.«

»Du siehst immer anders aus«, sagte Nik. »Vor ein paar Stunden sahst du noch aus wie Levi!«

»Das bedeutet auch nichts.« Hinter dem Steuer zuckte Ferhat Can mit den Achseln. »Das ist, wie ich's brauche. Hätte ich eine feste Gestalt, hätte ich auch eine Zeit. Wenn ich immer derselbe wäre, könnte ich nicht immer derselbe sein, verstehst du?«

»Nein«, sagte Nik.

»Dann will ich versuchen, es dir zu erklären.« Ferhat Cans Augen im Rückspiegel glänzten. »Nimm dich selbst! Stell dir vor, du, so wie du jetzt bist, würdest dir, so wie du in zwanzig Jahren sein wirst, begegnen. Du würdest dich nicht einmal erkennen, Nik. Du würdest nicht mal merken, dass das du bist. Und in gewisser Weise wärst du es auch nicht. In zwanzig Jahren wirst du ein ganz anderer sein. Und dann denk noch einmal zwanzig oder dreißig Jahre weiter: Du in zwanzig Jahren begegnest dir in fünfzig Jahren. Kennt ihr euch?

Nein, den alten Mann kennst du nicht. Wenn du mich fragst, Nik, dann verändert ihr Menschen ständig eure Gestalt. So wie ich, nur langsamer. Und dann seht ihr nicht nur anders aus. Ihr sprecht, denkt, ihr handelt dann auch anders. Ich bleibe immer derselbe. Ihr nicht.«

Nick stellte sich gerade vor, wie er mit dreißig aussehen würde. Oder mit sechzig. Dann versuchte er, sich einen erwachsenen Levi vorzustellen, aber das war unmöglich.

»Ich habe viele Menschen gekannt«, sagte der Ferhat-Riebe jetzt, »in vielen verschiedenen eurer Zeiten. Und weißt du was, Nik? Ihr alle zusammen, als Ganzes, verändert euch auch. Wenn die Menschen, die ich vor langer Zeit kannte, heute ihren Mund aufmachen würden, könntest du sie nicht einmal verstehen. In deinen Ohren würden sie in einer fremden Sprache sprechen und denken, wie du nie gedacht hast. Ihr Menschen macht alles immer anders. Mich und meinesgleichen nennt ihr Gestaltwandler. Aber die wahren Gestaltwandler seid ihr. Ihr verändert euch, unablässig, und mit euch muss auch alles andere anders werden. Schau dich um!« Er nahm eine Hand vom Lenkrad. »Als ich das letzte Mal hier war, wuchs hier dichter Wald.«

»Du musst nicht sterben?«, fragte Levi leise. »Nie?«

»Ich sterbe nicht an der Zeit«, sagte Riebe. »An den Menschen vielleicht schon.«

Eine Weile sagte keiner etwas. Jeder hing seinen Gedanken nach. Nik überlegte, ob er Riebe glauben sollte. Alles, was er gelernt hatte, sprach dagegen. Alles, was er in den letzten Stunden erlebt hatte, sprach dafür.

»Wer ist denn dein Volk?«, sagte er schließlich.

Sie fuhren durch ein Straßendorf. Bloß ein paar Häuser,

nicht mal ein Supermarkt. Nik dachte an Martens Handy. Dann war das Dorf schon wieder vorbei.

»Ihr habt viele Namen dafür«, sagte Riebe. »Ihr nennt sie Gnome, Zwerge, Barstukken, Mandl, Querxe, Kobel, Güttel – was weiß ich. Je weniger ihr wisst, desto mehr Namen habt ihr dafür!« Er lachte. Dann wurde er plötzlich wieder ernst. »Ich war lange Zeit einer von ihnen. Auch wenn ich nicht *wie* einer von ihnen war. Wir waren zusammen im Berg. Aber dann ist Meister Horak gekommen und hat mir diesen Sender verpasst. Ich hätte mich wehren sollen.« Der Ferhat-Riebe zuckte mit den Achseln. »Stattdessen habe ich mich schlafen gelegt. Ich hatte genug, könnte man sagen. Ich hatte von euch Menschen genug. Und als ich wieder aufgewacht bin, war ich allein. Sie waren alle fort. Meine Gnome waren weitergezogen. Ich nehme an, sie hatten gute Gründe dafür. Also bin ich sie suchen gegangen. Ich kenne ihre Wege. Einer davon führt bei euch vorbei. Sozusagen stracks durch euren weißen Keller. Aber alle Eingänge, bei denen ich war, sind verlassen.«

»Eingänge?«, fragte Levi. Er sah genauso aus, wie wenn er in sein Notizbuch schrieb. Unter dem langen Levi-Scheitel runzelte er die Stirn. Mit den Schneidezähnen bearbeitete er die Unterlippe.

»So nennen wir unsere Wege unter die Erde. Wir tauchen in den Grund wie ihr in Wasser.«

»Und jetzt sind wir auf dem Weg zu so einem Eingang?«, fragte Nik.

»Du bist ein scharfsinniger großer Bruder«, sagte der Ferhat-Riebe. »Wir folgen den guten Wegen, genau.«

»Ich will auch«, sagte Levi plötzlich.

»Du willst auch was?«, fragte Riebe.

»Ich will auch in die Erde tauchen wie in Wasser.« Levi sah Riebe an. Nik kannte den Blick: Levi war finster entschlossen.

»Unfug«, sagte Riebe. »Du irrst dich. Du weißt es nur noch nicht.«

Nik starrte seinen kleinen Bruder an. Er hatte plötzlich schreckliche Angst um ihn. Mit der linken Hand tastete er nach Martens Handy. Beim nächsten Dorf musste er auf das Ortsschild achten. Er musste wissen, wo sie waren.

Die Uhr hinter dem Lenkrad zeigte zwölf. Der Mercedes stand an einer Zapfsäule. Der Ferhat-Riebe hatte ihn dort ziemlich gekonnt zum Stehen gebracht. Das Tanken hatte – weniger gekonnt – Levi übernommen. Nik war einfach sitzen geblieben.

Levi und Riebe waren drinnen und zahlten mit Ferhat Cans Geld. Nik hätte es lieber gesehen, Riebe wäre alleine reingegangen. Er musste mit Levi reden. Sie könnten einfach hier aussteigen und mit Martens Handy ihre Eltern anrufen, aber dazu war Levi offensichtlich nicht bereit. Er mied ihn. Er wollte nicht mit Nik allein sein. Er wollte nicht mit ihm reden.

Zum ersten Mal zog Nik Martens Handy aus der Tasche. Der Akku war noch zu zweiundsiebzig Prozent voll. Keine SMS, aber ein paar Qwips. Er scrollte sie durch, sie waren alle für Marten und ohne Belang. Er warf einen Blick zum Tankstellengebäude hinüber. Durch die große Scheibe sah er Levi und den Ferhat-Riebe an der Kasse stehen. Er ging in die Einstellungen des Handys und schaltete das mobile Netz aus. Er musste Akku sparen.

Levi und Riebe kamen zurück. Sie sahen nicht so aus, aber

sie gingen nebeneinander wie Vater und Sohn. Levi hatte den Arm voller abgepackter Sandwiches. Ferhat Can trug eine schwere Tüte voller Wasserflaschen.

Nik stopfte Martens Handy eilig in die Hosentasche. Es gab hier Videokameras, dachte er. Es gab an jeder Tankstelle welche. Sie würden nicht spurlos verschwinden. Und Nik hatte das Handy. Er konnte sich bemerkbar machen.

Ferhat Can ließ den Wagen an und sie holperten zurück auf die Straße. Levi riss gleich die Folie von einem der Sandwiches und begann zu essen. Nik wog sein Sandwich eine Weile in der Hand. Ein Gummibrötchen mit Käse. Er hatte keinen Hunger, aber er musste vernünftig sein. Er warf die knisternde Folie in den Fußraum, kaute langsam, ohne viel zu schmecken, und spülte mit reichlich Wasser nach.

Levi wickelte schon sein drittes Sandwich aus. In der Academy stocherte er immer bloß in seinem Essen.

Nik sah aus dem Fenster. Jetzt merkte er sich die Schilder. Althüttendorf. Ein See. Neugrimnitz. Nik prägte sich die Ortsnamen ein. Er hatte keinen von ihnen je gehört. Levi und er waren mit ihren Eltern in New York und London und in Paris und in Rom gewesen. Sie hatten Urlaub auf Ibiza, in einem Resort in Südafrika und – als sie so klein waren, dass sie sich beide nicht daran erinnern konnten – in Thailand gemacht. Hier war er noch nie gewesen.

Er sah eine efeubewachsene Kirche, kleine Häuser mit roten Dächern und eine alte Frau auf einem alten Fahrrad, von dessen Lenker eine bunte Tüte baumelte. Qwip.com schien Lichtjahre entfernt, dabei waren sie bloß ein paar Stunden gefahren, auf schrecklichen Umwegen, immer Riebes Nase nach.

Sie würden die Menschen von früher nicht einmal verstehen, hatte Riebe gesagt. Auch nicht, wenn sie dieselbe Sprache sprächen. Die alte Frau auf dem Fahrrad war schon lange nicht mehr zu sehen, als Nik sich fragte, ob er sie verstehen würde und sie ihn. Dann stellte er sich Marten auf dem alten Fahrrad vor und dann seinen Vater in einem der Häuser am Straßenrand. Was würden die beiden hier machen? Würden sie noch wie Marten und sein Vater sein?

Ein Koppelzaun, eine Wiese, Kühe, die mit ihren Schwänzen nach Fliegen schlugen. Ein Traktor kam ihnen entgegen. Zwei Pferde trotteten zu einer alten Badewanne, die wahrscheinlich als ihre Tränke diente. Wuchernde Büsche und Sträucher am Straßenrand. Dann Wald, erst schüchtern, bald machtvoller. Schließlich die Schneise einer buckeligen Wiese. Halbhohes, struppiges Gras.

Der Ferhat-Riebe trat auf die Bremse. In einem Schotterbett am Straßenrand kam das Taxi knirschend zum Stehen. Der Ferhat-Riebe rührte mit dem Hebel der Automatik ein letztes Mal in der Mittelkonsole. Der Motor ging aus. Am Ende der Wiese erhoben sich Bäume.

»Da sind wir«, sagte der Ferhat-Riebe. »Von jetzt an geht's zu Fuß weiter.« Er beugte sich zu Levi hinüber. »Wir gehen in den Wald, mein Freund. Ich zeig ihn dir. Und dann …« Er lächelte. »… nehmen wir Abschied.«

Das Letzte schien Levi zu überhören. Er hatte die Plastiktüte aus der Tankstelle auf dem Schoß und wühlte darin herum. »Wir haben noch fünf Sandwiches und zwei volle Flaschen Wasser.« Er sah zu Riebe auf. »Das reicht fürs Erste, oder?«

Riebe legte Ferhat Cans Stirn in Falten. Dann öffnete er die Fahrertür und wuchtete sich aus dem Sitz. Das verschwitzte Hemd hing ihm aus der Hose. Draußen streckte er sich.

Nik legte die Hand auf die Hosentasche und spürte das Handy. Gab es hier draußen überhaupt ein Netz?

Der Asphalt war weich von der Hitze. Die Sonne brannte und Nik schirmte mit der Hand die Augen ab. Das Dorf, das sie zuletzt durchfahren hatten, war nicht mehr zu sehen. Gleich nach der ersten Kurve wurde die Straße von dichten Büschen verschluckt.

»Komm, Nik! Jetzt komm doch!« Levi und der Ferhat-Riebe waren schon ein Stück weit auf der Wiese.

Nik legte eine Hand auf das heiße Blech des Taxis. Horaks Söhne würden den Wagen finden. Levi und er hinterließen eine Spur.

Die Wiese duftete. Der Grund war uneben. Ein Dutzend Heuschrecken hüpfte davon, kaum dass er den ersten Schritt getan hatte. Die Hitze knisterte im Gras. Die Halme raschelten an seiner Jeans. Ein Schweißtropfen rann ihm über die Schläfe. Er fasste nach einem Halm und war überrascht, wie fest er war.

»Schau mal, schau mal, Nik!«

Der Ferhat-Riebe stand mitten auf der Wiese. Das Kinn in zwei stoppelige Lagen gefaltet, sah er auf seine Brust hinab, über die ihm die Heuschrecken krabbelten. Sie sprangen ihn regelrecht an. Sie flogen in hohem Bogen auf ihn zu und landeten auf seinem Bauch, seiner Brust, seinen Schultern. Ein paar saßen auch auf seinem Kopf und kletterten durch Ferhat Cans schwarzes Haar.

Levi stand fasziniert davor. Dann streckte er ganz langsam die Arme aus, las eine der Heuschrecken von Riebes Hemd und barg sie vorsichtig in seiner hohlen Hand. »Sie kommen zu dir«, hörte Nik ihn sagen. »Wie machst du das?«

»Wir sind alte Freunde.« Riebe schüttelte die Heuschrecken nicht einmal ab, er ging einfach weiter, während es auf seinem Hemd wie auf einem Flughafen zuging. Start und Landung, Abflug und Ankunft, bis die Heuschrecken am Waldrand von ihm abließen.

Dürre Birken begrüßten sie. Niks Turnschuhe raschelten im Laub. Der Wald war noch licht. Es ging einen Hügel hinauf, Sonnenflecken auf dem Boden. Da und dort brach das Licht wie ein Laserstrahl durch die Wipfel. Keine Birken mehr, stattdessen junge Buchen mit glatter Rinde. Überall trockene Zweige auf dem Boden, die unter ihren Schritten knackten.

Sie erreichten den Hügelkamm. Der Boden fiel erneut ab. Vor ihnen schlängelte sich ein kopfsteingepflasterter Weg durch den Wald. Die Hitze war fort. Die Luft war viel frischer als auf der Wiese. Über einen gefallenen Stamm am Wegesrand zog sich ein grüner Pelz aus Moos.

Der Ferhat-Riebe stand schon auf dem Pflaster, die Tankstellentüte in der Hand. Er schien auf etwas zu warten.

Nik kletterte über den bemoosten Stamm und stellte sich neben ihn. Ein roter Fleck kam auf sie zu. Es war ein Mann in Outdoorsachen und Wanderschuhen. Obwohl es so warm war, trug er eine rote Jacke. Die Finger hatte er hinter die Gurte seines Rucksacks geklemmt.

Levi war am Wegrand stehen geblieben, halb verdeckt von einem Baum.

Der Mann war jetzt fast auf ihrer Höhe. Er nickte ihnen zu. Nik war sich sicher, dass er weitergehen würde. Eine zufällige Begegnung im Wald. Der Mann würde sich nicht einmal nach ihnen umdrehen, wenn er erst vorbei wäre. Er wusste von nichts. Er hatte keine Ahnung, wer sie waren.

Ich könnte ihm einfach alles sagen, dachte Nik.

Und dann?

»Guten Tag«, sagte der Ferhat-Riebe plötzlich.

Der Mann nickte noch einmal. Er war schon fast an ihnen vorbei.

»Entschuldigung …«, sagte der Ferhat-Riebe.

»Ja?« Der Mann drehte sich um. Er war mittelalt. Er trug eine randlose Brille. Er musterte den Ferhat-Riebe und schien auf einmal auf der Hut zu sein.

»Ich würde mich gern vorstellen«, sagte der Ferhat-Riebe.

Der Mann legte skeptisch den Kopf schief.

»Mein Name ist Rübezahl. Würden Sie sich das bitte merken?«

Der Mann starrte ihn bloß an. Dann wich er langsam zurück. Als fürchtete er Schläge.

»Hallo? Würden Sie das bitte ausrichten? Da, wo sie hingehen?«, sagte der Ferhat-Riebe.

Der Mann ging immer noch rückwärts. Er stolperte leicht.

»Erzählen Sie es allen, die Sie treffen: Sie haben Rübezahl gesehen. Das bin ich!« Riebe legte die Hand auf Ferhat Cans Brust. »Und das da sind meine Freunde Levi und Nik.« Er zeigte auf den Baum, hinter dem sich Levi verbarg. »Ihnen wird nichts geschehen, hören Sie? Den Kindern wird nichts geschehen. Würden Sie das bitte auch weitersagen?«

Der Mann hatte sich umgedreht. Er lief jetzt. Er rannte so schnell er konnte. Sein Rucksack hüpfte auf und ab.

»Rübezahl. Hören Sie? Rübezahl!«, rief Riebe ihm nach und hob mit Ferhat Cans Arm die Plastiktüte.

16 | SCHATTENPFADE

Emma hatte den winzigen Schreibtisch freigeräumt. Sie hatte einfach alles auf den türkisfarbenen Sessel geworfen: den Hotelprospekt, die Fernbedienung, den Plastik-Kugelschreiber, den Notizblock mit dem Namen des Hotels auf jedem Blatt. Notizen waren Mythobiologen außerhalb des passwortgeschützten Bereichs ohnehin verboten. Auf Papier zu schreiben, war viel zu riskant. Papier geriet leicht in fremde Hände.

Das Zimmer war klein. Nicht mehr als Schreibtisch und Stuhl, das Bett, ein Fernseher, der Sessel, die Tür zum winzigen, fensterlosen Badezimmer. Wenn man sie öffnete, rauschte gleich der Dunstabzug los.

Alles im Raum war türkis oder rotbraun, der Farbton von Mahagoni. Wahrscheinlich gab es dieses Hotelzimmer ein paar Hundert Mal auf der Welt, in Berlin genauso wie in London oder Paris, so als sollten die Gäste gar nicht merken, wo sie waren.

Flughafen, Taxi, Konferenzraum, Hotel; dann, nach dem Frühstück, wieder Taxi, Flughafen, und das Ganze ging von vorne los: Es gab viele Menschen, die so lebten. Emma hatte sie beim Einchecken ihre Rollkoffer durch die Lobby schleifen sehen. Würde man ihre Leben auf einer Karte verzeichnen, bliebe fast alles weiß, und keine der Städte bräuchte in Wahrheit einen Namen. Sie waren ja doch nur Flughafen, Konferenzraum, Hotel und die paar kaum unterscheidbaren Straßen, die das eine mit dem anderen verbanden.

Und im Grunde sahen die meisten Landkarten ja auch so

aus. Sie beschrieben nicht, wo man war, sondern wie man wieder wegkam. Nur die Straßen und ein paar große Städte waren ihnen deutliche Linien und kräftige Farben wert. Der Rest war meist unbeschriebene Fläche, blassgrau oder blassgrün eingefärbt, so als wäre dort gar nichts. Als wäre, wo es nichts Menschengemachtes gab, auch keine Welt.

Das türkisfarbene Bettzeug war zerwühlt. Emma hatte fast fünf Stunden geschlafen, bis die Nachmittagssonne durch die breiten Lamellen der Jalousie gefallen war und sie geweckt hatte. Tomasz hatte das Zimmer nebenan bezogen. Es war seine Idee gewesen, hier einzuchecken. Sie brauchten beide etwas Schlaf, und Oberst Sensheim hatte ihnen unmissverständlich zu verstehen gegeben, dass sie ohnehin nur im Weg stünden.

Am Morgen hatte das SEK das kleine Elektroauto gefunden, mit dem Krakonos und die beiden Jungen die Schranke durchbrochen hatten. Darüber hinaus fehlte von den dreien jede Spur. Gollasch würde sich melden, sobald es den nächsten Hinweis gäbe. Zumindest hatte er das behauptet.

Emma war wie erschlagen aufgewacht. Sie hatte sämtlichen Orangensaft aus dem kleinen, im Nachttisch verborgenen Kühlschrank getrunken und einen pappigen Müsliriegel gegessen. Dann hatte sie den Kram vom Schreibtisch geräumt und ihren Laptop aufgestellt. Wenigstens das WLAN hier drinnen war super. Draußen lärmte die Stadt.

Während der Rechner bootete, holte sie ihr Handy aus der Hosentasche und wog es eine Weile in der Hand. Dann öffnete sie die Kontakte und scrollte bis N. Sie hatte die Nummer von Martens Handy unter NLK eingespeichert: *Nicholas – Levi – Krakonos* sollte das heißen, ohne dass es für irgendjemanden, der ihr Handy in die Finger kriegte, ersichtlich wäre. Nicholas – Levi – Krakonos: Es war, als hätte der Berggeist plötzlich eine Nummer. Wo war dieses Handy jetzt? Wo würde es klingeln, wenn sie jetzt einfach dort anriefe? Was würde dann geschehen?

Sie war unschlüssig. Sie wollte keinen Fehler machen. Krakonos hatte die Kinder nicht entführt. Da war sie sich sicher. Und doch konnte sie die Situation nicht einschätzen. War er auf dem Weg zu einem Eingang? Hatte er noch die Gestalt des kleinen Levi? Waren die drei überhaupt noch zusammen? Konnte sie es verantworten, die Nummer für sich zu behalten?

Marten hatte sein Handy dem großen Bruder gegeben, Nicholas. Trug der es noch bei sich? Und wenn ja, warum benutzte er es nicht? Brachte sie ihn vielleicht in Schwierigkeiten, wenn sie ihn einfach anriefe? Sie konnte sich nicht entscheiden.

Der Rechner war wach und Emma legte das Handy beiseite. Sie loggte sich mit ihrem Passwort ein. Im Bus, auf dem Weg von Karpacz nach Berlin, hatte sie aufgeben müssen, weil die Karten nicht geladen hatten. Jetzt bauten sie sich problemlos auf dem Bildschirm auf.

Karkonosze. Sie begann ihre Recherche auf der polnischen Seite des Riesengebirges. Es gab einen Schattenpfad über den Kamm, hinüber auf die böhmische Seite. Sie las die alten deutschen Namen der Orte, die viel jünger als der Berggeist waren: Krummhübel, Schreiberhau, Spindlermühle, Petzer. Es gab einen uralten Weg, der stracks nach Osten verlief, aber der Berggeist hatte sich nach Nordwesten gewandt. Emma wusste ungefähr, wo er die Neiße überquert hatte. Nicht weit von Muskau, hatte Gollasch gesagt. Die Stadt selbst hatte er umgangen. Das waren schon zwei Punkte, die Emma miteinander verbinden konnte, und es gab noch einen dritten: Berlin-Adlershof.

Sie hob den Kopf. Dann stand sie auf, trat ans Fenster, bog eine Lamelle der Jalousie zur Seite und spähte durch die Ritze nach draußen. Autos, Asphalt, irgendein vielfenstriger Kasten gegenüber. Berlin war eine junge Stadt, nicht älter als ein paar Hundert Jahre, und Adlershof musste noch viel jünger sein. Für Krakonos musste das alles hier eben noch Sumpf oder Bruchtal, ein Wald oder Heide gewesen sein.

Sie kehrte an den Rechner zurück und vergrößerte die Ansicht. Karpacz – Muskau – Berlin. Sie stellte sich den Weg als markierte Linie vor, wie eine Straße, die sich nach Nordwesten wand. Auf der Karte im System war kein Schattenpfad mit demselben Verlauf verzeichnet, aber Krakonos hatte auf seinem Weg verschiedene Schattenpfade gekreuzt. Er war geflogen, das durfte sie nicht vergessen. Wenn er der Schatten gewesen war, den sie auf Gollaschs Foto entdeckt hatte, war er bei Muskau noch ein Rabe gewesen. Und wenn er der Mann gewesen war, den Marten Samstagnacht gesehen hatte, dann war er bis nach Adlershof geflogen. Anders wäre er nicht so schnell dorthin gelangt. Also hatte er keine Schattenpfade und keine ihrer Furten benutzt, sondern war in direkter Linie von Eingang zu Eingang geflogen, auf der Suche nach einem Schlupfloch, das ihn zu seinem Volk führte. Konnte das sein? Wenn ja, wo genau hatte er haltgemacht?

Auf der Karte waren sämtliche Eingänge, von denen man wusste, verzeichnet, die verlassenen ebenso wie die wenigen, die wahrscheinlich noch in Gebrauch waren. Allerdings waren die Kenntnisse der Mythobiologie auf diesem Feld lückenhaft. Von vielen ehemaligen Eingängen wussten sie schlicht nicht. Die Überzeitlichen hatten ihre Geschichte nicht aufgeschrieben. Sie brauchten auch keine Landkarten, um sich zu orientieren. Und hätten sie trotzdem welche angefertigt, sähen diese Karten vermutlich so andersartig aus, dass kein Mensch sie lesen könnte. Karten verzeichneten, was wichtig war. Die Karte auf Emmas Handy verzeichnete neben Straßen Restaurants, öffentliche Gebäude und Geschäfte.

Karpacz – Muskau – Berlin. Links und rechts der Strecke verzeichnete die Karte im System immer wieder aufgegebene Eingänge. Es gab einen im Bober-Katzbach-Gebirge und einen im Niederspreer Teichgebiet, und vielleicht war Krakonos an beiden gewesen, um sie verlassen zu finden. Es gab auch einen nordwestlich von Muskau, im Zschornoer Wald, wo er genauso gewesen sein könnte. Vielleicht hatte er sich danach dem verlassenen Eingang im Schlaubetal zugewandt, wieder vergebens, um dann in westlicher Richtung zum Scharmützelsee zu fliegen, nicht ahnend, das er dabei in immer dichter besiedeltes Gebiet vorstieß und am See keinen intakten Eingang, sondern Ferienhäuser, Segelvereine und Inliner-Strecken vorfinden würde.

Aber warum Adlershof? Hatte es auch dort einmal einen Eingang gegeben? Die Karte verzeichnete nichts, aber es gab einen Schattenpfad, über dessen genauen Verlauf Unklarheit herrschte, weil er von so vielen Straßen, Bahntrassen und sogar einem Kanal zerschnitten worden war. Neue Wege hatten den alten überwuchert, bis dieser fast vollkommen unkenntlich geworden war.

Trotzdem war es eine brauchbare Theorie: Krakonos hatte auf der Suche nach einem bislang unbekannten Eingang bei

Qwip.com haltgemacht, um schließlich mitten in der Stadt, am Tiefpunkt seiner Flucht, einzusehen, dass seine Reise länger dauern würde als gedacht – zu lang, um den Sender zu behalten. Aber vielleicht hatte sich, als er den Brüdern begegnet war, auch einfach die Gelegenheit ergeben, den Sender loszuwerden. Vielleicht hatten sie ihm sogar dabei geholfen.

Emma warf einen Blick auf ihr Handy, als würde ihr das Display die Brüder und den Berggeist zeigen. Die beiden Jungen veränderten alles. Würde Krakonos auch mit ihnen seine Suche nach einem Eingang fortsetzen? Und wenn, wohin hatte er sich gewandt?

Sie starrte auf die Karte. Adlershof. Aber wie weiter? Gab es eine Möglichkeit, Krakonos' Weg vorherzusehen? Der nächste Eingang im Westen lag im Havelland. Im Süden gab es einen im Fläming. Sie waren beide verlassen, aber das wusste Krakonos vermutlich nicht. Stimmte Emmas Theorie, hatte er es schließlich auch nicht von den Eingängen gewusst, an denen er bereits gewesen war. Andererseits hatte er in den vergangenen Tagen etwas gelernt. Er musste begriffen haben, dass die meisten Eingänge verlassen waren. Welchen Schluss würde er daraus ziehen?

Emma stützte das Kinn in beide Hände. Welchen Schluss würde *sie* daraus ziehen, wenn sie Krakonos wäre?

Sie vergrößerte den Ausschnitt der Karte, bis der komplette Nordosten Deutschlands zu sehen war. Nördlich von Berlin waren mehr Eingänge verzeichnet als im Süden und Westen der Stadt. Tatsächlich nahm ihre Dichte zu. Es gab einen verlassenen Eingang in einem Waldgebiet namens Grumsin und einen an der Müritz, es gab einen auf Usedom und es gab fast ein halbes Dutzend auf der Insel Rügen. Konnte das seine Strecke sein? Sie an seiner Stelle jedenfalls hätte sich dorthin gewendet. Je mehr Eingänge es gab, desto größer war doch die Wahrscheinlichkeit, dass einer von ihnen noch in Gebrauch war, oder? Dachte auch Krakonos so? Oder folgte er alten Gewohnheiten, die Emma nicht kannte?

Sie seufzte. Sie hatte nicht mehr als ihren Kopf. In den von Krakonos konnte sie nicht hineinsehen.

Es klopfte. Emma klickte hektisch die Karte weg, bevor sie »Herein!« rief. Dann fiel ihr Blick auf das Handy. NLK, aber man konnte ihm sein Geheimnis nicht ansehen.

»Ich dachte, du schläfst.« Tomasz steckte den Kopf ins Zimmer. Er sah ein bisschen lebendiger aus als am Morgen. Er war nicht mehr ganz so grau im Gesicht.

»Ich habe auch geschlafen«, sagte Emma. »Bis eben.« Sie stand auf. »Gibt es etwas Neues?«

»Allerdings.« Tomasz kam ins Zimmer. Er schloss die Tür hinter sich. »Wir haben einen zweiten Zeugen.«

»Was?« *Zeuge* war für Mythobiologen ein zweischneidiger Begriff. Im Fall eines abgängigen Überzeitlichen bedeutete er eine Spur. Das war die gute Nachricht. Die schlechte war: Jemand, der ihn nicht sehen sollte, hatte Krakonos gesehen und war sich dabei im schlimmsten Fall bewusst geworden, dass etwas nicht den Gesetzen folgte, die er für vernünftig hielt. »Wo ist er?«

Tomasz ging auf den Schreibtisch zu, dann räumte er scheinbar seelenruhig den Kram aus dem Sessel – die Fernbedienung, den Prospekt, den Block – und ließ sich mit einem Stöhnen hineinfallen. »In einer Notaufnahme in Berlin-Marzahn.«

»Bitte?« Der Schreck nahm Emma fast den Atem. War Krakonos gewalttätig geworden? Das wäre sein sicheres Todesurteil.

»Der Zeuge hat sich selbst eingeliefert. Er sei verrückt geworden, hat er gesagt.«

Jetzt musste auch Emma sich setzen. Sie tastete nach der Lehne des Schreibtischstuhls und sank dann auf den Sitz. »Was hat er gesehen?«, fragte sie.

»Sich selbst.« Tomasz fuhr sich durch das kurze graue Haar. »Es handelt sich um einen Berliner Taxifahrer. Er heißt Ferhat Can. Er hat am frühen Morgen an einem Taxistand in Adlershof auf eine Fuhre gewartet. Währenddessen hat er auf dem Bürgersteig telefoniert. Das ist jedenfalls das, was Gollasch mir durchtelefoniert hat.«

»Und dann?«

»Dann hat ihm jemand das Taxi geklaut. Der Schlüssel steckte.«

»Und dieser Jemand …«, fing Emma an.

»Dieser Jemand war er selbst, genau.« Tomasz nickte vor sich hin.

Emma versuchte, sich die Situation vorzustellen. »Waren die Brüder dabei?«

»Ja.«

»Dann kann das SEK den kleinen Bruder nicht mehr mit Krakonos verwechseln«, sagte Emma. »Dann sieht er jetzt wie der Taxifahrer aus. Wie Ferhat Can.«

»Wenn er die Gestalt nicht wieder gewechselt hat, ja«, sagte Tomasz.

»Aber warum hat er dann noch die Brüder …« Emma brach ab. Auf einmal war ihr bewusst, was diese Nachricht auch bedeuten konnte. Es hing ganz davon ab, wie man sie auslegte – und wer das tat. Denn wenn Krakonos die Gestalt gewechselt hatte und es einen Zeugen dafür gab, dann gab es keinen Grund mehr, anzunehmen, dass er den kleinen Bruder bei sich behielt, um den Jungen zu schützen. Gollasch könnte nun erst recht einen Geiselnehmer in ihm sehen.

Andererseits: Wusste Krakonos, dass sie wussten, dass er die Gestalt des Taxifahrers angenommen hatte? Konnte er sich schon sicher sein, dass Levi außer Gefahr war?

»Wie geht es dem Zeugen?«, fragte Emma. Am besten sprach sie etwas ganz anderes an.

»Leidlich.« Tomasz legte die Hände auf die Oberschenkel. Mit seinem Holzfällerhemd und den speckigen Jeans sah er irgendwie komisch auf dem grellen Sessel aus. »Gollasch hat nicht viel darüber geredet, aber vermutlich speisen sie ihn mit ein paar wirkungslosen Tabletten ab. Eine kleine psychische Störung, die nicht wieder vorkommen wird. Der Arme hat halt Gespenster gesehen. Du verstehst?«

Emma nickte. »Und gibt es eine Spur von dem Taxi?« Es war nach Norden gefahren, dachte sie. Plötzlich war sie sich sicher.

»Noch nicht.« Tomasz erhob sich mit dem gleichen Stöhnen, mit dem er in den Sessel gesunken war. »Wir warten. Ich war schon ganz froh, dass Gollasch mich überhaupt informiert hat.« Etwas steifbeinig stakste er zur Tür. »Vielleicht legst du dich noch einmal hin.« Er warf einen Blick zurück, nicht auf sie, sondern auf ihren Computer.

»Ja, klar.« Emma fühlte sich ertappt. Sie hoffte, dass man es ihr nicht ansah.

»Gut«, sagte Tomasz.

Sein brummendes Handy unterbrach ein unbehagliches Schweigen. Tomasz fingerte es aus der Hosentasche. Er warf einen Blick auf das Display und zog die Stirn kraus. »Gollasch«, murmelte er. »Hallo?« Er hatte das Handy schon am Ohr. »Was Neues?«

Tomasz wandte sich ab. Emma sah auf seinen karierten Rücken. Sie glaubte Gollaschs Stimme zu hören, fern und metallisch.

»Es ist sicher das gestohlene Taxi?«, hörte sie Tomasz sagen.

Alles, was Gollasch sagte, fehlte.

Emma hielt den Atem an.

»Keine Spur von den Jungs?«, sagte Tomasz.

...

»Natürlich. Ich habe volles Verständnis. Wir können uns ja einen Wagen mieten.«

...

»Ja, wir brechen so schnell wie möglich auf.«

...

»Überstürzen Sie nichts, bitte! Wir kommen.«

...

»Angermünde, ja, verstanden.«

...

»Okay, das kann ich mir merken.«

...

»Bitte, wie heißt dieser Wald?«

...

Grumsin, dachte Emma, noch bevor Tomasz aufgelegt hatte. Der Wald hieß Grumsin. Sie hatte ihn eben auf der Karte gesehen, und der Eingang dort war verlassen.

Sie kaute auf ihrem Daumennagel, was sie sonst niemals tat. Auf dem kleinen Schreibtisch lag ihr Handy.

17 GRUMSIN

Sie waren nicht allein. Der Wald hatte Augen und Ohren, er sprach mit tausend Stimmen. Es war, als ginge Riebe ein Rauschen voran. Überall im Laub raschelte es. Es raschelte in den Bäumen und in den Buschwindröschen am Boden. Unsichtbare Spechte, hoch über Niks Kopf, begrüßten Riebe mit Trommelwirbeln. Eichelhäher riefen lauter als alle anderen Vögel. Eine Meise flatterte herbei. Ein winziger Vogel mit spitzem Schnabel und orangerotem Bauch landete auf Riebes Schulter und lief kopfüber an ihm herab, so als wäre er ein Baum.

Hinter einem Strauch lugte ein Reh hervor. Ein Eichhörnchen, das eben noch eine Hainbuche hinaufgelaufen war, hielt inne und starrte Riebe an. Und als sie einen der vielen Hänge erklommen hatten und wieder hinabstiegen in die nächste Senke, stand dort reglos eine Rotte Wildschweine. Riebe hätte sie streicheln können.

Levis Gesicht glühte vor Begeisterung. Mal war er vor lauter Andacht stumm, dann wieder redete er unablässig auf Riebe ein. Er kannte jedes der Tiere, die sie sahen. Er machte hoch oben in den Baumstämmen Spechthöhlen aus, die Nik niemals bemerkt hätte. Manchmal kniete sich Levi auch vor einen verrottenden, dick bemoosten Stamm, las Käfer auf und ließ sie über seine Hände krabbeln. Irgendwann ging dann sein Blick nach oben, zu Riebe, der sich über ihn beugte, und Levi strahlte.

Er hatte immer irgendetwas in der Hand: eine Buchecker

vom letzten Jahr oder bloß eine ihrer stacheligen Schalen, eine braun gewordene, von einem Eichhörnchen aufgebissene Eichel, eine kleine flaumige Feder, zwischen deren feinen Härchen Erde klebte, oder die winzige Scherbe eines Vogeleis, die er Nik hinhielt.

Nik starrte auf Levis kleine, schmutzige, offene Hand und wusste nicht, was er sagen sollte. Er rang sich ein krummes Lächeln ab – nicht ohne dem Ferhat-Riebe im Hintergrund einen ratlosen Blick zuzuwerfen. Wie sollte er Levi je wieder aus diesem Wald herauskriegen? Wie konnte Levi die triste Brache mit den paar Spinnen und Asseln und der einen Ratte je wieder genügen?

Es gab einen Moment, in dem Nik wütend auf Riebe war, denn Levi musste in der Stadt leben und die meiste Zeit bei Qwip.com aushalten. Wo sollte Nik da einen Wald herkriegen? Riebe pflanzte Levi gerade bloß eine Sehnsucht ein, die sich nicht erfüllen würde – wenigstens nicht, bis Levi erwachsen war, und wer wusste schon, ob dann?

Aber es gab auch Momente, in denen Nik Riebe dankbar war. Er hatte Levi noch nie so glücklich gesehen. Vielleicht, dachte er, hatte er einfach noch nie so viel Levi gesehen.

Levi auf den Knien im Laub.

Levi vor dem Elefantenfuß einer mächtigen Buche.

Levi, der eine Senke hinablief und so gerade noch am Rand eines schwarzen Tümpels zum Stehen kam.

»Ein Frosch!«

Als Nik den Tümpel erreicht hatte, sah er nur noch die konzentrischen Kreise auf dem Wasser. Eine krumme Erle beugte sich darüber, so wie er.

»Das sind Wasserfedern!« Levi wies auf ein grünes Kraut,

das in dem Tümpel zu wachsen schien. »Riebe! Sind das Wasserfedern?«, rief er den Hang hinauf.

Der Ferhat-Riebe stand oben auf der laubbedeckten Kuppe und sah zu ihnen herab. Ferhat Cans Hemd hing immer noch aus Ferhat Cans Hose und spannte sich über Ferhat Cans dickem Bauch.

Levi kniete sich hin und berührte vorsichtig die fingerartigen Blätter des grünen Krauts.

Nik stieg durch das raschelnde Laub wieder den Hang hinauf und gesellte sich zu Riebe. Es war das erste Mal, dass er im Wald mit ihm alleine war. Es musste Stunden her sein, dass Riebe den Spaziergänger in der roten Jacke angesprochen hatte.

»Warum hast du dem Mann gesagt, dass du Rübezahl heißt?«, fragte er.

»Weil das einer meiner Namen ist.« Der Ferhat-Riebe sah Levi zu, der im Uferschlamm wühlte. »Ich bin davon ausgegangen, dass er ihn kennt.«

»Glaubst du, er wird es weitersagen? Dass er uns begegnet ist?«

»Ich hoffe«, sagte Riebe. Er ließ Levi nicht aus den Augen. »Horaks Söhne werden ihn schon finden. Sie werden auch das Taxi finden.«

»Ja. Das werden sie.« Nik senkte den Blick. Er fürchtete die schwarzen Männer von der Brache. Aber sobald Levi außer Gefahr wäre, wünschte er sie sich auch herbei. Ihre Flucht musste zu Ende gehen. Es konnte nicht so bleiben. »Ich habe den Namen Rübezahl auch schon mal gehört«, murmelte er.

»Hast du?«

»Ich dachte immer, Rübezahl wäre ein Riese oder so.« Der Name klang nach speckigen Bilderbüchern mit Bibliotheksstempel, die niemand mehr las.

Der Ferhat-Riebe lachte leise. »Riese, Zwerg, Taxifahrer.« Er hob die Arme und ließ sie wieder sinken. »Das sagt nicht viel. Jedenfalls sagt es nichts über Größe.« Er legte Nik Ferhat Cans große, behaarte Hand auf die Schulter. »Dein Bruder ist ein Riese, wusstest du das?«

Da unten lag Levi jetzt auf dem Bauch, das Gesicht dicht über dem stillen Wasser. Ob er auf den Grund zu sehen versuchte? Das Wasser war so dunkel, fast schwarz.

»Nein«, sagte Nik. »Oder doch – ja.« Levi war anders. So viel war klar.

Einen Augenblick lang schwiegen sie. Vielleicht, dachte Nik, wäre es besser, wenn Riebe sich nicht in diesem Wald von ihnen verabschieden würde. Vielleicht wäre es besser für Levi. Aber sie mussten zurück. Und Riebe musste weiter.

»Ist der Eingang hier in der Nähe?«, fragte Nik. »Der Eingang, den du suchst?« Er wusste immer noch nicht recht, was er sich unter einem solchen Eingang vorstellen sollte.

Unten am Ufer hatte Levi den nackten Arm ins Wasser gestreckt.

Riebe räusperte sich. »Morgen, Nik. Morgen früh werden wir ihn erreichen. Gib ihm eine Nacht unter den Sternen, ja? Ich weiß einen schönen Platz. Und wenn er aufwacht, werde ich verschwunden sein. Bis dahin werden sie uns nicht mehr verwechseln, ihn und mich.«

»Und wir?«, sagte Nik. Wollte Riebe sie einfach in diesem Wald zurücklassen?

»Sie werden euch finden. Es wird nicht lange dauern. Und

wenn nicht …« Er lächelte. »Levi findet den Weg zurück, glaub mir. Er könnte jeden Vogel nach der Richtung fragen.«

»Hey!« Auf einmal rief Levi nach ihnen. Er saß jetzt im Uferschlamm und beugte sich über seine offene Hand. »Schaut mal! Das ist ein Wasserfrosch. Er ist einfach so auf meine Finger geklettert!«

Nik hatte keine Ahnung, wie spät es war. Er hatte alles Zeitgefühl verloren, und das Handy, das jede Sekunde zählte, konnte er nicht aus der Tasche holen. Aber die Sonne stand tief, es musste Abend sein.

Nur noch die Hügelkuppen waren erleuchtet, und die Bäume, die dort oben wuchsen, strahlten in einem satten Grün. In den Senken lagen schon die Schatten. Langsam schwappte das Dunkel über das Laub, wie steigendes Wasser.

Sie waren ohne Eile weitergelaufen – so als gäbe es keine Verfolger, vor denen Riebe sich in Acht nehmen musste. Der Wald schien endlos zu sein, aber er war nie gleich. Je weiter sie in ihn eingedrungen waren, desto dichter und feuchter war er geworden. Viele der Senken waren sumpfig und Nik hatte mittlerweile einen nassen Schuh. Von Mooren wusste er nur, dass man in ihrem schwarzen Schlamm versinken konnte. Er hatte das in einem halben Dutzend Filme gesehen.

Die vielen Tümpel, auf die sie stießen, lagen wie offene Augen da, das Schilf an ihren Rändern wie Wimpern. Manchmal, wenn er auf einer Kuppe stand, kam es ihm vor, als starrten sie ihn an – so als würden sie ihn erwarten.

Es war ihm seltsam unwohl, als Riebe beschloss, an einem dieser kleinen Seen zu rasten. Der See lag in einem Kessel und war über und über mit Wasserlinsen bedeckt, ein dunkelgrüner Schleim. Die Sonne war kaum noch zu sehen. Nur in den Wipfeln der höchsten Bäume stand noch ein wenig gelbes Licht.

»Machen wir ein Feuer?«, fragte Levi. Er hatte sich unweit des Ufers gegen einen grün gewordenen Findling gelehnt und die Beine ausgestreckt. Nik hatte ihn noch nie so schmutzig gesehen. Er hatte Erde auf dem T-Shirt, unter den Fingernägeln und im Gesicht. Die Knie seiner Jeans waren schwarz vor Dreck und Nässe. Er hatte sogar Erde in den Haaren, die auf einmal nicht mehr ganz so blond waren.

»Kein Feuer.« Der Ferhat-Riebe ächzte, als er sich setzte. »Aber ihr könnt eure Brote essen.« Er reichte Levi die Plastiktüte und Levi wühlte gleich darin herum.

»Und du?« Er hatte eine der beiden Wasserflaschen in der Hand.

»Oh.« Der Ferhat-Riebe grinste. »Ich bin sowieso zu dick.« Er tätschelte Ferhat Cans Bauch und streckte die Beine aus. »Willst du nichts essen, Nik?«

Nik war als Einziger stehen geblieben. Er hatte die Hände in die Hosentaschen gestopft und war mit den Fingern gegen das Handy gestoßen. Plötzlich verspürte er den unwiderstehlichen Drang, es herausziehen – und sei es nur, um zu sehen, wie spät es war und ob er Empfang hatte.

Vielleicht hatte Marten ihm geschrieben.

Vielleicht hatte Marten die Nummer weitergegeben?

Es war ewig her, dass er seinen Eltern geqwippt hatte, dachte Nik. Zwölf Stunden mindestens, schätzte er. Wahrscheinlich eher fünfzehn oder noch mehr.

»Ich …« Was sollte er sagen? »Ich muss mal.«

Levi biss in ein Sandwich.

Der Ferhat-Riebe grinste ihn an. »Na, dann geh!«, sagte er, und einen Augenblick lang fürchtete Nik, dass er von dem Handy wusste.

Aber dann wandte sich Riebe Levi zu, und Nik hörte schon nicht mehr, was er zu seinem Bruder sagte, weil er so schnell den Hang hinaufstieg, als müsste er wirklich dringend. Wenn überhaupt, dachte er, hatte er da oben Empfang, und hinter der Kuppe würden sie ihn nicht sehen. Es war doch ganz normal, dass man sich, wenn man musste, ein geschütztes Plätzchen suchte.

Oben angekommen, sah er noch einmal auf die beiden hinab, wie sie da unten am Ufer saßen und sprachen. Und obwohl er es besser wusste, kam es ihm vor, als würde er sich mit diesem Blick von ihnen verabschieden. Als würde er nicht bloß heimlich schnell auf ein Handy schauen, sondern niemals wiederkommen.

Dann wandte sich sein Blick nach links und nach rechts. Er suchte Deckung und fand einen struppigen, wuchernden Strauch, hinter den er sich kauerte. Er hatte das Handy schon in der Hand. Plötzlich waren seine Handflächen feucht. Sein Herz pochte und sein Atem ging schneller. Das Display leuchtete auf.

Er hatte eine Nachricht!

Nik saß im Laub, stechende Zweige im Rücken, und starrte auf den kleinen Bildschirm. Er hatte sich erschreckt. Er atmete flach. Es war eine unbekannte Nummer, keine, die Marten eingespeichert hatte. Eine einfache SMS, aber zu lang, um gleich ganz auf dem Display zu erscheinen.

Lieber Nicholas, du kennst mich nicht, aber lies bitte weiter! Mein Name ist Emma O'Lynn und dein Freund Marten hat mir …

Nik tippte auf die Nachricht, damit sie komplett in einer langen grauen Sprechblase erschien.

… diese Nummer gegeben. Bisher weiß niemand außer ihm und mir, dass du Martens Handy hast. Ich bin Wissenschaftlerin und erforsche Wesen wie das, das sich erst in Levi verwandelt hat und danach in den Taxifahrer Ferhat Can. Ich nenne dieses Wesen Krakonos, aber es hat noch viele andere Namen. Ich möchte es mit deiner Hilfe schützen, aber das kann ich nur, wenn du mir schreibst und meine Fragen ehrlich beantwortest. Erstens: Geht es dir und deinem Bruder gut? Zweitens: Seid ihr freiwillig bei Krakonos oder seid ihr seine Geiseln? Bitte antworte mir, Nicholas! Emma

Nik starrte wie betäubt auf die lange SMS. Sie kam ihm so abwegig vor wie eine dieser ellenlangen Scam-Nachrichten, die er manchmal in seiner Mailbox hatte.

Aber diese Emma O'Lynn hatte die Nummer von Marten bekommen, und sie wusste, dass Riebe sich erst in Levi und dann in Ferhat Can verwandelt hatte.

Nik spürte plötzlich eine Welle der Erleichterung: Wenn diese Frau wusste, dass Levi nicht Riebe war, dann wussten es die schwarzen Männer auch. Riebe hatte recht behalten: Horaks Söhne waren ihm dicht auf den Fersen. Aber zählte Emma O'Lynn überhaupt zu ihnen? Gehörte sie zu den Verfolgern? Hatte sie Einfluss auf Horaks Söhne? Die Männer, die er und Levi in der Nacht auf der Brache belauscht hatten, hatten Riebe töten wollen. Emma O'Lynn hingegen wollte ihn beschützen.

Gab es wirklich Wissenschaftler, die Wesen wie Riebe erforschten? Nik hatte noch nie davon gehört. Aber er hatte, bevor er ihm begegnet war, ja auch noch nie von Riebe gehört. Und dass es einen wie Riebe gab, war, wenn er darüber nachdachte, weit unwahrscheinlicher, als dass sich Wissenschaftler mit Riebe befassten. Mit Riebe und mit Gnomen und mit Eingängen und mit allem anderen, über das er gestern um diese Zeit noch gelacht hätte.

Er scrollte zurück. *Ich nenne dieses Wesen Krakonos ...* Riebe schien so viele Namen wie Gestalten zu haben. Aber offensichtlich hatte er auch eine Verbündete, von der er vermutlich nicht einmal wusste. Sollte Nik ihr antworten?

Sein Daumen schwebte über dem Feld, in dem in blassgrauer Schrift *SMS-Nachricht* stand. Er hockte schon viel zu lange hinter diesem Strauch. Er machte sich verdächtig. Dabei wusste er nicht einmal, was er schreiben sollte. Aber er *wollte* etwas schreiben. Er brauchte Hilfe. Levi brauchte Hilfe.

Nik tippte, schnell, mit beiden Daumen.

Wir sind nicht verletzt. Keine Geiseln

Er drückte schnell auf den Pfeil für *Senden*, bevor er es sich noch anders überlegte. Erleichtert atmete er aus. Dann sah er auf, hinab in die nächste Senke. Die Dunkelheit kam jetzt mit Riesenschritten. Morgen früh würde Riebe verschwunden sein. Wenn Emma O'Lynn ihn schützen wollte, sollte sie das vielleicht wissen. Und vor allem sollte sie wissen, dass er und Levi dann hier alleine wären.

Nik fing wieder an zu tippen.

Wir sind in einem Wald.

Er verharrte. Wie hatte der letzte Ort geheißen, durch den sie gekommen waren? War es überhaupt der letzte gewesen? Er hatte doch ein Ortsschild gesehen. Mehr als eins sogar.

Althüttendorf Neugrimnitz

Er tippte die Namen, bevor er sie wieder vergessen hatte. Dann schrieb er:

Er will morgen früh fort sein. Uns hierlassen

Das war ein ziemliches Durcheinander, aber Nik schickte es ab. Dann zog er die Knie an und bettete den Kopf darauf. Morgen früh, dachte er, bevor er das Handy zurück in die Hosentasche steckte und hinter dem Strauch hervorkrabbelte. Morgen früh wäre das hier vorbei.

Dann hörte er Levi hinter der Kuppe jauchzen und begann zu laufen.

Als er auf den kleinen See sah, traute Nik seinen Augen nicht. Levi und der Ferhat-Riebe standen bis zum Bauch im Wasser. Sie waren pitschnass und über und über mit den grünen Algen verschmiert, die die Wasseroberfläche bedeckten. Der Ferhat-Riebe lachte in seinem klebenden Hemd, während ihn Levi nass spritzte und dann selbst bis zum Kinn untertauchte. Plötzlich ragte nur noch sein Kopf aus dem See.

»Wie ist es, ein Otter zu sein, Riebe? Sag's mir!« Er spuckte einen Schwall Wasser aus.

Nik blieb am Ufer stehen. Die beiden bemerkten ihn nicht mal.

»Ein Otter?« Jetzt ließ sich auch der Ferhat-Riebe sinken. Luftblasen stiegen auf, wo sein schwerer Körper das Wasser verdrängte. »Wenn du ein Otter bist, dann klopft dein Herz wie wild. Du kannst keinen Moment still sitzen. Und du hast immer Hunger. Der Hunger nagt an dir. Und du denkst schnell, sehr schnell. Es ist alles schnell, wenn du ein Otter bist. Otter entscheiden so schnell, wie sie schwimmen.«

Der Ferhat-Riebe tauchte unter und kam prustend wieder hoch. Die schwarzen Haare hingen ihm jetzt in die Stirn und auf seiner Wange klebten Wasserlinsen. »Und wenn du ein Otter bist ...« Er spuckte aus. »Wenn du ein Otter bist, bist du hellwach. Wacher, als Menschen es je sein können. Otter sind so wach wie Füchse.«

»Warst du mal ein Fuchs?« Von Levi war immer noch nicht mehr als sein nasser Kopf zu sehen.

»Oh ja.« Der Ferhat-Riebe breitete die Arme aus wie eine Wasserpflanze ihre Blätter. »Ich war ein Fuchs und ein Otter.

Ich war ein Biber und ein Eichelhäher. Und ich habe nichts davon vergessen.«

»Wie ist ein Biber?« Levis Stimme bebte vor Begeisterung.

»Fleißig.« Riebe legte den Kopf in den Nacken. Es sah jetzt aus, als würde er auf dem Wasser treiben. »Ich war nicht oft ein Biber.« Er lachte.

Dann schwiegen die beiden einen Augenblick und Nik hörte nichts als das Wasser.

»Ich will das auch«, sagte Levi schließlich leise.

»Was?«, sagte Riebe prustend und setzte sich auf.

»Ein Otter sein«, sagte Levi.

Es musste das erste Mondlicht sein, das ihn beschien. Er sah plötzlich gespenstisch aus in diesem schwarzen Wasser. Nur Levis heller Kopf, umgeben von Dunkelheit. Bestimmt gab es keine Plätze, an denen nie zuvor ein Mensch gewesen war, aber dieser Teich sah in diesem Moment ein bisschen so aus. Er schien am Anfang der Zeit zu liegen. Oder am Ende.

Der Ferhat-Riebe schwieg.

»Es ist schön im Wasser«, sagte Levi in die Stille hinein. »Gar nicht kalt. Ist es auch so, wenn man unter die Erde geht?«

Es war mittlerweile so dunkel, dass Nik in Riebes Miene nicht mehr lesen konnte. Am liebsten hätte er seinen Bruder aus dem Wasser gezogen. Stattdessen stand er da wie gebannt und blieb genauso stumm wie Riebe.

»Du hast es gesagt«, flüsterte Levi.

»Was habe ich gesagt?« Die tiefe Stimme Ferhat Cans klang plötzlich gar nicht mehr ausgelassen.

»Dass ihr in die Erde taucht wie wir in Wasser.«

»Ja. Ich wollte damit sagen, dass es für uns ganz einfach ist.«

»Und dann?«

»Dann sind wir Erde. Ihr taucht ins Wasser und müsst schwimmen. Wir tauchen in die Erde, um Erde zu werden. Und wir steigen aus der Erde wieder auf.«

»Und wie ist das? In der Erde?« Levis Stimme machte Nik Gänsehaut. Sie perlte wie Wasser. »Ist das wie Schlafen?«

»Es ist, wie du es dir nicht vorstellen kannst.« Nik hörte das Unbehagen in Riebes Stimme. »Es ist wie sein, ohne darüber nachzudenken. Es gibt dann keine Unterschiede mehr.«

»Das will ich auch«, sagte Levi.

»Ich denke, du willst ein Otter sein«, sagte Riebe. »Beides kann man nicht haben.«

»Ich kann kein Otter sein«, sagte Levi. »Aber mit dir gehen kann ich schon.«

Auf einmal war das Mondlicht weg. Nik konnte Levi nicht mehr erkennen. Nein, das Licht war noch da. Ein schimmernder, schaukelnder Fleck auf dem schwarzen Wasser. Nur Levis heller Kopf war verschwunden.

»Levi!« Niks Stimme überschlug sich. »Riebe! So tu doch was!«

Levi tauchte nicht wieder auf. Nik stand da wie gelähmt, bis er endlich rannte, bis das Wasser aufspritzte und kalt an seine Waden drang. Er watete durchs Dunkel und rief nach seinem Bruder. Er sah den Ferhat-Riebe einen Satz machen und hörte ihn platschend untertauchen. Dann nichts und dann ein befreiendes Rauschen. Etwas, das spritzend an die Oberfläche drang. Da stand der triefnasse Riebe mit dem triefnassen Levi im Arm.

»Junge, was machst du?« Der Ferhat-Riebe keuchte.

Levi stand schon wieder auf seinen eigenen Beinen. Er strich sich das nasse Haar aus der Stirn. Grinste er darunter etwa? Nik war sich nicht sicher.

»Alles gut.« Levi streckte seinen dünnen weißen Arm aus. »Alles gut, Nik. Ich hab es nur mal ausprobiert.«

Er watete einfach an Nik vorbei, durch den Streifen Mondlicht und dann ans dunkle Ufer.

Nik stand immer noch im Wasser und tastete nach seiner Hosentasche. Er war nur nass bis zu den Knien. Das Handy hatte nichts abbekommen.

»Komm!«, sagte Riebe und legte ihm einen tropfenden Arm um die Schulter. »Wir sollten doch ein Feuer machen.«

18 | HORAKS SÖHNE

»In dreihundert Metern links abbiegen!« Tomasz setzte den Blinker, wie es das Navi befahl. Der Blinker tickte, ein hohler Ton. Emma dachte an ihre Fahrt durch Karpacz zurück. Mittlerweile waren sie Krakonos seit Hunderten von Kilometern auf der Spur.

»Jetzt links abbiegen!« Schotter knirschte unter den Reifen. Das Fernlicht wischte durch die Dunkelheit. Ein grauer Wald im Scheinwerferkegel. Dann wieder Asphalt. Die kauernde Gestalt eines Waschbären am Straßenrand. Seine im Fernlicht blinden Augen.

Das Navi wusste nichts davon. »Dem Straßenverlauf drei Kilometer lang folgen!«, sagte die fremde Frauenstimme.

Drinnen leuchteten die Armaturen. Der Plastikgeruch war betäubend. Der Mietwagen war nagelneu. Emma sank ein Stück tiefer in den Beifahrersitz. Er roch nicht weniger nach Chemie als alles andere.

Tomasz hatte den Wagen telefonisch geordert, gleich nachdem Gollasch angerufen hatte. Es hatte trotzdem eine Ewigkeit gedauert, bis das Auto zum Hotel gebracht worden war. Beim Ausfüllen der Formulare war Tomasz halb wahnsinnig geworden.

Emma hatte reichlich Zeit gehabt, sich noch einmal in die Datenbank einzuloggen und den Eingang im Grumsin zu überprüfen. Dass er verlassen war, hatte sie schon gewusst. Jetzt wusste sie auch, dass er Schanzenberg hieß. Die Kollegen, die vor Ort gewesen waren, beschrieben einen lang gestreckten Hügel mit einem Plateau. Keine innerirdische Bewegung seit wenigstens dreißig Jahren, aber ein Schattenpfad führte mitten hinauf. Wahrscheinlich war auch dieser Eingang aufgegeben worden, weil die Zivilisation zu nahe gekommen war. Das hinterlegte Foto hatte nicht mehr als einen laubbedeckten Hügel gezeigt.

Die Erde würde sich dort nicht für ihn öffnen, dachte Emma und blendete die körperlose Stimme des Navis aus. Krakonos würde auch auf diesem Hügel stehen wie vor einem verschlossenen Tor. Sein Volk war auf dem Rückzug nach Norden. In Wahrheit traute sich kaum noch ein Innerirdischer heraus.

Im Hotel hatte sie gerade den Laptop in die Laptoptasche gestopft, als ihr Handy vibrierte, und irgendwie hatte sie gleich gewusst, dass die Nachricht von Nicholas war. Sie hatte sich zweimal beim Eingeben des Codes vertippt, so nervös war sie plötzlich gewesen.

Wir sind nicht verletzt. Keine Geiseln

Emma spürte die Erleichterung noch jetzt, im Wagen auf dem Weg zum Grumsin. Sie hatte Kontakt! Sie konnte es immer noch kaum glauben. Jetzt durfte sie es nur nicht verderben. Der Junge musste ihr vertrauen. Nur dann konnte sie allen helfen. Den Brüdern *und* dem Berggeist.

Im Hotel hatte sie eine halbe Ewigkeit lang bloß auf das Handy gestarrt und nach dem richtigen Anfang für die richtige Antwort gesucht. Dann war schon die zweite SMS eingetroffen.

Wir sind in einem Wald.

Althüttendorf Neugrimnitz.

Er will morgen früh fort sein. Uns hierlassen

Für eine Sekunde schloss Emma im Wagen die Augen. Es würde gut werden, dachte sie. Es würde alles gut werden. Das SEK würde die Kinder finden. Und Krakonos würde vom Schanzenberg aus weiterziehen. Er hatte genug Vorsprung, oder? Er würde den Eingang verlassen finden. Als Nächstes würde er sich Flügel wachsen lassen und Sensheim würde seine Spur verlieren. Letzte Sichtung im Grumsin und dann …

Und dann fiel Emma Gollasch ein. Wie er ihr in der Baude auf dem Berg die Hand gegeben hatte. Sein überlegenes Lächeln. »Ich habe auch mal Mythobiologie studiert«, hatte er gesagt. Sie schüttelte den Kopf, wie um den Gedanken abzuwehren. Aber sie durfte Gollasch nicht unterschätzen. Sensheim hatte die Waffen. Gollasch hatte den Kopf. In Karpacz, als sie auf dem vergrößerten Foto den Schatten des Raben entdeckt hatte, hatte er ihr zugehört. Für Krakonos war er ein gefährlicher Gegner.

Im Hotel hatte sich die Nachricht plötzlich wie von selbst getippt.

Danke, Nicholas. Gut, dass du mir antwortest. Bleibt, wo ihr seid, wenn er fort ist! Wir finden euch. OK?

Sie hatte die Nachricht abgeschickt und es im selben Moment schon nicht mehr abwarten können, dass Antwort kam. Nicholas musste das Handy doch noch in der Hand haben! Er hatte ihr doch nur Sekunden zuvor geschrieben.

Aber es war keine Nachricht mehr gekommen. Das Display war schwarz geworden, während Emma immer noch dagestanden hatte, mitten in dem kleinen Hotelzimmer mit seinen mahagonibraunen Wänden und dem türkisfarbenen Sessel.

Nicholas?

In diesem Moment hatte Tomasz an die Tür geklopft. Der Mietwagen war eingetroffen.

Sie fuhren durch ein dunkles Dorf. Die Umrisse eines aufragenden Kirchturms. Der Galgen einer Straßenlaterne und ihr fettes gelbes Licht. Am Ortsausgang das bunte Schimmern eines Fernsehers in einem einsamen Fenster. Ein Schlafloser tröstete sich mit dem Nachtprogramm.

Dann wieder Wald, wahrscheinlich schon die Ausläufer des Grumsin. Emma richtete sich im Beifahrersitz auf. Es war schwer, jetzt nicht das Handy zu zücken. Vielleicht hatte sie das Vibrieren überhört. Vielleicht hatte Nicholas ihr geschrieben. Irgendwo da draußen mussten die drei sein. Irgendwo hinter dieser schwarzen Wand aus Bäumen.

»Wie weit ist es noch?«

Tomasz' Blick ging zum Navi. »Knapp fünfzehn Minuten«, murmelte er.

Das SEK hatte sein Hauptquartier auf einer Wiese aufgeschlagen. Zwei schwarze Bullis am Straßenrand, daneben Sensheims und Gollaschs Mercedes. Nur in einem der Busse brannte Licht. Durch die offene Schiebetür konnte Emma Gollasch erkennen. Er sprach mit einem Mann in roter Jacke.

Alex ohne Nachname fing sie ab, kaum dass Tomasz geparkt hatte. Er trug weder eine Weste noch eine Waffe. Er sah aus wie ein Polizist in Zivil.

»Ist das der Zeuge?« Sie ersparten sich die Begrüßungsformeln. Tomasz deutete auf den Mann im Bus.

Alex nickte. »Dr. Gollasch ist gleich so weit. Er bittet Sie zu warten.«

Die Nacht war warm und seidenweich. In der Wiese zirpten Grillen. Emma konnte den nahen Wald riechen. Während Tomasz sich mit verschränkten Armen gegen den Wagen lehnte, entfernte sie sich ein paar Schritte über die schmale Straße und trat schließlich ins hohe, knisternde Gras. Da drüben stand das Taxi. Sie hatte es die ganze Zeit übersehen.

Sie mussten es genau hier verlassen haben. Wahrscheinlich waren sie über diese Wiese gelaufen und dort in den Wald eingetaucht. Es fiel Emma schwer, ihnen nicht einfach zu folgen. Im Mondlicht sah der Wald so einladend aus.

Sie zog das Handy aus der Tasche ihrer Cargohose. Nur ihre Reaktion auf eine Nachricht könnte sie verraten, dachte sie, nicht das Handy an sich. Es war nichts dabei, ein Handy hervorzuholen. Alle taten das, ständig.

Aber Nicholas hatte ihr nicht geschrieben und sie steckte das Handy wieder weg. Sie starrte auf die hellen Birken, mit denen der Wald am Ende der Wiese begann.

»Emma?« Tomasz rief sie.

Sie drehte sich um und sah ihn mit Gollasch neben dem Mietwagen stehen. Im Hintergrund lud Alex den Zeugen in den anderen Bus. Sie hatten seine Aussage aufgenommen, dachte Emma, ihm eine gut ausgedachte Erklärung aufgetischt und jetzt würden sie ihn nach Hause fahren. Gut möglich, dass sie noch eine Weile seine Kommunikation überwachten, um sicherzugehen, dass er ihren Lügen glaubte. Jedes M-SEK hatte Geheimdienstunterstützung. Es wurde alles dafür getan, dass es keinen Krakonos gab, keine Überzeitlichen, keine Innerirdischen und keine Eingänge. Worüber man nicht redete, das existierte nicht.

»Frau O'Lynn.« Gollasch gab ihr formvollendet die Hand. Wahrscheinlich hatte er überhaupt nicht geschlafen, aber wenigstens im Dunkeln sah man es ihm nicht an. Die Frisur saß, das helle Hemd unter der Windjacke wirkte wie frisch gebügelt. Ein junger Fernsehkommissar beim nächtlichen Dreh.

»Er hat sich geoutet.« Gollasch sah zu Alex und dem Zeugen hinüber. Die Scheinwerfer des Busses sprangen an. Der Motor lief schon. Der Bus setzte zurück.

Gollasch holte ein kleines Notizbuch hervor. Emma hätte ein Tablet oder ein Smartphone erwartet. Papier war gegen die Regeln.

»Erzählen Sie es allen, die Sie treffen: Sie haben Rübezahl gesehen!«, las Gollasch vor. »Das hat er dem armen Kerl gesagt.« Die roten Rücklichter des Busses verschwanden in der Dunkelheit. »Gott sei Dank war es nicht schwer, ihm einzureden, dass wir es mit einem Berlin-weit bekannten Rowdy zu tun haben.« Gollasch grinste. »Autodiebstahl und so weiter und so fort. Der Zeuge hat auf dem Rückweg das gestohlene Taxi

gesehen. Er hat uns unsere Geschichte abgekauft. Kein Psychokram diesmal.« Er lachte.

»Und die Jungen?«, fragte Emma. Der Zeuge kümmerte sie nicht. Er war unverletzt. Krakonos hatte ihm nichts getan. Mehr musste sie nicht wissen.

»Waren bei ihm«, sagte Gollasch knapp. »Sie werden verstehen, dass ich die mutwillige Begegnung mit dem Zeugen als Akt der Aggression deute. Allein die höhnische Verwendung des Namens Rübezahl deutet meines Erachtens auf sein erhöhtes Gefahrenpotenzial hin. Er ist wütend. Vielleicht verzweifelt. Er hat offenbar immer weniger zu verlieren. Ich habe Ihnen ja früh gesagt, dass ich ihn für einen Amokkandidaten halte. Kann sein, dass er sich auf seine letzte Schlacht vorbereitet.«

Gefahrenpotenzial, Amok, Schlacht. Emma hätte Gollasch diese Begriffe am liebsten zurück in den Mund gestopft. Seine Sprache war hässlich. Sie verriet ihn.

»Ist das denn alles, was er gesagt hat?«, fragte Tomasz. »*Ich bin Rübezahl?* Mehr nicht?«

»So ziemlich«, sagte Gollasch.

Emma war sich sicher, dass er log. »Er hat nicht von den Jungen gesprochen?«

Gollasch warf noch einmal einen Blick in sein kleines Notizbuch. Er blätterte sogar demonstrativ eine Seite um. Dann schüttelte er den Kopf. »Wir dürfen allerdings nicht vergessen, dass er die Kinder dem Zeugen gezeigt hat. Er hat seine Waffen sehen lassen, verstehen Sie? Er hat seine Geiseln vorgeführt. Und er hat seinen Namen genannt, damit wir auch sicher erfahren, dass die Kinder noch bei ihm sind.«

Keine Geiseln, dachte Emma, und am liebsten hätte sie Gollasch in diesem Moment Nicholas' SMS gezeigt. Aber Gollasch spielte nicht fair. Es wäre dumm gewesen, jetzt ihren einzigen Vorteil zu verspielen.

»Wollen Sie zugreifen, solange die Kinder bei ihm sind?«, fragte Tomasz.

»Uns bleibt keine andere Wahl, obwohl wir natürlich nichts riskieren werden. Aber das Gelände ist schwierig.« Gollasch sah zum Waldrand hinüber. »Der Wald ist geschützt. Es gibt nur wenige Wege. Die Kernzone ist sogar totales Sperrgebiet. UNESCO-Welterbe, einer der wenigen alten Buchenwälder, die sich halbwegs erhalten haben. Das ist insofern ganz gut, als wir uns keinen Kopf um weitere Zeugen machen müssen. Da drinnen ist niemand. Aber Hubschrauberüberflüge würden nichts bringen. Und Ihr Objekt hat ein paar Tausend Möglichkeiten, sich zu verstecken. Selbst wenn er nicht die Gestalt wechselt, weil er seine Geiseln nicht verlieren will – wovon ich ausgehe. Umstellen können wir den Wald auch nicht. Dafür ist er zu groß. Aber keine Sorge, wir haben einen Plan. Wir ...«

»Herr Wrobel?« Einer von Sensheims Leuten rief nach Tomasz. »Der Oberst will Sie sprechen.«

Tomasz zuckte mit den Achseln. Es war unmöglich zu sagen, was er dachte. Er ging auf den erleuchteten Bus zu, in dem Gollasch eben den Zeugen bearbeitet hatte.

Emma blieb allein mit Gollasch zurück. Plötzlich war ihr unbehaglich zumute. Die Stille dehnte sich. Tomasz war mittlerweile schon in den Bus gestiegen und immer noch hatte keiner von ihnen ein weiteres Wort gesprochen.

»Schade, dass Sie nicht auf unserer Seite sind«, sagte Gollasch endlich.

»Bitte?« Emma sah ihn in gespielter Überraschung an. »Was wollen Sie denn damit sagen?« Sie verschränkte abwehrend die Arme.

»Oh.« Gollasch lächelte höflich. Wenn auch er angespannt war, dann zeigte er es nicht. »Ich wollte Ihnen nicht zu nahetreten.«

»Nein?« Emma reckte das Kinn. Sie konnte diesen Mann nicht ausstehen. In diesem Moment war ihre Wut größer als ihre Angst. Er konnte nichts von Martens Handy wissen. Das war unmöglich.

»Nein, ehrlich nicht. Ich bewundere Ihren Scharfsinn. Sie könnten jederzeit bei einem M-SEK anfangen.«

»Ach ja?« Worauf wollte Gollasch hinaus?

»Unbedingt.« Gollasch grinste immer breiter. »Genau genommen muss ich mich sogar bei Ihnen bedanken.« Er steckte sein Notizbuch weg. Er zog sich die Windjacke glatt. Er stopfte die Hände in die Taschen seiner Stoffhose. Er hatte alle Zeit der Welt. »Wussten Sie eigentlich, dass das System in Reykjavík sämtliche Suchverläufe dokumentiert?«

Emma schluckte. Wahrscheinlich wurde sie auch blass. Ja, eigentlich hatte sie das gewusst. Nur daran gedacht hatte sie nicht. »Und?«, brachte sie mit einiger Mühe heraus.

»Ich habe sie eingesehen.« Gollasch war die Ruhe selbst.

»Meine Suchverläufe?«

»Ja.« Er nickte. »Das war eine gute Idee mit den Schattenpfaden. Früher oder später wäre ich natürlich auch selbst darauf gekommen. Aber – Hut ab! Sie waren schneller.«

Emma war plötzlich speiübel. Er hatte sie überwacht. Er hatte sich im System angesehen, was sie sich im System angesehen hatte. Indem sie versucht hatte, Krakonos' Weg nachzuvollziehen, um ihn schließlich vorhersagen zu können, hatte sie den Berggeist ans Messer geliefert. Gollasch wusste von den Schattenpfaden, und das hieß auch: Er kannte den einzigen Eingang im Grumsin. »Sie …«

»Wir werden ihn am Schanzenberg erwarten, ganz richtig.« Es war, als läse Gollasch ihre Gedanken.

»Schanzenberg?« Sie stellte sich dumm. Was blieb ihr übrig?

»Der Eingang. Kommen Sie schon! Sie haben ihn nachgesehen.«

Emma nickte schwach. »Es war nur eine Theorie«, sagte sie. »Ich nehme an, ich …« Sie wusste nicht, wie sie es sagen sollte. Einen richtigen Beobachter konnte man wahrscheinlich nicht feuern. Eine studentische Praktikantin bestimmt schon. Hier am Grumsin würde ihr Weg enden.

»Nein, nein, keine Sorge.« Gollaschs Stimme triefte vor Überlegenheit. »Ich habe es nicht mal dem Oberst gesagt. Bleiben Sie bei uns. Wir können Ihren hellen Kopf gebrauchen. Nur …« Er machte eine irgendwie bedrohliche Pause. »Beim nächsten Mal, wenn Ihnen etwas auffällt, sagen Sie mir Bescheid, ja?« Er wandte sich ab. Er wollte Emma stehen lassen, aber dann drehte er sich doch noch einmal um. »Und falls Sie sich das jetzt fragen: Ja, die erste Gruppe ist natürlich schon unterwegs«, sagte er. Er sah auf seine Uhr. »Sie dürften sogar schon da sein. Sie werden ihn am Schanzenberg erwarten.« Er zuckte mit den Schultern. »Wir nähern uns dem Finale, Frau O'Lynn.«

Gollasch schlenderte davon – zum Bus, wo Tomasz vermutlich gerade die Einzelheiten des geplanten Zugriffs erfuhr. Am Schanzenberg – dort würden sie ihn kriegen. Und die Brüder wären nicht mehr dabei. Es gab keine Geiseln und es würde auch keine Zeugen geben. Niemanden außer dem M-SEK, der sah, was mit Krakonos geschah. Sensheims Leute mussten nicht einmal wissen, in welcher Gestalt er am Eingang erschien. Sie würden einfach jedes Wesen erledigen, das dort auftauchte.

Emma lehnte sich gegen den Mietwagen. Sie sah zum Wald hinüber, über die mondbeschienene Wiese. Die Grillen zirpten immer noch.

Dann zog sie das Handy aus der Tasche. Nicholas. Vielleicht war es noch nicht zu spät.

19 HORAKS TOCHTER

Noch nie war Nik an einem so dunklen Ort gewesen. Zugleich hatte der Himmel nie heller gestrahlt. Hoch über dem kleinen See stand der Mond mit seinen Flecken. Aberwitzig viele Sterne ringsum. Der Himmel war ein Raum. Nik lag auf dem Rücken und sah Myriaden von Kilometern weit.

Unter seinen Schulterblättern spürte er die buckelige Erde. Er konnte den Tümpel riechen. Er hörte, wie sich das Wasser regte. Noch das leiseste Geräusch drang an sein Ohr. Levi und Riebe schliefen. Nik hörte jeden Atemzug.

Er borgte sich die Stille. Fast unhörbar setzte er sich auf. Levi ringelte sich auf dem Waldboden. Der Ferhat-Riebe lag auf der Seite, den Kopf auf einen Ellbogen gebettet. Zwischen den beiden die Reste des Feuers, ein paar verkohlte Äste in einem hellen Ring aus Asche.

Sie waren wach geblieben, solange die Frösche riefen. Dann hatten sie sich einer nach dem anderen ausgestreckt. Die Nacht war warm und weich wie ein Kissen. Levi hatte es so gesagt. Er hatte am Feuer viel gesprochen oder gar nicht. Er hatte geplappert, und wenn nicht, dann hatte er den Blick gesenkt und nur noch in die züngelnden, knisternden Flammen gestarrt: ein schmutzig blonder Junge im flackernden Licht.

Nik hatte überlegt, ob Levi sehr glücklich oder sehr unglücklich war, aber vielleicht war er einfach beides. Glück und Unglück wechselten sich ab, so schnell wie Feuerschein und Schatten in seinem Gesicht. Dass Levi im schwarzen

Wasser untergetaucht und einfach nicht wieder hochgekommen war, wollte Nik nicht aus dem Kopf. Es war mehr als ein Spiel gewesen. Und wenn es doch ein Spiel war, dann spielte Levi unbewusst mit seinem Leben.

Was sollte er nur mit ihm tun? Eine Weile sah Nik seinem Bruder beim Schlafen zu. Dann fiel sein Blick auf Riebe, der Ferhat Cans schweren Körper ausruhen ließ. Es konnten höchstens noch ein paar Stunden sein, bis er sich davonschleichen würde. Dann wäre Nik wieder mit Levi allein.

Nik hatte keine Ahnung, wie das sein würde. Alles war anders jetzt, und doch sollten sie einfach zurück: nach Berlin, zurück in die Waben der Academy, so als hätten sie nie den Raben auf der Mauer gesehen, nie die Schranke durchbrochen, so als wären sie nie in diesem Wald verschwunden. Aber Nik hatte keinen anderen Plan. Er konnte es sich anders nicht einmal *vorstellen*.

Er stieg den Hang hinauf. Er hob die Füße wie ein Storch, um möglichst nicht im Laub zu rascheln. Er hatte das Handy schon in der Hand. Kaum dass er die Kuppe überwunden hatte, ließ er es leuchten.

Emma hatte geschrieben.

Nik hockte sich blindlings hinter den vertrauten Strauch. Er war schon dabei, die Nachrichten zu lesen. Die ersten beiden waren viele Stunden alt.

Danke, Nicholas. Gut, dass du mir antwortest. Bleibt, wo ihr seid, wenn er fort ist! Wir finden euch. OK?

Dann, nur drei Minuten später:

Nicholas?

Sie musste ihm gleich geantwortet haben, dachte Nik. Und dann musste sie ungeduldig geworden sein. Sie konnte nicht wissen, dass er das Handy geheim hielt.

Aber da war noch eine Nachricht und die hatte sie erst vor fünfzig Minuten geschickt. Nik las sie mit angehaltenem Atem.

Nicholas, die Männer, die Krakonos jagen, sind im Wald. Sie wissen, dass er auf einen Hügel namens SCHANZENBERG will, und werden ihn dort erwarten. Ich glaube nicht, dass sie sein Leben schonen werden. Er ist in großer Gefahr! Wenn er noch bei euch ist, Nik, würdest du ihn warnen? Er soll euch zurücklassen und so schnell er kann nach Norden ziehen. Er darf NICHT zum Schanzenberg gehen. Der Eingang ist GESCHLOSSEN. Der Schanzenberg ist eine FALLE. Sagst du ihm das, Nik? Wenn ja, muss es unser Geheimnis bleiben. Antworte mir bitte! Emma

Nik ließ das Handy sinken. Das Display erleuchtete einen Flecken Laub. Er starrte in die Nacht hinaus. Er dachte: Horaks Söhne. Die Männer von der Brache waren hier. Sie waren schon im Wald.

Er sah sie wieder vor sich. Er hatte die Stimme des Obersts noch im Ohr: *Wenn er aufsteigt, Fangschuss. Schießt auf jeden verdammten Vogel, den ihr seht!*

Schanzenberg – das musste der Eingang sein, zu dem Riebe wollte.

Nik seufzte. So laut, dass er sich selber erschreckte. Horaks Söhne waren keine Gangster. Eher waren sie die Polizei. Konnte er sich einfach gegen sie wenden? Was verlangte Emma da von ihm?

Er las die Nachricht noch einmal. An dem Satz *Wenn ja, muss es unser Geheimnis bleiben* blieb er hängen. Er kannte sie doch gar nicht! Er hatte sie noch nie gesehen! Er war nicht ihr Komplize. Und er war auch nicht Riebes Komplize. Oder doch?

Es gab Levi. Es war so schwierig.

Für einen Moment überlegte Nik, einfach im Schutz dieses Strauchs hocken zu bleiben und gar nichts zu tun. Er könnte hier warten, bis Riebe zum Schanzenberg aufgebrochen war. Er könnte Martens Handy vergraben und so tun, als hätte er diese letzte Nachricht nie gesehen. Und er könnte Levi ein Leben lang belügen. Denn dass er sich entschieden hatte, Riebe nicht zu warnen – das würde er Levi niemals gestehen können.

Er *war* Riebes Komplize, dachte Nik. Levi hatte ihn und Riebe zu Komplizen gemacht. Ohne Levi wäre Riebe längst über alle Berge. Ohne Levi wäre er vielleicht nicht einmal in diesem Wald. Riebe hatte Levi aus dem Wasser gezogen. Riebe.

Die Zweige strichen über seinen Rücken. Nik stand auf. Die Nacht war plötzlich noch ein wenig größer. Er steckte Martens Handy in die Hosentasche. Er holte es wieder heraus. Er war drauf und dran, eine Antwort zu schreiben. Dann ließ er das Handy zum zweiten Mal in die Tasche gleiten und kletterte zurück auf den Kamm. In der Senke die schimmernde Pupille des Sees.

Riebe war wach. Ferhat Can stand am Ufer. Er sah zu Nik herauf.

Nik stieg den Hang hinab, das Laub wie fließendes Wasser.

Der Ferhat-Riebe erwartete ihn.

»Ich muss gehen.« Ferhat Cans Stoppeln hatten sich über Nacht zu einem Bart geschlossen. »Wir wollen ihn nicht wecken«, flüsterte er und deutete auf den schlafenden Levi.

Nik sah zu Riebe auf. Er musste sich entscheiden. In Wahrheit hatte er das schon. »Du darfst nicht zum Schanzenberg gehen«, sagte er.

»Was?« Der Ferhat-Riebe war ehrlich verblüfft.

»Da wolltest du doch hin, oder? Das ist doch der Eingang.«

Der Ferhat-Riebe schwieg, aber seine Augen schienen im Mondlicht zu blitzen.

»Horaks Söhne sind da«, sagte Nik. »Sie warten dort auf dich. Es ist eine Falle. Und geschlossen ist der Eingang auch.«

»Woher weißt du das?« Es brauchte eine ganze Weile, bis Riebe diese Frage stellte.

»Ich weiß es einfach.«

Riebe musterte ihn. Es kam Nik vor, als hätte er Vogelaugen.

»Hier.« Nik zog das Handy aus der Tasche. Er hielt es Riebe hin.

»Ist das ein Sender?« Riebe schaute auf das Handy. Er machte nicht einmal Anstalten, danach zu greifen.

»So was Ähnliches. Ein Telefon. Sie können uns nicht orten. Sie wissen nichts davon.« Er stockte. »Levi weiß es auch nicht.«

Riebe legte die Hand ans Kinn. Sie rieb über Ferhat Cans Bart.

»Es ist das, mit dem ich das Qwipmob gefahren habe«, sagte Nik. »In den Kanal geschmissen habe ich meins.«

»Und wer hat dir vom Schanzenberg erzählt?«, fragte Riebe.

»Ich kenne sie nicht. Sie heißt Emma. Sie ist eine Wissenschaftlerin.« Nik stockte. »Sie nennt dich Krakonos.«

Ein Lächeln huschte durch Ferhat Cans Bart.

»Sie weiß alles«, sagte Nik. »Nein.« Sein Blick ging zum schwarzen See, auf dem das Mondlicht schaukelte. »Sie weiß nichts von Levi. Sie hat keine Ahnung, dass er dich nicht gehen lassen will.«

»Ich glaube, ich habe sie gesehen«, sagte Riebe leise.

»Was?« Jetzt war Nik verblüfft. Wie konnte das sein?

»Sie war an meinem Stein, als ich aufgewacht bin. Sie hat nach mir gerufen.«

Nik verstand nicht. Oder – vielleicht verstand er so halb.

Riebe fiel in einen leisen Singsang: *»Rübezahl! Rübezahl!*
Wenn's dich gibt, dann zeig dich mal!«

Danach war es ganz still am See.

»Du sollst nach Norden aufbrechen«, sagte Nik schließlich. »Ohne uns. Sofort.«

Wieder Stille. Der Ferhat-Riebe schien in Gedanken versunken. »Horaks Tochter hat Mut«, sagte er schließlich. »Ich fürchte, der alte Horak wäre trotzdem nicht stolz auf sie.«

Nik überlegte. Er hielt immer noch das Handy in der Hand. In ihrer Welt war Emma eine Verräterin, dachte er. Er schaute auf das Handy. So wie er selbst in seiner.

»Sag Levi, dass es mir leidtut«, sagte Riebe. »Ich hätte ihm gern Auf Wiedersehen gesagt. Ich hätte …« Er zuckte ratlos mit den Achseln.

»Ich sag's ihm.« Nik steckte das Handy zurück in die Tasche. Er drehte sich zu Levi um. Der Platz am Feuer war leer. Levi war verschwunden.

»Verdammt!«

Mit einem Satz war Nik an der Feuerstelle, als hätte er seinen Bruder vielleicht nur übersehen. Als hätte er ihn übersehen können! Als wäre so etwas möglich!

Nik fuhr herum und starrte Riebe an. »Er muss aufgewacht sein! Er hat alles mitgehört!« Er warf einen panischen Blick den Hang hinauf. Nichts. Niemand.

»Komm! Schnell! Wir müssen ihn einholen!« Der Ferhat-Riebe rannte schon. Mit langen Schritten erklomm er den Hang. Nik lief ihm nach. Er strauchelte und stützte sich mit beiden Händen ab, Laub und Erde zwischen den Fingern. Levi war weggelaufen! Er hatte alles gehört und war weggelaufen!

Nik packte eine wilde, lodernde Angst. Er hatte Levi verraten, indem er Martens Handy behalten hatte. Er hatte ihn verraten, indem er sich heimlich mit Riebe abgesprochen hatte. Und jetzt hatte ihn auch noch Riebe selbst verraten, indem er sich hatte davonstehlen wollen. So, nur so würde Levi es sehen!

Stolpernd erreichte Nik die Kuppe. Der Ferhat-Riebe galoppierte schon in die nächste Senke. Laub stob auf und Zweige brachen.

»Levi!«, rief der Ferhat-Riebe. »Levi, komm zurück!«

Horaks Söhne waren im Wald, schoss es Nik durch den Kopf, während er hinter Riebe durch das Laub pflügte. Eigentlich mussten sie leise sein.

»Levi!« Jetzt rief er auch.

Nik sah den Ferhat-Riebe den nächsten Hang erklimmen. Er holte auf. Ferhat Can war langsam und lief mit rudernden Armen. Als der große Mann die Hügelkuppe erreicht hatte, stützte er sich einen Moment lang schwer atmend gegen einen Baum, bevor er sich abstieß, wieder loslief und hinter der Kuppe verschwand.

Nik keuchte. »Levi!« Er erreichte die Kuppe. Der Himmel war plötzlich nicht mehr schwarz, sondern grau. Bald würde die Sonne aufgehen. Es war früher Morgen.

Nik sah in das bewaldete Wellental, das unter ihm lag. Riebe war nicht mehr zu sehen. Aber da unten in der Senke schnüffelte ein Fuchs. Die Nase am Grund, lief er in Kreisen umher, bevor er, kaum dass er Witterung aufgenommen hatte, in einen federnden Trab fiel.

Riebe. Das war Riebe! Nick wusste es einfach. Riebe hatte sich verwandelt. Jetzt war er so wach und ausdauernd wie ein Fuchs.

»Warte!« Nik stob den Hang hinab, dem Fuchs hinterher.

Der Fuchs wandte sich um. Es war jetzt hell genug: Nik sah seine gelben Augen. Er sah in das spitze Fuchsgesicht. Aber er verstand auch ohne Worte. Riebe konnte jetzt nicht auf ihn warten. Erst musste er Levi finden. Horaks Söhne waren im Wald.

Nik rannte so schnell er konnte, bis er den Fuchs aus den Augen verlor. Einmal noch sah er den buschigen Schwanz zwischen zwei jungen Buchen aufblitzen, dann war er fort und Nik trudelte aus. Er blieb stehen. Er stützte die Hände auf die Knie, bis er wieder zu Atem kam. Er war allein im Wald. Über die nächste Kuppe kroch das erste Sonnenlicht.

Nik sah in die Bäume hinauf, in ihre sich fächernden Kronen. Er hörte einen Vogel singen und einen frühen Specht auf einen Baum einschlagen – und doch: Ohne Riebe und Levi schien der Wald seltsam leer.

Nik stolperte weiter. Er ging einfach geradeaus – soweit man in einem Wald geradeaus gehen konnte. Riebe musste Levi finden. Er musste Levi finden, bevor Horaks Söhne ihn fanden. Horaks Söhne starrten vor Waffen. Es war so gefährlich. Für beide.

Sie wissen, dass Riebe nicht mehr wie Levi aussieht, beruhigte er sich. Wenn Emma es wusste, wussten es Horaks Söhne doch bestimmt auch.

Sein Blick fiel auf eine seltsame Buche. Sie hatte sich knapp über dem Boden geteilt, um Jahre später und drei Meter höher wieder zusammenzuwachsen. War sie ein Baum oder war sie zwei?

Nik spähte durch den Spalt zwischen den Bruderstämmen. Levi war nicht nur deshalb weggelaufen, dachte er, weil er und Riebe ihn verraten hatten. Levi wollte nicht zurück. Er wollte nicht, dass ihre Flucht zu Ende ging. Indem er weglief, zwang er Riebe zu bleiben. Er ließ ihn einfach nicht gehen.

»Riebe? Levi?« Nik traute sich nicht, laut nach ihnen zu rufen. Seine Stimme klang bestimmt bloß ein paar Meter weit. Er ließ den doppelten Baum hinter sich und stapfte weiter durch den Wald. Überall sprossen junge Buchen, dünn wie Finger, mit einem lichten Schirm aus frischen Blättern.

Im Gehen holte Nik Martens Handy hervor. Er rief Emmas letzte Nachricht auf und starrte darauf. Dann blieb er stehen und tippte.

Levi ist weggelaufen. Sie dürfen nicht schießen

Er begann zu laufen. Er behielt das Handy in der Hand. Er wusste nicht, wie lange er gelaufen war, bis es vibrierte.

Wo bist du?

Nik blieb stehen. Er atmete schwer. Er tippte.

Irgendwo im Wald. Ich weiß nicht

Er schickte die nächste Nachricht gleich hinterher.

Riebe sucht ihn

Sie antwortete unmittelbar.

Riebe?

Krakonos

Emma wusste nicht alles. Er hatte ihr nie gesagt, wie sie ihn nannten. Er fragte sich, wo sie gerade war.

Hast du ihn gewarnt?

Diesmal hatte sie für ihre Antwort ein bisschen länger gebraucht. Aber vielleicht war es auch nur die Verbindung. Es war ohnehin ein Wunder, dass er hier Netz hatte.

Ja

Sind sie weit weg?

Weiß nicht

Er drückte auf den kleinen Pfeil für *Senden*. Jetzt schickte er jeden Satz einzeln.

Ich bin allein

Ich kann sie nicht sehen

Ich habe Angst um Levi

Und um Riebe

Er stolperte weiter, den Blick auf das Display geheftet. Das Handy vibrierte wieder.

> Sie sind nicht am Schanzenberg gewesen.
> Das SEK hat sie nicht. KEIN ZUGRIFF

Nik las Emmas Nachricht zwei Mal. Er verstand sie nur halb.

> SEK?

Sie schickte die Erklärung sofort.

> Die Einsatzkräfte, die du in Berlin gesehen hast.
> SonderEinsatzKommando

Niks Finger hinterließen feuchte Abdrücke auf dem Handy. Er spürte, wie seine Anspannung ein wenig nachließ. Horaks Söhne hatten keinen Schaden angerichtet. Bisher hatten sie Levi und Riebe nichts getan.

Sein Handy vibrierte wieder.

> Krakonos wird deinen Bruder finden.

Hoffentlich, dachte Nik.

Dann kam schon die nächste Nachricht.

Riebe!

Jetzt kannte sie seinen Namen. Ihm gefiel das Ausrufezeichen.

Nik sah sich um. Er hatte einen anderen Teil des Waldes erreicht. Hier wuchs Gras zwischen den Buchen. Das Grün war überall. Unsichtbare Vögel sangen. Emma hatte die nächste SMS geschickt.

Warum ist Levi weggelaufen?

Sie stellte die wichtigen Fragen. Nik hätte wirklich gerne gewusst, wo sie war. Irgendwo da hinter den Bäumen. Er wusste nicht mal, wie sie aussah.

Er will nicht zurück. Er will bei Riebe bleiben

Er schickte die Nachricht ab. Es tat seltsam gut, mit diesem Wissen nicht mehr alleine zu sein. Dann ging er weiter, wie automatisch, das Handy in der Hand. Vielleicht war Emma schockiert. Sie kannte Levi nicht. Sie hatte keine Ahnung, wie er war.

Jetzt schickte sie ihre Antwort.

Bleib, wo du bist, Nicholas! Hast du noch Akku?

Er las die SMS und war enttäuscht. Sie hatte nicht nach Levi gefragt. Sie hatte über seine Antwort nachgedacht und dann das Thema gewechselt. Levi war für ein paar SMS zu kompliziert. Emma hatte sich lieber den praktischen Fragen zugewandt.

Ja, verdammt, er hatte noch Akku.

Und nein, verdammt, er würde nicht einfach hier hocken bleiben.

Er schickte das Handy in den Ruhezustand und stopfte es in seine Tasche. Er fing wieder an zu laufen. Er musste Levi und Riebe einholen. Er kraxelte den nächstbesten Hügel hinauf.

Vielleicht konnte er sie entdecken, wenn er mehr Übersicht hatte.

Vielleicht war er auch die ganze Zeit in die falsche Richtung gelaufen.

Als er den Kamm erreichte, vibrierte wieder sein Handy.

Nicholas?

Er antwortete nicht. Er sah vom Display auf, hinab in eine grasbewachsene Senke, und flüchtete sich hinter den nächstbesten Baum. Er presste sich mit dem Rücken gegen den Stamm. Sein Herz schlug wie wild. Er konnte vor Schreck kaum atmen. Horaks Söhne! Hinter einem Findling in der Senke hatte einer der Männer gekauert, ganz in Schwarz, mit einem Helm und einem Gewehr.

Verdammt! Er musste in die Nähe des Schanzenbergs geraten sein. Er war dem SEK fast in die Arme gelaufen. Hier lagen sie und warteten auf Riebe.

Langsam rutschte er am Baumstamm hinab, bis er in der Hocke saß. Er musste jetzt ganz leise sein, dachte er.

Er konnte sich jetzt einfach zu erkennen geben, schoss es ihm dann durch den Kopf. Er konnte sich stellen. Er konnte sich selbst aus dem Spiel nehmen. Das hier waren Erwachsene. Sollten sie sich doch um alles kümmern. Wenn er wollte, war er raus. Er musste nur rufen, hinter dem Baum hervorkommen und vielleicht die Hände heben.

Zum ersten Mal seit Stunden dachte Nik an seine Eltern. Bestimmt wussten sie mittlerweile Bescheid, dass Levi und er in diesem Wald waren. Vielleicht saßen sie gerade im Flugzeug und waren auf dem Weg hierher.

Er konnte Levi nicht allein lassen.

Nik lugte um den Baum. Der Mann hatte sich nicht bewegt, aber Nik hörte unmittelbar hinter sich etwas rascheln.

Er fuhr herum. Sie hatten ihn! Er war sich sicher.

Aber vor ihm stand keiner der Männer. Vor ihm stand der Fuchs. Das Tier sah ihn unverwandt an, vollkommen reglos. Nur die schwarzen Tasthaare an der weißen Schnauze bebten.

»Riebe?« Nik formte den Namen nur mit den Lippen.

Wer sonst?

Der Fuchs wandte sich ab und trottete zwei, drei Meter den Hang hinab. Dann drehte er sich wieder um und sah ihn herausfordernd an.

Sollte er ihm folgen?

Nik erhob sich langsam. Er tat den ersten, fast lautlosen Schritt, während der Fuchs ihn fixierte. Die gelben Augen ruhten auf ihm. Sie beobachteten seinen zweiten, seinen dritten Schritt. Die großen Ohren lauschten.

Nik war fast bei ihm. Der Fuchs drehte ab. Er lotste ihn

vom Hügelkamm weg und von der Senke dahinter, wo das SEK auf der Lauer lag.

Nik schlich ihm nach, bis sich der Fuchs noch einmal umdrehte und schließlich schneller wurde.

Nik fiel in einen Trab. Er ließ sich leiten. Vom Boden wallte Nebel auf. Die ersten Schwaden lugten hinter den Stämmen hervor wie scheue Tiere. Dann züngelten immer mehr von ihnen durch den Wald und hüllten ihre Flucht in einen milchigen Dunst.

20 | KRANICHE

Nik hatte alles Gefühl für Raum und Zeit verloren. Er folgte dem Fuchs durch den Nebelwald. Die Bäume waren bloße Schemen, der Dunst schluckte das Sonnenlicht. Aber kaum, dass Nik fürchtete, den Fuchs verloren zu haben, entdeckte er ihn wieder. Da stand er, schmutzig rot, und wartete auf ihn.

Wo war Levi?

Nik hatte den ganzen Weg über kein Wort gesagt. Seine Stimme war belegt, als er es jetzt versuchte. Er krächzte.

»Wo bringst du mich hin?«

Der Wald war lichter geworden. Der Fuchs erwartete ihn am Fuß einer Birke.

Unter Niks Schuh zerbrach ein morscher Ast. Er erschrak. Er sah wieder auf. Unter der Birke stand Ferhat Can und grinste. Sein Hemd war mittlerweile schmutzig grün. Er hatte einen Bart und wirres Haar. Er sah ganz anders aus als zu Beginn ihrer Reise.

Nik ließ die Arme sinken. »Hast du ihn?«

Ferhat Can nickte. »Er ist da drüben.« Mit dem Daumen wies er über seine Schulter. Er hatte wieder einen Daumen. Er hatte auch wieder eine Sprache, die Nik mühelos verstand. »Da ist ein Hof. Komm!« Er streckte Nik einen Arm entgegen.

Einen Augenblick lang hielt Nik seine Hand. »Hast du sie gesehen?«, fragte er. Der Nebel löste sich auf. Die Schwaden dünnten zu Schleiern aus. Auf einmal sah Nik wieder klar.

»Horaks Söhne?« Der Ferhat-Riebe schnaufte. »Ich habe sie gerochen. Das hat mir gereicht.« Er blieb stehen und sah Nik an. »Es war sehr nett, dass du mich vor ihnen gewarnt hast. Ich schulde dir etwas.«

»Du hast Levi gefunden«, sagte Nik.

»Das war der leichte Teil«, sagte der Ferhat-Riebe.

»Und der schwere?« Sie gingen jetzt einfach nebeneinanderher. Es kam Nik vor, als täten sie das seit Langem.

Riebe zögerte mit seiner Antwort. Dann sagte er: »Ich hab versprochen, ihn mitzunehmen.«

Nik riss die Augen auf.

»Nur bis zum Eingang«, sagte Riebe schnell. »Er wäre anders nicht mitgekommen. Ich weiß nicht, was er sonst getan hätte.« Sein Blick wanderte eine junge Buche hinauf. »Er ist stark, Nik.«

»Ich weiß.«

Sie hatten den Waldrand erreicht. Das Blätterdach wurde schütter. Der Blick öffnete sich auf eine zugewucherte Koppel mit einem maroden Zaun. Dahinter ein paar Gebäude, wie Würfel aus einem Becher auf das Gras gestürzt. Ein gedrungenes Haus aus Feldsteinen, eine klapperige Scheune, ein undefinierbarer Schuppen. Dahinter wieder Bäume. Ein einsamer Ort.

»Der Hof ist verlassen«, sagte Riebe. »Schon seit Langem.«

Sie kletterten über den Koppelzaun und stapften durch Mohnblumen, Disteln und Gras. Ein Zitronenfalter trudelte vor Riebe her, als wäre er sein Fahnenträger. Es musste immer noch früh am Morgen sein.

»Er hat etwas gefunden, Nik«, sagte Riebe.

»Was denn?«

»Du wirst schon sehen.«

Der Hof war in einem erbärmlichen Zustand. Die Fenster des Bauernhauses waren vernagelt oder zerbrochen, am Giebel klaffte ein Loch, das Dach war teilweise eingesunken und die Feldsteinmauern wurden von Sträuchern bedrängt. Den alten Gemüsegarten, erkennbar nur durch die verbogenen Reste eines Maschendrahtzauns, hatten die Brennnesseln erobert. Sie standen dicht an dicht und über einen Meter hoch.

Die Scheune sah kaum besser aus. Einzelne Latten fehlten ihr wie Zähne. Das Scheunentor hing krumm in den Angeln. Das Holz war ausgebleicht und rissig. Eine alte Regentonne rostete vor sich hin. Eine Egge, die niemand mehr brauchte, war fast völlig überwuchert. Sogar ein junger Baum hatte es hierher geschafft. Der Wald war dabei, sich den Hof zurückzuholen. Zumindest schlich er sich schon an.

Eine Hummel brummte in den Resten des Gemüsegartens, als Nik und Riebe ihn passierten. Sie hielten auf die Scheune zu. Nik ließ sich willenlos leiten. Der Hof war ein seltsam schöner Ort. Er wirkte so friedlich.

Der Ferhat-Riebe stemmte das Scheunentor auf. Es klemmte und quietschte und öffnete sich dann auf einen weiten, hohen, nach Heu und trockenem Holz duftenden Raum. Da, wo die Latten fehlten, fiel das Sonnenlicht in Streifen auf die nackte braune Erde. Im Halbschatten stand aufgegebenes Gerät: ein Pflug oder vielleicht eine Mähmaschine und ein Heuwagen mit platten Reifen. Darüber die Bretter eines leeren Heubodens. Keine Leiter.

»Levi?«

Sein Bruder saß mit ausgestreckten Beinen an einen Holzpfeiler gelehnt, neben ihm ein Nest aus altem Stroh. Er hielt etwas in seinem Schoß. Seine Hände strichen unaufhörlich darüber. Er sah kaum auf, als Nik sich ihm näherte. Er war vollkommen versunken.

»Levi, was …?«

Levi, was hast du dir dabei gedacht?

Levi, was machst du nur für Sachen!

Levi, was fällt dir eigentlich ein?

Im Wald, als Levi verschwunden war, wären das Sätze gewesen, die Nik hätte sagen können. Aber jetzt, wo Levi wieder da war, hier, an diesem wunderlichen Ort, zwischen Sonnenlicht und Schatten, stellte er eine ganz andere Frage.

»Levi, was ist das?«

Er sah auf das schwarze Bündel in Levis Schoß. Es war kaum größer als Levis Hände.

Sein Bruder sah zu ihm auf. Es war, als wäre er nie weggelaufen. Er wirkte, als hätte er es selber vergessen – so wie alles andere auch. »Das ist ein Hund, Nik. Ein Welpe. Wir haben ihn hier gefunden.« Seine Hand strich wieder behutsam über den kleinen Körper.

Nik konnte kaum entscheiden, wo bei diesem Tier vorne und hinten war. Es war nur ein Bündel aus verklebtem Fell. Es zitterte.

»Er lag da im Heu«, sagte der Ferhat-Riebe. Er stand ein Stück abseits, die Hände in den Taschen seiner verknitterten Hose. »Er ist erst ein paar Wochen alt. Und krank ist er auch. Kann sein, dass er stirbt, Levi. Das hast du nicht vergessen, oder?«

»Er stirbt nicht«, sagte Levi und barg den Welpen in seinem Schoß.

»Wie kommt er hierher?« Nik starrte auf den Hund. Levi

streichelte über den kleinen Kopf. Der Hund hatte eine kurze Schnauze und eine winzige, trockene Nase. An seiner Brust hatte er einen kleinen weißen Fleck.

»Seine Mutter hat ihn zurückgelassen, nehmen wir an«, sagte Riebe. »Wahrscheinlich hat sie hier in der Scheune Zuflucht gesucht, weil er so krank ist. Aber dann ist sie gestört worden. Horaks Söhne sind hier durchgekommen. Ich habe ihre Spuren gefunden.«

Nik stöhnte. Einen Moment lang hatte er Horaks Söhne vergessen. Einen Moment lang hatte er alles vergessen, so wie Levi. »Was machen wir jetzt?« Riebe hatte Levi versprochen, ihn mitzunehmen. Horaks Söhne waren in der Nähe. Anders als Levi, konnte Nik nicht lange vergessen. Mit dem Frieden war es vorbei. Er löste den Blick von dem kleinen, kranken Hund in Levis Schoß. Er schaute den Ferhat-Riebe an.

»Er bräuchte Milch«, sagte Riebe. »Aber die haben wir nicht. Vielleicht versuchen wir es mit Wasser.« Er sprach mit Levi, nicht mit Nik.

»Holt ihr welches?« Levi sah auf.

»Wir können uns ja mal umsehen.« Der Ferhat-Riebe legte Nik eine Hand auf die Schulter. »Hilfst du mir?«

Nik rührte sich nicht.

»Komm schon.« Er schob ihn an.

Nik folgte dem Ferhat-Riebe zögernd zum Scheunentor. Sie traten ins helle Sonnenlicht hinaus. Nik musste die Augen zukneifen. In der Scheune war das Licht golden gewesen. Hier draußen war es gelb.

»Der Hund wird sterben, Nik«, sagte Riebe. »Wahrscheinlich wird er sterben. Er ist schon auf dem Weg.«

»Ja?« Nik wusste nicht, was er sonst sagen sollte. Der Hund

tat ihm leid. Levi tat ihm leid. Es gab so verdammt viel, was ihm leidtat. Zu viel.

»Ich glaube, er hat die Staupe«, sagte Riebe.

Nik wusste nicht, was die Staupe war. Er wollte auch nicht fragen. »Was machen wir jetzt?«, sagte er wieder. Es konnte doch nicht sein, dass Riebe nicht darüber nachdachte. Sie mussten weg hier. Zumindest Riebe musste weg hier. Horaks Söhne waren nah.

Der Ferhat-Riebe kniff die Augen zusammen. Er sah über die Koppel zum Waldrand hinüber. »Ein bisschen Zeit haben wir«, sagte er. »Eine Weile werden sie am Schanzenberg auf mich warten. Bis sie sicher sind, dass ich nicht mehr komme, wird es dauern.«

Der Schanzenberg. Dank Emma waren Horaks Söhne auf der falschen Spur. Aber wie lange?

»Wenn sie hierhergekommen sind, dann ist das auch ihr Weg zurück«, sagte Nik. Sie würden an diesem Hof vorbeikommen, sobald sie den Schanzenberg aufgegeben hätten. Der Hof war ein gefährlicher Ort.

»Vielleicht sollten wir auf Horaks Tochter hören«, sagte Riebe.

»Was meinst du?« Nik verstand nicht.

»Na ja, vielleicht sollten wir uns wirklich nach Norden aufmachen. Ich weiß nicht, woher sie es weiß, aber sie hat recht: Es gibt dort viele Eingänge.« Der Ferhat-Riebe fuhr sich durch das verfilzte Haar. Es waren noch Spuren trockener Entengrütze darin. »Wenn ich nur wüsste, welche noch offen sind.«

»Du kannst Levi nicht mitnehmen!«, rief Nik. Seine Heftigkeit überraschte ihn selbst. »Du darfst nicht!« Er wusste immer noch nicht genau, was ein Eingang war, aber am

Ende spielte es auch keine Rolle. Er würde Levi nicht gehen lassen.

»Ich will ihn nicht mitnehmen, Nik. Ich kann ihn nicht mitnehmen. Er ist ein Junge. Er hat sein Leben noch vor sich. Ich weiß das.«

Nik atmete erleichtert aus. Jetzt tat es ihm leid, dass er laut geworden war.

»Ich habe nur versprochen, ihn bis zum Schluss mitzunehmen. Es ging nicht anders. Wir haben den Abschied ein wenig hinausgezögert. Mehr nicht. Verstehst du?«

Ein Nicken. Mehr brachte Nik nicht zustande.

»Vielleicht ...« Der Ferhat-Riebe suchte nach Worten.

Nik sah ihn erwartungsvoll an. Vielleicht hatte er doch einen Plan.

»Sag mal, hast du das Ding noch? Den ... *Sender*?«

»Das Handy?« Unwillkürlich tastete Nik danach. »Ja, klar.«

»Und könntest du sie fragen?«, sagte Riebe.

»Was fragen?«

»Na, welcher Eingang offen ist.« Ein Grinsen huschte über Riebes Gesicht.

Dann grinste auch Nik, weil Riebe so schnell begriffen hatte. »Ich glaub, das kann ich«, sagte er. »Ich ...«

»Mach nur!« Riebe schnitt ihm das Wort ab. »Du fragst sie, und ich schaue mal, ob ich Wasser finde.« Er sah sich um. »Ich glaube nicht, dass der Kleine noch was trinken wird, aber ...« Ein hilfloses Achselzucken. »Wir müssen es versuchen, oder?« Er setzte sich in Bewegung.

Nik sah ihm nach, bis Riebe auf Höhe des Gemüsegartens war. Er hatte keine Ahnung, wo es hier Wasser gab. Aus den

Leitungen im Haus würde bestimmt nichts kommen. Falls es in diesem Haus überhaupt Leitungen gab.

Er zog das Handy aus der Tasche, aber dann fiel ihm ein, dass er immer noch vor der Scheune stand und Levi jeden Moment herauskommen könnte. Levi hatte kein Wort zu dem Handy gesagt, obwohl er gehört hatte, dass Nik es hatte. Nik wollte trotzdem nicht, dass Levi ihn damit sah.

Er lief auf den baufälligen Schuppen zu. Er brauchte Deckung. Er lehnte sich gegen die Bretterwand. Der Schuppen wirkte kaum stabiler als ein Kartenhaus.

Emma hatte ihm nicht weniger als drei Mal geschrieben. Im Zehn-Minuten-Takt, dann brachen die Nachrichten ab.

Nicholas?

Nicholas, melde dich!

Nicholas, wo bist du? Ist alles in Ordnung?

Mittlerweile sollte sie wissen, dass sie Horaks Söhnen nicht in die Arme gelaufen waren. Den Rest würde er ihr verraten.

Levi ist wieder da. Wir sind für den Moment in Sicherheit

Er schickte die Nachricht ab. Irgendwie wollte er nicht, dass sie sich Sorgen machte.

Die nächste Nachricht fiel ihm schwerer. Er suchte erst eine Weile nach den richtigen Worten, bevor er wieder zu tippen begann.

Du musst uns helfen, Emma. Wir wollen nach Norden. Welcher Eingang ist offen? Danke. Nik

Er las noch einmal, was er geschrieben hatte. War das genug? Riebe würde keine Wegbeschreibung brauchen, oder? Er brauchte nur einen Namen.

Er drückte auf *Senden* und atmete aus. Er starrte auf das Handy und wartete auf Antwort.

Komm schon, Emma!, dachte er, aber es kam nichts.

Nik lehnte minutenlang vergebens an der Bretterwand des Schuppens. Das Display wurde schwarz.

Das musste nichts bedeuten. Vielleicht hatte sie ihr Handy einfach überhört. Vielleicht schlief sie auch. Sie war mitten in der Nacht wach gewesen. Wenn sie schlief, käme alle Antwort zu spät.

Nik fluchte leise. Er lehnte den Hinterkopf gegen die Bretterwand. Die Hand, in der er das Handy hielt, zitterte plötzlich.

Ihr Plan war gar kein Plan, dachte er. Selbst wenn Emma antworten würde, selbst wenn sie einen offenen Eingang wüsste, wie sollten sie dahin kommen?

Er sah zur Scheune hinüber. Er sah den Ferhat-Riebe über den Hof kommen, eine alte Blechbüchse in der Hand. Immerhin, er hatte Wasser gefunden.

Nik weckte das Handy wieder. Immer noch keine Nachricht. Vielleicht sollte er auch in die Scheune gehen. Vielleicht sollte er es besser wie Riebe machen und sich umsehen.

Er stieß sich von der Bretterwand ab und umrundete den Schuppen. Er hatte eine Doppeltür wie eine Garage. Die grüne Farbe blätterte in langen Streifen ab.

Nik steckte die Finger in den Spalt. Die Tür ließ sich ziemlich mühelos öffnen. Anders als das Scheunentor klemmte sie nicht einmal. Sie buckelte nur ein bisschen, als sie über ein Büschel Gras schabte, das hier noch nicht gewachsen war, als man sie zum letzten Mal geöffnet hatte.

Der Schuppen stank nach Öl und aufgestauter Wärme. Drinnen war es finster, ein Fenster gab es nicht.

Nik lief in eine Spinnwebe, als er ihn betrat. Es war ein wenig wie in den Datschen auf der Brache. Er rieb sich die Spinnfäden aus dem Gesicht.

Er war aus dem hellen Licht in einen dunklen Raum getreten, aber langsam gewöhnten sich seine Augen daran. Er erkannte ein Regal an der rechten Bretterwand. In der Mitte des Schuppens stand reglos etwas Großes. Erst dachte Nik wieder an landwirtschaftliches Gerät.

Dann schob er die Tür ein Stückchen weiter auf, ließ mehr Licht herein und wusste es besser. Es war ein Trabant, eines dieser alten Autos aus Plastik. Er hatte solche immer mal wieder in der Stadt gesehen. Lustig bunt angemalt, fuhren sie in Kolonnen durch Berlin. Trabi-Safari, hieß das. Es war ein Spaß für Touristen. Die kleinen Autos knatterten und stanken und kamen zwischen den großen, neuen Wagen an der Ampel kaum in Gang.

Trotzdem: Das da war ein Auto. Sie hatten mehr Glück als

Verstand. Jetzt brauchte er nur noch einen Schlüssel. Jetzt musste das Ding nur noch fahren. Bestimmt war es Jahrzehnte alt. Wahrscheinlich stand es seit einer Ewigkeit hier. Es hatte nicht mal eine richtige Farbe. Es war bloß grau wie Staub.

Er ging näher heran und strich mit der Hand über die Rundung des kleinen Scheinwerfers. Er holte das Handy aus der Tasche, checkte den Akku – vierundfünfzig Prozent – und beschloss, es zu riskieren. Er machte die Taschenlampe an und leuchtete einmal rund um den Wagen. Luft in allen Reifen. Das sah gut aus.

Dann richtete er das Licht an die Wände. Das Regal rechts, daneben ein bauchiger Müllsack aus Plastik, in den er bestimmt nicht hineinschauen würde. An der Rückseite eine Werkbank, Schraubenzieher und Schraubenschlüssel hingen darüber, der Größe nach geordnet. Wer immer hier ausgezogen war, hatte für nichts von all dem noch Verwendung gehabt.

Die Tür! Warum hatte er das nicht gleich versucht? Er lief zurück zu dem kleinen Wagen und fingerte nach dem Türgriff. Die Tür war leicht, sie ging gleich auf. Der Wagen stank, als würde man darin ersticken.

Die Sitze waren braun. Staub puffte auf, als er die Finger in das Polster drückte.

Nik richtete das Licht auf das schwarze Plastiklenkrad. Er suchte die Zündung. Vielleicht steckte der Schlüssel ja. Aber da war kein Schlüssel. Nik tauchte wieder aus dem Wagen auf. Er sog Luft ein. Er hatte den Atem angehalten, weil es in dem Wagen so stank.

Er setzte seine Suche fort. Das Licht wanderte diesmal

an der linken Wand entlang. Da standen zwei Kanister, ein blaues Plastikfass und gleich neben der Tür hing ein Schlüsselbrett.

Nik musste grinsen. Er machte die Taschenlampe aus. Er hatte schon genug Akku verschwendet. Er checkte die Nachrichten. Immer noch keine SMS von Emma.

Aber er hatte zu tun. Er sperrte auch den zweiten Türflügel auf. Das Licht reichte. Er stellte sich auf die Zehenspitzen und durchforstete das Schlüsselbrett. Die meisten Schlüssel kamen erst gar nicht infrage. Sie waren lang und schwer und, wo sie keinen Rost angesetzt hatten, schwarz. So hatten Autoschlüssel bestimmt nie ausgesehen. Mit so was öffnete man Tore oder sehr alte Türen.

Eigentlich kam nur ein einziger Schlüssel infrage. Er war schmal, wie ein winziger Bumerang geformt und lief keilförmig aus.

Nik zog ihn vom Haken und hielt ihn an der Tür ins Sonnenlicht. *TB2R*, stand darauf. Das konnte passen. Nik wog den Schlüssel in der Hand. Dann steckte er ihn in die Tasche. Ein Schweißtropfen rann ihm von der Schläfe die Wange hinab. Riebe musste den Schlüssel ausprobieren. Er hatte das Taxi gefahren, er würde das schon hinkriegen.

»Riebe!«

Nik biss sich auf die Lippe. Er hätte nicht rufen sollen. Er hatte sich hinreißen lassen.

Wo steckte er nur?

Nik lief auf die Scheune zu. Auf dem Weg fiel sein Blick auf die Koppel. Er blieb unvermittelt stehen. Da war Riebe! Da waren zwei große graue, langbeinige Vögel! Mitten auf der Wiese. Aber was tat er da? War er verrückt geworden?

Riebe hatte Ferhat Cans Arme ausgebreitet wie Flügel. Er lief durch das Gras und ließ sie kreisen. Er hüpfte, er sprang, was, wenn der schwere Ferhat Can es tat, seltsam ungelenk aussah. Er lief auf die Vögel zu und auch sie stellten die Flügel auf, sprangen und stemmten ihre dünnen schwarzen Beine in die Luft. Sie schienen sich kein bisschen vor Riebe zu fürchten. Sie hatten überhaupt keine Scheu. Sie liefen auf ihn zu, sprangen und entfernten sich wieder ein Stück, nur um erneut auf ihn zuzulaufen, wieder die Flügel auszubreiten, den langen, beweglichen Hals zu strecken und den langen, spitzen Schnabel in den Himmel zu richten. Es war wie ein Spiel. Nein, die Vögel tanzten mit Riebe! Sie schüttelten das längere schwarze Gefieder an ihrem Hinterteil. Auf ihrem schmalen Kopf leuchtete ein roter Fleck.

Sie sprangen wieder und Riebe sprang auch. Er strauchelte beim Landen. Er lachte. Er machte die Arme ganz weit, sprang wieder, und für einen Moment, der nicht länger dauerte als ein Zwinkern, konnte Nik keinen Riebe mehr, sondern drei schlanke Vögel sehen.

Kraniche, schoss es ihm durch den Kopf. Das waren Kraniche – und für einen Augenblick, im blauen Himmel über der Koppel, war Riebe einer von ihnen gewesen, auch wenn er als Ferhat Can wieder aufkam, das Gleichgewicht verlor und lachend auf dem Hintern landete. Die beiden Kraniche näherten sich ihm gebückt, mit einem lang gestreckten Hals. Es war mehr als Neugier. Das waren alte Bekannte, die sich zu ihrer Überraschung wiedersahen.

Nik ging langsam bis zum bleichen Koppelzaun. Er wollte nicht stören. Er stützte die Hände auf das trockene, rissige Holz. Auf einmal verstand er Levi ein bisschen besser als vorher. Ja, vielleicht wollte jeder mit den Kranichen tanzen. Es wusste nur nicht jeder davon.

»Nik. Ich hab dich gar nicht bemerkt.«

Die Kraniche hatten von Riebe abgelassen. Sie staksten davon, den langen Schnabel knapp über dem Gras, vermutlich auf der Suche nach Futter.

Der Ferhat-Riebe stemmte sich hoch. Er wischte sich die Hände an der schmutzigen Hose ab. Er grinste und fuhr sich durchs Haar, sodass es noch etwas wilder abstand als vorher. »Hast du mit ihr gesprochen?« Er kam zum Zaun, das Sonnenlicht im Gesicht. Er wirkte vollkommen gelöst. Riebe war keiner, der Angst hatte.

»Ich habe ihr geschrieben.« Nik stützte das Kinn auf den Zaun. Er sah an Riebe vorbei zu den Kranichen. Für den Augenblick hatte er auch keine Angst. Für den Augenblick war er froh, hier und am Leben zu sein. »Sie hat noch nicht geantwortet«, sagte er. Aber sie würde antworten, er war sich sicher. »Dafür habe ich ein Auto gefunden. Da drüben im Schuppen.« Er grinste Riebe an. Dann fingerte er den kleinen Metallschlüssel aus der Tasche und hielt ihn Riebe hin. »Das ist der Schlüssel, glaube ich. Fehlt nur noch Benzin im Tank.«

Riebe hatte ihn erreicht. Er lachte ihn an. »Das machen die Kraniche«, sagte er.

»Was?«

»Sie bringen Glück. Wusstest du das nicht?« Er sah zu den beiden großen Vögeln zurück, die über die Wiese staksten, als wäre nichts gewesen. Sie waren ganz bei sich.

»Nein«, sagte Nik. »Ich hatte keine Ahnung.«

»Komm! Dann sehen wir uns dieses Auto mal an.« Riebe tauchte unter dem Zaun hindurch.

Sie würden wieder nebeneinander gehen. Er und Riebe.

Nik steckte den Autoschlüssel zurück in die Tasche. Er sah zu Riebe auf und folgte dessen Blick zur Scheune. Da stand Levi vor dem Tor. In seinen Armen lag der Hund. Der kleine schwarze Kopf ragte über Levis Unterarm und hing leblos nach unten.

»Levi?«

Sie liefen beide los, Riebe und Nik. Dann blieb Nik stehen, weil er es ahnte.

Levis Blick war entsetzlich. Seine Augen waren rot und stumpf. »Er ist nicht tot«, sagte sein Bruder. »Er ist nicht tot, also erzähl mir nichts, Nik!«

21 VERRÄTER

Es ging auf Mittag zu – ein langer Tag nach einer durchwachten Nacht. Aber Emma spürte die Müdigkeit nicht. Sie fühlte sich hellwach, nur um sie herum lag alles wie unter einem Schleier. Die beiden Busse, der Mercedes, ihr Mietwagen, das aufgegebene Taxi, Gollasch, Tomasz, Alex ohne Nachname, die Wiese und der Wald – wenn sie von ihrem Handy aufsah, sah sie das alles seltsam unscharf. Sogar das gelegentliche Knistern von Gollaschs Funkgerät drang nur wie durch Watte an ihr Ohr. Sie war Nicholas näher als all dem hier, aber Nicholas konnte sie weder hören noch sehen. Sie hatte nur seine Nachrichten vom frühen Morgen und jetzt antwortete er ihr nicht mehr.

Sie lehnte am Mietwagen und scrollte die Nachrichten durch. Sie musste sie eigentlich löschen, aber das brachte sie nicht fertig. Es ging ihr so viel durch den Kopf. Es war alles ganz anders, als sie gedacht hatte.

> Levi ist weggelaufen. Sie dürfen nicht schießen

Mit dieser Nachricht hatte es angefangen. Das war jetzt Stunden her. Sie scrollte weiter.

> Riebe sucht ihn

Sie scrollte noch weiter.

Ich bin allein

Ich kann sie nicht sehen

Ich habe Angst um Levi

Und um Riebe

Diese Nachrichten waren ganz schnell hintereinander gekommen, kurz nach Tagesanbruch, innerhalb von zwei Minuten. Und dann, auf ihre Nachfrage, das hier:

Er will nicht zurück. Er will bei Riebe bleiben

Emma war immer noch fassungslos, wenn sie diese beiden kurzen Sätze las. Der kleine Bruder veränderte alles. Er war der große Unbekannte, und Emma konnte einstweilen nicht mehr tun, als sich zu bemühen, ihn zu verstehen. Was trieb diesen Jungen?

Sie dachte an das Internetunternehmen in Adlershof und diesen unwirklichen Turm, der ausgesehen hatte, als würde er nicht in Berlin, sondern irgendwo in der Zukunft stehen, auf einem fernen, erst noch zu besiedelnden Planeten. Dann dachte sie an diesen schrecklichen Hort mit seinen glatten weißen Wänden und an die mit diesen bunten Schnüren abgetrennte Kammer, in der sie mit Marten Siebel gesprochen hatte.

Diese Jungen hatten mit Smartboards und Computerspielen gelebt. Mit täglichen Updates und Eltern, die wahrscheinlich Programmierer oder so was waren. Leute, die ihren Alltag mit Apps organisierten und sich mit ihrem Smartphone schlafen legten. Das war die Welt, aus der Nicholas und Levi stammten. Und jetzt waren sie in der Kernzone eines uralten Walds und der kleine Bruder wollte dort bleiben? Was war das für ein Junge?

Wo Levi herkam, war alles von Menschen gemacht. Und trotzdem wollte er bei einem Berggeist bleiben, der noch eine Menschheit kannte, die die Natur nicht beherrscht hatte, sondern auf ihre Gnade angewiesen war? Krakonos wechselte mühelos von einer Tier- zu einer Menschengestalt; er machte keine Unterschiede. Für ihn waren die Menschen nicht die Herren der Welt, sondern ihre Geschöpfe. Wie er waren sie Kinder der Erde. Anders als er waren sie Kinder der Zeit.

Das war es: Wenn Emma an Krakonos dachte, dann spürte sie, was es hieß, am Leben zu sein. Das war es auch, was sie im Riesengebirge gespürt hatte, als er aufgebrochen war und sie bis auf die Knochen nass in seinem Wetter gestanden hatte. Deshalb studierte sie doch überhaupt Mythobiologie – weil die Überzeitlichen ihr zeigten, was es hieß, auf dieser Erde am Leben zu sein: nicht für immer, aber gerade jetzt.

Eigentlich war es das erste Mal, dass Emma das in Worte

fassen konnte, aber vielleicht ging es Levi ja wie ihr. Vielleicht wollte er das Leben, das er in Krakonos' Gegenwart spürte, nicht loslassen. Vielleicht wollte er Krakonos deshalb nicht verlieren. Genauso wie sie.

Emma las noch einmal ihre eigene Nachricht, auf die Nicholas nicht mehr reagiert hatte.

Bleib, wo du bist, Nicholas! Hast du noch Akku?

Sie hatte einen Fehler gemacht. Er hatte über seinen Bruder sprechen wollen, und statt ihm zu erklären, was sie jetzt wusste, hatte sie nach seiner Akkuladung gefragt. Wie dumm war sie nur gewesen! Wenn sie Pech hatte, würde er ihr nun gar nicht mehr antworten. Er hatte eine Erklärung gewollt und sie hatte ihn enttäuscht.

Oder gab es andere Gründe dafür, dass er schwieg? Sie sah zu Gollasch hinüber. Er beobachtete sie. Sein Blick war seltsam bohrend. Hatte er Verdacht geschöpft?

Komm schon, Nicholas, antworte mir! Sie checkte noch einmal ihr Handy. Dann sah sie wieder auf. Gollasch kam näher. Er ging auf sie zu. Plötzlich fingen ihre Hände an zu zittern.

Löschen! Wo war denn das verdammte Symbol für *Löschen*?

Sie tippte auf das kleine *i* rechts oben. Sie drückte auf den Pfeil für *Zurück*. Gollasch stand vor ihr. Sie ließ das Handy sinken.

Auf einmal trat ihr der Schweiß auf die Stirn. Sie musste irgendetwas Unverfängliches sagen. Es fiel ihr nur rein gar nichts ein. Gollasch starrte sie an und sie konnte seinem Blick nicht standhalten.

Ihr Handy vibrierte.

Nicht jetzt. Emma schluckte. *Nicht gerade jetzt.* Sie war wie gelähmt.

»Sie haben eine Nachricht«, sagte Gollasch.

Emma nickte, einmal zu viel.

»Wollen Sie sie nicht lesen? Es könnte etwas Wichtiges sein.« Gollasch sagte das ohne besondere Betonung und doch lag etwas Bedrohliches in seiner Stimme.

»Es ist bestimmt nichts Wichtiges«, sagte Emma.

»Vielleicht ja doch.«

Sie versuchte, seinem Blick auszuweichen.

»Ich beobachte Sie schon seit Tagesanbruch. Sie lassen Ihr Handy ja gar nicht mehr los«, sagte Gollasch. »Gibt es so viele Nachrichten zu schreiben? Haben Sie einen Freund?«

Am liebsten hätte sie ihm einen Fausthieb versetzt. Gollasch war unerträglich schmierig. In Emmas Angst vor Entdeckung mischte sich Zorn. »Nein«, sagte sie. »Abgesehen davon geht Sie das nichts an.«

»Meinen Sie? Ich bin mir da nicht sicher.« Gollasch sah auf das Handy in ihrer baumelnden Hand. »Würden Sie jetzt bitte diese Nachricht lesen!«

Emma rührte sich nicht. Sie sah ihm ins Gesicht. Sie würde das aushalten.

»Sind Sie sich darüber im Klaren, dass Sie als Beobachter im Zweifelsfall meinem Befehl unterstehen?« Gollaschs Ton wurde immer schärfer. »Ich habe Sie schon in der Nacht gewarnt, Frau O'Lynn. Und jetzt würde ich gerne diese Nachricht sehen.«

»Sie ist privat.« Emma stand ganz still. An ihrem Hals pochte das Blut.

»Wenn sie wirklich privat ist, werde ich mich angemessen entschuldigen.« Er streckte die Hand aus.

Sie schloss die Augen. Am liebsten wäre sie weggelaufen, aber das war keine Option. Vielleicht war die Nachricht ja gar nicht von Nicholas. Wenn sie nicht von Nicholas war, würde Gollasch die übrigen SMS von NLK vielleicht sogar übersehen. NLK, das würde ihm nichts sagen.

Sie hielt ihm das Handy hin. Ihre Chancen standen schlecht. Sie hatte seit ihrer Fahrt nach Berlin keine anderen Nachrichten als die von Nicholas gekriegt. Sie schrieb sonst selber auch nicht viele.

»Danke.« Gollasch nahm das Handy. Er tippte auf das Display.

Emma konnte gar nicht hinsehen. Ihr leerer Magen rebellierte. »Was steht da?«, krächzte sie. Sie hatte verloren. Sie hatte alles falsch gemacht.

Gollasch schien um Fassung zu ringen. Er warf ihr einen mörderischen Blick zu. »Ich glaub es nicht«, sagte er. »Sie haben zu den Jungen Kontakt?«

»Was steht da?«, sagte Emma. Ihre Stimme war rau.

Gollasch sah sie beinahe hasserfüllt an. Dann fing er an vorzulesen: *»Du musst uns helfen, Emma. Wir wollen nach Norden. Welcher Eingang ist offen? Danke.«* Dann machte er eine Pause. *»Nik.«*

Emma senkte den Blick. Sie hätten heulen können.

Gollasch wandte sich ab. Er brüllte einfach bis zum Bulli. »Alex! Funk den Oberst an! Er soll herkommen. Wir brechen am Schanzenberg ab. Herr Wrobel? Herr Wrobel, wo stecken Sie?«

Emma hockte an dem Resopaltisch im Bus. Alex ohne Nachname stand draußen vor der Schiebetür. Während Sensheim, Gollasch und Tomasz sich in dem anderen Bulli berieten, saß sie wie eine Gefangene hier. Sie hatten ihr das Handy weggenommen. Sensheim hatte kein Wort mit ihr geredet. Tomasz hatte eigentlich nur geseufzt. »Emma …«

Aber was gab es auch zu sagen? Sie war eine Verräterin.

Hinter dem Fenster lag die Wiese im Sonnenlicht. Dann der Wald und seine Schatten. Eigentlich bereute Emma nur, dass sie entdeckt worden war.

Was würde das SEK jetzt tun? Zuerst würden sie das Handy überprüfen. Sie würden auf Marten stoßen; bestimmt würde er Ärger kriegen – mehr Ärger, als ihm das unrechtmäßige Fahren dieses kleinen Elektroautos eingetragen hätte. Andererseits: Viele Möglichkeiten hatte das SEK in diesem Fall nicht. Marten war ein Zeuge; er hatte Krakonos gesehen; wahrscheinlich würden sie ihn sogar in Ruhe lassen. Stattdessen würden sie sein Handy orten, was für Krakonos das Schlimmste war. Den Sender, von dem er wusste, war er losgeworden. Von diesem Sender wusste er wahrscheinlich nichts.

Emma stützte den Kopf in die Hände. Sie hatte ihm helfen wollen. Jetzt stürzte sie ihn durch ihre Dummheit ins Verderben.

Die Schiebetür öffnete sich mit einem Rasseln. Alex ohne Nachname winkte sie heraus. »Kommen Sie bitte! Der Oberst will Sie sehen.«

Sie folgte ihm über die Wiese zum anderen Bus. Verkündung des Strafmaßes, dachte sie. Den Rest würde das Institut in Reykjavík erledigen. Entlassene Mythobiologen waren aufgrund ihres Geheimwissens ein Problem. Sie hatte keine

Ahnung, was ihr blühte. Es war ihr in diesem Moment auch egal. Der Schaden, den sie angerichtet hatte, war viel größer.

Sie kletterte in den Bus. Sensheim, Gollasch und Tomasz saßen gedrängt rund um den kleinen Tisch. Gollasch hatte seinen Laptop aufgeklappt. Eisiges Schweigen.

Emma sah in die Runde. So viel Würde hatte sie noch.

Tomasz senkte den Blick.

Sensheim kochte. Die Kerben um seine Mundwinkel schienen zentimetertief.

»Ihre Tat wird nicht folgenlos bleiben.« Es war Gollasch, der das Wort ergriff. Er war ihr härtester Gegner. »Aber deshalb haben wir Sie nicht gerufen.«

Emma sah ihn an. Sie versuchte, nicht zu zwinkern. Gollasch konnte sie mal.

Er fuhr fort. »Wir haben das Handy geortet. Wir wissen auch, wem es gehört. Aber das alles geht Sie nichts mehr an.«

Emma zeigte keine Regung. Was sie etwas anging, entschied sie immer noch selbst. »Sie haben sie also noch nicht?«, fragte sie. Ihre Stimme war fester, als sie erwartet hatte.

Sensheim rutschte hinter dem Tisch herum. Es hielt ihn vor Wut kaum auf der Bank.

»Nein, wir haben uns für den Augenblick gegen einen Zugriff entschieden«, sagte Gollasch. »Anders als Sie bringen wir die Kinder möglichst nicht in Gefahr.«

So? Gollasch wusste nichts von Nicholas und Levi. Andererseits hatte er ihre Nachrichten gelesen. Alle. »Nicholas und Levi sind nicht seine Geiseln. Das ist Ihnen doch jetzt wohl hoffentlich klar«, sagte Emma.

»Halten Sie den Mund!«, fuhr Sensheim sie an. »Sie können hier nicht auch noch unverschämt werden.«

»Ich wollte nicht unverschämt sein«, sagte Emma. »Aber Sie haben Krakonos für einen Amokläufer gehalten, Dr. Gollasch.«

»Wir werden sehen, was er ist«, sagte Gollasch knapp. »Und wir werden zugreifen, wann und wo es am besten ist. Nämlich nachdem er die Kinder zurückgelassen hat. *Falls* er die Kinder zurücklässt.«

»Das wird er.« Emmas Stimme wurde weicher. »Lassen Sie ihn doch einfach, wenn es so weit ist.« Sie schluckte. »Bitte! Lassen Sie ihn laufen!«

»Emma ...« Tomasz meldete sich zu Wort. Er sah noch viel grauer aus als am Vortag. Dass sie auch ihn verraten hatte, tat ihr in diesem Moment leid. Er hatte sie in Adlershof über die Mauer klettern lassen. Wenn es nach ihr ginge, würden Sensheim und Gollasch das nie erfahren. »Emma, wir entscheiden das ohne dich.« Tomasz seufzte.

Sie nickte. Sie hatten nie etwas mit ihr entschieden. Und warum auch? Hatten sie sie bloß in den Bus bestellt, um sie nach Hause zu schicken?

Gollasch drehte seinen Laptop herum, damit sie den Bildschirm sehen konnte. Er hatte die Karte mit den Eingängen aufgerufen. Was sie da sah, war die Insel Rügen, wo es so erstaunlich viele Eingänge gab. »Wissen Sie, was das ist? Natürlich wissen Sie, was das ist. Haben Sie auch Nobbin überprüft?«

Nobbin? Der Name sagte ihr nichts. Sie beugte sich ein Stück vor, um die Karte besser sehen zu können.

»Nobbin ist ein Eingang im Norden von Rügen«, sagte Gollasch. »Er ist nachweislich verlassen, was einer seiner Vorteile ist. Der andere Vorteil ist das hier, sehen Sie?« Er musste sich ein wenig verrenken, um den Punkt auf dem Bildschirm zu zeigen. Da stand es: *Nobbin*.

»Nein«, sagte Emma. »Ich verstehe nicht.«

»Dann erkläre ich es Ihnen. Nobbin liegt direkt am Meer. Das da ist eine Steilküste. Er kann nur von einer Seite kommen. Keine Überraschungen. Er kommt. Wir können ihn die ganze Zeit sehen. Keine Bäume, nichts. Nur offenes Feld. Dann lässt er die Kinder frei und … Bamm!«

Bamm? Gab er jetzt offen zu, dass sie ihn erschießen wollten? »Warum zeigen Sie mir das?«, fragte Emma.

Zum ersten Mal, seit sie den Bus bestiegen hatte, grinste Gollasch wieder sein schmieriges Grinsen. »Weil Sie ihn dort hinlocken werden, Emma O'Lynn.«

Nein! Plötzlich hatte sie Schwierigkeiten, auf den Beinen zu bleiben. Es kam ihr vor, als würde sie schwanken. Es kostete sie alle Willensstärke, die sie noch hatte, sich nicht irgendwo abzustützen.

»Emma, bitte!«, sagte Tomasz.

»Ich soll die Nachricht schreiben?«, fragte sie beinahe tonlos.

»Oh nein.« Gollasch schüttelte den Kopf. »Die Nachricht schreibe ich. Als Emma O'Lynn. Aber Sie werden nicht von meiner Seite weichen. Falls ich in meiner neuen Rolle Hilfe brauche.«

22 | LETZTE FAHRT

Der Trabant lief, auch wenn er wie ein Moped klang. Der Motor war nach ein paar vergeblichen Versuchen angesprungen. Schwerer war es Riebe gefallen, einen Gang einzulegen. Nik und er hatten eine ganze Weile nach dem Schaltknüppel gesucht, bis sie darauf gekommen waren, dass man mit dem Hebel rechts neben dem Lenkrad schaltete. Nik mochte ihn nicht mal anfassen, aber Riebe machte der eklige Fellbezug nichts aus. Es hatte irgendwie ungut geklungen, als er die Schaltung ausprobierte, aber jetzt stand der kleine Wagen im Hof.

Levi saß an einen Pfahl des Koppelzauns gelehnt, den toten Hund im Schoß. Nik mochte gar nicht hinsehen.

Sie würden nach Norden fahren. Aber wohin?

In den zurückliegenden zwei Stunden hatte er Martens Handy immer wieder hervorgeholt, aber Emma antwortete nicht. Vielleicht schlief sie. Zur Not musste es auch ohne sie gehen. Dann würden sie einfach nach Norden fahren.

Der Ferhat-Riebe saß probeweise hinter dem Steuer. Er war für das kleine Auto viel zu groß. Sein Kopf ragte bis zum Dach hinauf, als wäre er ein Riese. Mit dem Bart und den verfilzten Haaren sah er mittlerweile wirklich wie Rübezahl aus.

Komm schon, Emma!, dachte Nik. Antworte mir!

Der Ferhat-Riebe streckte den Kopf durch das winzige Trabi-Fenster. Der Wagen musste kleiner als ein Qwipmob sein. Nik dachte an Marten. An dem Tag, als sie Levi an der Eiche gefunden hatten, hatte er seinen Kopf so ähnlich aus dem

Fenster gestreckt. Das musste in einem anderen Leben gewesen sein.

»Und?«, fragte der Ferhat-Riebe.

»Nichts«, sagte Nik und in diesem Moment vibrierte Martens Handy. »Doch. Jetzt. Sie hat gerade geschrieben.« Er rief die Nachricht auf.

Nicholas, Nobbin auf Rügen ist offen. Findet ihr den Weg? Das SEK weiß von nichts. Emma

Er las die SMS zwei Mal, dann lief er zu Riebe hinüber und zeigte sie ihm. »Nobbin. Kennst du das?«

Riebe nickte. »Es liegt am Meer.« Er hob den Kopf und schaute durch die staubige Windschutzscheibe, als wäre er schon auf dem Weg.

»Ist das weit?«

Riebe überlegte. »Nicht, wenn man Flügel hat«, sagte er. »Aber so?« Seine rechte Hand lag auf dem kleinen schwarzen Plastiklenkrad. Er hob sie einmal und ließ sie wieder fallen. »Ich weiß es nicht. Am besten fahren wir einfach los.« Er streckte wieder den Kopf aus dem Fenster. »Levi?« Er klang wie ein Vater, wenn es in den Urlaub geht. Als wäre der Kofferraum des Trabant mit lauter Taschen vollgestopft. »Levi?«

Sein Bruder sah nur langsam auf. Levis Blick war immer noch stumpf. Riebe, Nik, der Trabant, dass er gerufen wurde – das alles schien ihn gar nichts anzugehen.

»Kommst du, Levi?«

Levi ließ den Kopf wieder hängen. Er streichelte den toten Hund.

Der Ferhat-Riebe schälte sich aus dem Fahrersitz und faltete sich neben dem Trabant zu seiner vollen Größe aus. »Warte einen Augenblick, Nik!«, sagte er. »Nur einen Augenblick.«

Langsam ging der Ferhat-Riebe auf Levi zu. Nik schaute lieber woanders hin. Er las noch einmal Emmas Nachricht. Dann tippte er.

Danke, Emma

Er hätte gern noch mehr geschrieben.

Danke, Emma. Wir fahren jetzt los

Der Ferhat-Riebe kniete neben Levi. Auch er hatte eine Hand auf den toten Hund gelegt. Er redete. Levi sagte nichts. Sein Blick war stur auf das kleine schwarze Bündel in seinem Schoß gerichtet.

Der Hund war tot. Levi hatte etwas Totes im Schoß. Nik wurde ganz anders bei dem Gedanken. Er steckte das Handy in die Hosentasche und schüttelte sich.

Sie würden nach Nobbin fahren. Er formte den seltsamen Namen mit den Lippen. Er fragte sich, was sein würde, wenn sie dort ankämen. Nobbin lag am Meer.

Drüben am Zaun erhob sich der Ferhat-Riebe. Er hielt Levi eine Hand hin, aber Levi nahm sie nicht. Er stand alleine auf, und zum ersten Mal fragte sich Nik, was sie mit dem Hund machen würden. Sie mussten ihn doch jetzt nicht noch begraben, oder? Andererseits konnten sie ihn auch nicht einfach hier liegen lassen. Vielleicht konnte man ihn in der Scheune mit Stroh bedecken.

Hatten die beiden darüber geredet? Hatten sie darüber geredet, dass er tot war? Levi wusste, dass der Hund tot war. Er hatte es im ersten Moment nur nicht wahrhaben wollen. Deshalb hatte er Nik angeschrien. Nik war ihm nicht böse deswegen. Er wünschte nur, Levi hätte den Hund nie gefunden.

Die beiden kamen auf ihn zu. Levi trug den Hund auf den ausgestreckten Unterarmen. Seine Miene war so ernst, dass er beinahe feierlich aussah. Er war so dreckig wie nie. Dass er ein Qwip.com-T-Shirt trug, war beim besten Willen nicht mehr zu erkennen.

»Wir sind so weit«, sagte der Ferhat-Riebe, als sie Nik erreicht hatten. »Wollt ihr einsteigen?«

Nik starrte auf Levi und den Hund. Die kleine rosa Zunge hing schlaff aus dem winzigen Maul. Der Hund sah entsetzlich aus. »Wollt ihr ihn etwa mitnehmen?« Entgeistert schaute Nik Riebe an. Er hätte es nicht zugegeben, aber er hatte Angst vor dem toten Welpen.

»Ja.« Riebes Blick schien keinen Widerspruch zu dulden. »Levi will ihn mitnehmen. Und ich finde, das ist eine gute Idee.«

»Er ist tot!« Niks Stimme kippte. »Er stinkt!« Er warf einen verzweifelten Blick auf den Hund, dann einen wütenden auf Levi. Am liebsten wäre er in diesem Moment weggelaufen, egal wohin, nur weg von diesem Hund. Der tote Hund war das Schlimmste. Schlimmer als alles, was bisher geschehen war. Nik spürte, wie sich sein Hals zuschnürte.

»Und wenn schon«, sagte der Ferhat-Riebe. Dann wich die

Strenge aus seiner Stimme. So etwas wie Mitleid mischte sich hinein. »Er ist bloß tot, Nik.« Er streckte den Arm aus und legte ihn Nik auf die Schulter. »Der Tod ist überall, Junge. Du hast ihn nur immer übersehen.«

Nik schluckte. Was sollte denn das? Aber er hielt den Mund. Riebe war auf Levis Seite.

»Vielleicht setzt du dich mit ihm nach hinten.« Riebe sprach mit Levi. Er sperrte die Fahrertür auf. Er beugte sich über den Sitz. Er hatte keine Ahnung, dass man ihn nach vorne klappte. Es brauchte eine ganze Weile, um es herauszufinden.

Nik spürte die ganze Zeit Levis Blick, aber er konnte seinen Bruder jetzt nicht ansehen. Lieber schaute er zur Koppel hinüber. Er kämpfte mit den Tränen. Er wusste selbst nicht, warum. Der tote Hund machte ihn einfach fertig.

»So.« Riebe hatte es geschafft. Er hatte den Sitz umgeklappt. Levi schob sich an Nik vorbei. Den Hund im Arm, kletterte er auf die braune Rückbank.

Es stank auch so schon genug in diesem Auto. Sobald Tiere tot waren, verfaulten sie.

Die nächsten Stunden verbrachte Nik am offenen Fenster. Wenn er den Kopf rausstreckte, roch er die metallischen Abgase des Trabant, aber das war besser, als den Hund zu riechen, falls der Hund schon stank.

Riebe fuhr, wie er auch bis zum Wald gefahren war. An jeder Kreuzung traf er eine neue Entscheidung. Schilder bedeuteten ihm nichts.

Manchmal sprach er mit Levi. Nik ließ er in Ruhe.

Endlose Felder zogen vorbei. Mal ein Dorf, meist lange

keins. So ging es ewig. Das kleine Auto röhrte. Es war unheimlich laut. Und unheimlich langsam. Sie wurden ständig überholt.

»Ich nehme an, ihr habt eine Brücke gebaut«, sagte Riebe irgendwann. Da fuhren sie über eine schnurgerade, zweispurige Straße, fast wie eine Autobahn, aber die Schilder waren gelb. Anders als Riebe machte sich Nik die Mühe, sie zu lesen. Sie waren kurz vor Stralsund. Er hatte auch schon einen Abzweiger zur Insel Rügen gesehen, daneben ein schwarzes Schiff auf weißem Grund. Bestimmt war das Bild ein Symbol für *Fähre*.

»Eine Brücke?« Zum ersten Mal seit einer Ewigkeit zog Nik den Kopf zurück. Kein Fahrtwind mehr. Seine Ohren rauschten. Seine rechte Wange war ganz kalt.

»Ihr habt bestimmt eine Brücke gebaut«, sagte Riebe. »Der Sund ist nicht breit.«

»Was ist ein Sund?«, fragte Levi von hinten.

Nik mochte sich nicht zu ihm umdrehen. Vielleicht war der Hund schon steif wie ein Brett. So war es doch, bevor tote Tiere faulten: Die Leichenstarre setzte ein. So war es auch bei Menschen. Nik dachte lieber nicht darüber nach.

»Ein Sund ist so was wie eine Meerenge«, sagte er. »Das Stück Meer zwischen dem Festland und einer Insel.« Komisch, dass er das wusste und Levi nicht.

»Schaut«, sagte Riebe. »Man kann die Brücke sogar schon sehen.« Er lachte leise. »Als wäre es nicht kleiner gegangen.«

In der Ferne ragte der Brückenkopf auf: zwei himmelhohe Pfeiler und dazwischen Streben.

»Warst du schon mal hier?«, fragte Nik.

Der Ferhat-Riebe grunzte.

»Und da gab es noch keine Brücke?«, wollte Levi wissen.

Der Ferhat-Riebe grunzte noch mal. »Bestimmt nicht«, sagte er.

»Und wie bist du auf die Insel gekommen?« Levi rutschte ein Stück näher. Bestimmt hatte er den toten Hund noch auf dem Schoß. Nik drückte sich an die Beifahrertür.

»Ich hatte Flügel.«

Zum ersten Mal seit Langem dachte Nik wieder an den Raben auf der Mauer. An das unscharfe Bild der Überwachungskamera, die Marten gehackt hatte. Dann dachte er an den Fuchs, der ihn im Wald aufgespürt hatte. Dann dachte er, dass Füchse und Raben Aas fraßen. Er konnte einfach nichts dagegen tun.

Stralsund. Sie passierten ein Ortsschild und Nik war irgendwie erleichtert. Sie fuhren durch eine Stadt. Er sah Mietshäuser, Straßenlaternen, Tankstellen, über den Dächern ragten Kirchtürme auf und rechts lag der gewaltige, fensterlose Klotz einer Werft. Ringsum reckten Kräne ihre Hälse aus Stahl in den Himmel.

Sie fuhren eine Rampe hinauf. Jetzt konnte Nik das Wasser sehen; tiefblau, mit einem Firniss aus Sonnenlicht. Es sah ganz anders aus als im Tümpel im Wald. Es war groß und weit und majestätisch. Es versprach ein anderes Ufer.

»Es ist schlimm, dass er tot ist«, sagte Levi plötzlich.

Der Trabant kämpfte mit der Steigung. Er röhrte schlimmer denn je. Rechts versperrte jetzt ein blauer Metallzaun den Blick auf das Meer. Aber es glitzerte noch zwischen den Streben.

»Ja, es ist schlimm«, sagte Riebe. Er hatte beide Hände am Steuer. Er achtete auf den Gegenverkehr. Quer über die

Fahrbahnen spannten sich Ampeln. »Es ist schlimm, aber du versuchst, es auszuhalten.«

Sie hatten den höchsten Punkt der Brücke erreicht. Nik konnte das Meer wieder sehen und am anderen Ende des Sunds das Ufer. Das musste die Insel Rügen sein. Er sah ein paar Häuser und viele Bäume.

Sie fuhren darauf zu. Sie schwiegen eine ganze Weile.

»Was ist Nobbin?«, sagte Nik, als sich die lange Brücke ihrem Ende näherte.

»Ein Grab«, sagte der Ferhat-Riebe. »Für euch Menschen ist es ein uraltes Grab. Früher haben die Menschen ihre Friedhöfe oft in der Nähe von Eingängen gebaut. Sie konnten damals noch nicht solche Brücken bauen, aber sie wussten von den Eingängen. Na ja …« Er zuckte mit den Achseln. »Sie wussten ein bisschen was.«

Sie hatten die Insel erreicht. Es sah hier gar nicht sehr anders aus als auf dem Festland. Nur der Verkehr war dichter.

Es ist Sommer, dachte Nik. Es ist Urlaubszeit. Vor ihnen fuhr ein randvoll bepackter Kombi mit Fahrrädern auf dem Dach.

Die Sonne stand schon tief. Sie war auf dem besten Weg unterzugehen. Sie stand im Westen. Ihr Licht fiel Riebe ins bärtige, schmutzige Gesicht.

»Nobbin ist ein Friedhof?«, fragte Nik. »Mit Gräbern und Blumen und so?« Er dachte an polierten Marmor mit Namen darauf.

»Ja«, sagte Riebe. »Steine. Große, schöne Steine. Aber es ist alles sehr alt. Mit euren Friedhöfen hat es nichts zu tun.«

Sie fuhren durch eine Baustelle und wurden, kaum war die Baustelle zu Ende, von einem halben Dutzend Autos überholt. Sie mussten ein merkwürdiges Bild abgeben, wenn man sie im Vorbeifahren sah: ein bärtiger Riese und zwei Jungen in einem uralten Trabant.

Nik las die Straßenschilder. Es gab hier jede Menge. *Bergen. Sagard. Kap Arkona.* Er sah das Meer nicht mehr. Er dachte an den Friedhof von Nobbin. Vielleicht war er ein guter Ort, um den Hund zu begraben. Vielleicht würde Riebe ihm das abnehmen, bevor er in die Erde verschwand. Es war nicht mehr weit. Es würde nicht mehr lang dauern.

Nik sah zu Riebe hinüber, im Fenster das schwindende Sonnenlicht. Dann wandte er sich nach hinten um, zu Levi und dem Hund. Da lag er, tot auf Levis Schoß. Nicht steif, nur klein. Ein Häuflein.

»Es tut mir leid, Levi«, sagte Nik. »Es tut mir leid, dass er tot ist.«

Levi hielt den Hund ganz fest. »Ich werde ihn mitnehmen, Nik«, sagte er. »Ich nehme ihn mit unter die Erde.«

Draußen, rechts und links der schmalen Straße, glitzerte plötzlich wieder das Meer.

23 | NOBBIN

Das M-SEK hatte ganze Arbeit geleistet. Als Emma am späten Nachmittag eintraf, herrschte es bereits über Nobbin. Der Radwanderweg entlang der Küste war zu beiden Seiten weiträumig abgesperrt. Die wenigen Touristen, die vorbeispazierten – Sonnenbrillen, kurze Hosen, bunte T-Shirts –, waren nicht echt. Die Knöpfe in ihren Ohren sah man nur aus nächster Nähe, so wie das kleine Kabel, das über ihren Hals bis unter ihr T-Shirt lief. Sie waren die Augen der Operation. Was immer sie zu tun vorgaben – ob sie nun um das alte Großsteingrab herumstanden oder die Tafel der Touristeninformation studierten –, in Wahrheit behielten sie die Allee jenseits des Feldes im Blick. Nur von dort konnte Riebe kommen. Auf der anderen Seite lag das Meer.

In Adlershof war er ihnen entwischt. Am Schanzenberg war er erst gar nicht aufgetaucht. In Nobbin überließen sie nichts dem Zufall. Sie hatten das Handy geortet. Für sie war Riebe jetzt ein Punkt auf einem Radar, der näher und näher kam. Wahrscheinlich gab es mehrere Posten an der Strecke, die Meldung machten, wenn Riebe und die Brüder sie passierten. Oberst Sensheim und die Gruppe vom Schanzenberg waren vermutlich mit dem Hubschrauber gekommen und bestimmt schon seit wenigstens zwei Stunden hier.

Sehen konnte Emma sie nicht. Informiert hatte sie auch niemand. Sie stieg wie eine Gefangene aus dem Bus. Gollasch und Tomasz ließen sie nicht aus den Augen. Alex ohne Nachname setzte mit dem Bus zurück, wendete auf dem kleinen

Stück Wiese, auf dem sonst vermutlich die Touristen parkten, und fuhr über die schmale Stichstraße davon. Emma sah den schwarzen Bus über die Allee verschwinden. Er würde ihn irgendwo verstecken. Keines der Fahrzeuge des SEK war zu sehen.

Eingeklemmt zwischen Gollasch und Tomasz ging sie auf das Großsteingrab zu. Dutzende Findlinge fassten die Anlage ein. Über die Grabstätte war Gras gewachsen. An ihrem Eingang ragten zwei Wächtersteine auf. Am Ende der Anlage wuchs ein Weißdorn, einsam wie ein Wüstenbaum.

»Haben Sie sich über die Anlage informiert?«, fragte Gollasch. Sein beiläufig höflicher Ton widerte sie an.

»Wie denn?«, schoss sie zurück. Sie hatten ihr auch den Laptop weggenommen. Kein Laptop, kein Telefon, kein unbeobachteter Moment. Auch die ewige Enttäuschung in Tomasz' Gesicht machte sie bloß noch wütend. Sie hatte überlegt, wegzulaufen, irgendwie Marten in Berlin zu erreichen, um wieder an Nicholas' Nummer zu kommen, aber natürlich war das aussichtslos. Sie hatte sogar überlegt, Gollasch das Handy zu entreißen. Wenn sie ihn so sah, überlegte sie das eigentlich immer noch.

Er grinste. »Jungsteinzeit«, sagte er. »Trichterbecherkultur. Wir wissen nicht genau, an welcher Stelle der Eingang war, aber das ist eine Frage von Metern. Wahrscheinlich war er dort, wo jetzt der Weißdorn wächst.« Er hob den Arm und zeigte auf den knorrigen, einsamen Baum mit seiner ausladenden Krone. »Romantiker wie Sie finden solche Orte faszinierend, nicht wahr? Irgendein berühmter Maler hat ihn gemalt. Warten Sie, ich komme gleich auf den Namen. Caspar David Friedrich, genau.«

Sie hatten die Wächtersteine erreicht. Emmas Blick wanderte über die lange Reihe der Findlinge bis zum Weißdorn. Viele Tragsteine waren erhalten. Die Decksteine fehlten.

An dieser Stelle hatte sich vor langer Zeit die Erde aufgetan, um ihre Geister aufzunehmen. Wenn man hier bohren würde, könnte man mit etwas Glück die Spuren finden; feinste Veränderungen in Erde und Gestein. Auf dieser Insel mit ihren weißen Felsen hatten die Überzeitlichen in Kreide geschrieben. Die Steinzeitmenschen hatten sich die Magie dieses Ortes nur geborgt.

Emmas Blick wanderte nach rechts, zur Steilküste. Dahinter lag schimmernd das Meer. Halblinks konnte sie die Leuchttürme des Kap Arkona sehen, den nördlichsten Punkt der Insel.

In Gollaschs Tasche klingelte ein Handy, und einen grässlichen Moment lang fürchtete Emma, dass es ihres war. Doch dafür reagierte Gollasch zu routiniert. Er nahm das Gespräch an und entfernte sich ein Stück mit dem Handy am Ohr – nicht ohne Tomasz einen warnenden Blick zuzuwerfen. Für ein paar Minuten würde jetzt Tomasz Emmas oberster Aufpasser sein.

Emma wollte nicht mit ihm reden. Die Hände in den Taschen ihrer Cargohose, schlenderte sie an den verwitterten Tragsteinen vorbei bis zum Weißdorn.

Es half nichts. Tomasz ging ihr nach.

»Wusstest du, dass man früher Wiegen aus Weißdorn gemacht hat?«, sagte er und legte die Hand auf den rissigen Stamm. »Der Weißdorn sollte die Kinder schützen. Damit sie nicht von Dämonen geraubt würden.«

Er sprach von Nicholas und Levi, dachte Emma. Tomasz war ein guter Mann. Auch deshalb hielt er sich an die Vorschriften. Auch deshalb war er von ihr enttäuscht.

»Ich habe getan, was ich für richtig halte, Tomasz«, sagte sie.

Gollasch telefonierte immer noch. Emma fragte sich, wie viel Zeit Riebe wohl noch blieb. War er schon auf der Insel?

»Sie haben wieder ein Auto, Emma«, sagte Tomasz unvermittelt. »Sie haben es auf dem Hof gefunden. Sie sind jetzt auf dem Weg hierher. Die Handy-Ortung funktioniert. Und der große Bruder hat Gollasch geschrieben.«

Nicholas hat *mir* geschrieben, dachte Emma.

»Wenn es Schwierigkeiten gibt, musst du helfen, Emma«, sagte Tomasz. »Die Kinder sind unsere größte Sorge.«

»Sie sind auch sein letzter Schutz«, sagte Emma. »Wenn die Brüder nicht mehr bei ihm sind, ist er geliefert, nicht wahr? Das ist doch so. Das ist doch die ganze Zeit so gewesen. Spätestens, als er in Berlin aufgetaucht ist, hat das SEK beschlossen, ihn zu eliminieren.«

Im Schatten des Weißdorns stützte sich Tomasz mit ausgestrecktem Arm gegen den Stamm. Er ließ den Kopf mit den Eisenhaaren hängen. Er sagte nichts.

»Du hast die Nachrichten doch bestimmt auch gelesen«, sagte Emma. »Der kleine Bruder lässt ihn nicht gehen. Er ist ein besonderer Junge. Ich habe viel über ihn nachgedacht. Ich glaube, dass auch Krakonos viel über ihn nachdenkt.«

Tomasz sah auf. »Das spielt jetzt keine Rolle mehr, Emma. Es ist vorbei, hörst du? Die Zentrale in Reykjavík hat ihren Widerstand aufgegeben. Da steht immer noch der Vorwurf der Geiselnahme im Raum. Wir können das nicht entkräften.«

Emma hob das Kinn. Es ging ein leichter Wind. Sie hörte Tomasz' Stimme. Er redete auf sie ein. Sie schloss die Augen. Sie wollte ihm eigentlich nicht zuhören.

»Emma, wenn du jetzt kooperierst ... Ich ... ich werde ein gutes Wort für dich einlegen. Vielleicht lassen sie dich sogar weiterstudieren. Ich meine, es wird eine Untersuchungskommission geben. Sie werden dich nach Reykjavík bestellen. Aber alles, was du getan hast, hast du getan, um ihn zu schützen. Ich glaube schon, dass man das anerkennen wird. Du ... du bist nur zu weit gegangen.«

Emma spürte den Wind im Gesicht. Wie weit sie auch gegangen war, gelandet war sie hier, in einer für Krakonos errichteten Falle. Jetzt war er auf sich gestellt. Nein, noch waren die Brüder bei ihm.

Sie öffnete wieder die Augen. Gollasch telefonierte. Tomasz starrte sie an. Sie wandte sich ab und ging langsam zu der Informationstafel hinüber, die die Touristenzentrale hier aufgestellt hatte.

Den Text überflog sie nur: *Megalithanlage, Frühgeschichte, Themenweg »Heilige Stätten«*. An dem Gemälde, das auch auf der Tafel abgebildet war, blieb sie hängen. *Blick auf Arkona mit aufgehender Sonne*. Im Vordergrund die Steine von Nobbin, dahinter ein fuchsrotes Meer.

»Wir sollten jetzt runtergehen.« Gollasch hatte sein Gespräch beendet. Er stand in ihrem Rücken. »Wir warten unten am Strand. Er wird es nicht vor Einbruch der Dunkelheit versuchen.«

Der Platz war gut gewählt. Das hier war kein Strand für Touristen. Kein allmorgendlich geeggtes Urlaubsparadies. Kein feiner weißer Sand, keine Strandkörbe und weit und breit kein Mensch. Stattdessen Steine, Algen und der leicht süßliche Geruch von Verwesung. Nicht weit von der Stelle, wo Emma stand, hatte das Meer eine tote Möwe bis in den Schatten der vom Steilhang wuchernden Sträucher geschwemmt. Emma hatte lange auf den Kadaver gestarrt. Krakonos war auf dem Weg. Die Tiere, hieß es, konnten das spüren. Viele Mythobiologen glaubten daran.

Im dicht bewachsenen Steilhang konnte sie Sensheims Männer erkennen, in schwarzer Kampfmontur und diesmal mit Sturmhauben. Sie lauerten oben, unmittelbar unter der Bruchkante. Sie hatten automatische Gewehre. Wahrscheinlich waren auch Scharfschützen mit Nachtsichtgeräten dabei. Bestimmt hatte Sensheim nichts dem Zufall überlassen.

Der Oberst stand zusammen mit Gollasch nicht weit von ihr. Sie beugten sich über etwas – wahrscheinlich war es das Radar. Sie sahen zu, wie Krakonos näher kam.

Sensheim trug mittlerweile auch die komplette Ausrüstung. Solange die Sonne darauf gestanden hatte, waren seine Brillengläser fast schwarz gewesen. Jetzt waren sie nur noch braun. Unterhalb des Steilhangs lag der Steinstrand schon lange im Schatten. Der Himmel über dem Meer wechselte nach und nach zu einem tiefen Blau. Über Nobbin war die Sonne untergegangen. Das Meer schwappte träge ans Ufer. Sonst kein Geräusch, nur gespannte Stille, bis Gollasch schließlich über die klackenden Steine am Ufer zu ihr kam.

»Es ist so weit«, sagte er. »Er ist hinter Altenkirchen auf der Straße nach Putgarten.«

Emma sagten die Namen nichts.

»Es sind nur noch ein paar Minuten. Wir müssen jetzt Position beziehen. Sie bleiben immer an meiner Seite, falls sich der Junge auf dem Telefon meldet. Und machen Sie keinen Unsinn. Alex wird hinter uns sein. Verstanden?«

Sie sagte nichts. Sie nickte nicht einmal. Was dachte er? Dass sie die Brüder gefährden würde, wenn seine Leute hier bis an die Zähne bewaffnet im Hang lagen?

»Rübezahl«, sagte Gollasch leise. *»Rübezahl. Wenn's dich gibt, dann zeig dich mal!* Kennen Sie das?«

Sie zuckte die Achseln.

»Na dann, los!« Er ging ein Stück den Strand entlang bis zu einer Stelle, wo sich ein schmaler, sandiger Trampelpfad den Hang hinaufwand. Alex ohne Nachname hatte sich ihnen angeschlossen. Emma spürte ihn in ihrem Rücken. Sie sah sich um. Auch Sensheim war verschwunden. Nur Tomasz blieb auf dem Steinstrand zurück. Er sah ihr nach, die Hände hilflos in den Taschen.

Es war eine ziemliche Kletterei. Rauf war es schlimmer als runter. Die lockere Erde brach unter ihren Sohlen weg. Sie mussten sich immer wieder an Ästen und schmalen Stämmen festhalten. Dicht belaubte Zweige schnellten Emma ins Gesicht. Ein Dorn kratzte ihr den Unterarm blutig.

Gollasch über ihr war fit. Er machte lange Schritte. Er fand immer sicheren Tritt.

Der Trampelpfad wand sich. Nur noch ein paar Meter bis zur Kante. Auch hier lag einer von Sensheims Männern. Unter seiner Sturmhaube nickte er Gollasch zu, als der sich neben ihn kauerte und Emma ihren Platz zuwies: zwischen ihm und dem etwas atemlosen Alex.

Über der Bruchkante lag das Großsteingrab. Die beiden

Wächtersteine reckten sich in den Abendhimmel. Sie waren die Letzten hier. Die falschen Touristen waren verschwunden. Nobbin war jetzt völlig verwaist. Niemand, der Krakonos störte.

Emma sah auf die Allee hinter dem Feld hinaus. Eine lange, dunkle Doppelreihe aus Bäumen. Die Zeit verging jetzt gar nicht mehr. Jemand hatte sie angehalten.

Gollasch rumorte. Er holte das Handy hervor – seines, nicht ihres. Emma versuchte, einen Blick auf das Display zu erhaschen. Es war der Radar. Ein kleiner schwarzer Punkt, der sich über die gerade Linie einer Straße bewegte.

»Jetzt«, raunte Gollasch.

Von links tauchte Scheinwerferlicht auf. Ein kleiner, heller Wagen. Das Licht schwappte über das Feld. Der Wagen bog auf die Stichstraße ein. Es war ein uralter Trabant. Von fern hörte Emma seinen Motor röhren.

Ja, dachte sie unwillkürlich, wenn man schon ein Auto einfach so fand, dann wohl so eins.

Sie spürte Gollaschs Hand zwischen ihren Schulterblättern. Er drückte sie ein wenig tiefer. Sein Nebenmann verschob das Gewehr.

Sie könnte jetzt aufspringen. Sie könnte jetzt aufspringen, loslaufen, winken und schreien. Gollaschs Hand lag immer noch auf Emmas Rücken.

Das Scheinwerferlicht wippte, während der Trabant über die schmale, unebene Straße holperte.

Er kam immer näher. Er kam unweigerlich näher. Und sie hatte ihm diese Falle gestellt.

Waren die Jungen im Auto?

Waren die Jungen noch im Auto?

Es war unmöglich zu erkennen. Da waren nur der kleine Wagen und sein Licht.

Dann, plötzlich, blieb der Wagen stehen. Die Scheinwerfer wie Augen, bis auch sie erloschen.

Was tat er da?

Der Druck von Gollaschs Hand in ihrem Rücken nahm zu. Sie hielt dagegen. Sie reckte den Hals. Die Autotür ging auf. Ein großer Mann stieg aus. Das musste der Körper von Ferhat Can sein.

Er stand einfach neben dem Wagen und sah reglos in die blaue Dunkelheit hinaus, eine Hand auf dem Dach des Trabant. War er schon in Schussweite? Das mussten mehr als zweihundert Meter sein. Eher dreihundert. Vielleicht noch mehr. Sie konnte den Mann ja kaum erkennen.

Er wittert die Gefahr, dachte Emma. Krakonos würde immer Krakonos sein. Er hatte ganz besondere Sinne.

Plötzlich wusste sie, wer der Mann war, den Marten Siebel gesehen hatte, Samstagnacht, als Krakonos Berlin erreicht hatte. Es war Marek Horak gewesen! Die erste Menschengestalt, die Krakonos angenommen hatte, nachdem er aufgebrochen war, war die seines Peinigers gewesen, des Mannes, der ihm vor einer Ewigkeit den Sender verpasst hatte. Krakonos hatte Horaks Körper ein halbes Jahrhundert nach dessen Tod noch einmal zum Leben erweckt. Es musste ein Triumph gewesen sein, irgendetwas zwischen Spott und Größe. Anders als sie und Gollasch und Sensheim und alle, die hier auf der Lauer lagen, gehorchte Krakonos nicht der Zeit. Er war ihnen über. Der Gedanke tat Emma gut.

»Was macht er da?« Gollaschs Stimme flatterte plötzlich. Seine widerliche Selbstsicherheit war dahin. Er klang nervös.

Er wurde unruhig. »Können wir schießen?« Die Frage galt seinem Nebenmann.

Die Antwort kam zögernd. »Wir könnten es versuchen. Aber die Kinder sind im Wagen. Und er steht direkt daneben.«

Gollasch knirschte hörbar mit den Zähnen.

»Vom Oberst gibt es noch keinen Befehl«, flüsterte der SEKler.

Krakonos stand immer noch da, groß in der Dunkelheit.

Geh weg, dachte Emma. Geh deiner Wege.

24 DOBBERWORTH

»Was machst du da?« Nik streckte sich über den Fahrersitz. Von draußen frische Abendluft.

Riebe stand einfach neben dem Wagen. Nik sah nur seinen Bauch unter dem schmutzigen Hemd. Dahinter dunkelblaue Schemen. Ein Feld und dunkles Gras.

War das hier Nobbin? Waren sie angekommen? Sie waren in diese kleine Straße gebogen und ein Stück weitergeholpert. Und dann hatte Riebe plötzlich angehalten und eine Weile einfach hinter dem Steuer gesessen und in die Dunkelheit gestarrt.

Levi und er waren ganz still gewesen. Sie hatten zuletzt ohnehin kaum noch etwas gesagt. Es gab nichts zu sagen. Levi wollte unter die Erde gehen.

Nik wollte nicht mehr nach Nobbin.

»Riebe?«

Draußen rauschte das Meer. Nik konnte es hören. Nobbin lag am Meer. Das hatte Riebe gesagt. Auf dem Hof, wo sie den Hund gefunden hatten. Der Hund war schuld.

Riebe rührte sich nicht. Nik kam es vor, als würde er schon eine Ewigkeit da draußen stehen. Er war drauf und dran auszusteigen. Er tastete schon nach dem Türgriff, aber plötzlich saß Riebe wieder neben ihm. Ferhat Can schnaufte.

»Sie sind da«, sagte er. Er hatte beide Hände auf das schmale Lenkrad gelegt.

»Was? Wer ist da?« Levi rückte auf der Rückbank ein Stück vor.

»Horaks Söhne. Ich kann sie riechen.«

»Bist du sicher?« Nik schüttelte unwillkürlich den Kopf. *Das SEK weiß von nichts*, hatte Emma geschrieben. Hatte sie ihn angelogen?

Emma log nicht. Emma log nicht.

»Ganz sicher«, sagte Riebe.

Nik starrte durch die Scheibe in die blaue Dunkelheit. Bäume, wo er die Küste vermutete. Er konnte das Meer nur erahnen.

»Und da ist noch was«, sagte Riebe.

»Was?« Nik war plötzlich atemlos.

»Der Eingang ist verlassen.« Ferhat Cans Finger schlossen sich um das Lenkrad. »Hier ist seit Langem niemand mehr von meinem Volk gewesen. Es ist der falsche Ort.«

Wie konnte das sein?

»Und jetzt?« Levis Kopf zwischen ihnen.

Nik schob den Gedanken an den Hund beiseite. Das hier war wichtiger. »Riebe, was jetzt?«

»Am besten steigt ihr aus. Ganz langsam. Und dann geht ihr auf die Bäume da zu. Ja?« Ferhat Can schnaufte.

Levi schwieg.

Nik schwieg auch. »Und du?«, sagte er endlich.

»Es gibt einen anderen Eingang. Hier in der Nähe. Er heißt Dobberworth. Ich weiß nicht, ob er offen ist. Aber ich könnte versuchen, bis dorthin zu kommen.«

»Ich steige nicht aus«, sagte Levi. »Nicht, wenn der Eingang hier verlassen ist.«

»Spinnst du?« Nik fuhr herum. Sogar in der Dunkelheit konnte er den toten Hund auf Levis Schoß erkennen. Er wich ein Stück zurück.

»Du hast mir gar nichts zu sagen«, sagte Levi. Er war stärker als Nik. Auf seine Art war er immer schon stärker gewesen.

»Hört auf!«, sagte Riebe. Er griff nach dem Schalthebel, seine Finger auf dem Fellbezug. Seine Bewegungen waren plötzlich schnell, ruckartig. Er legte einen Gang ein. Auf einmal schoss der Trabant jaulend zurück. Riebe hatte den rechten Arm über die Lehne von Niks Sitz gelegt. An Levi vorbei sah er durchs Rückfenster. Sein Blick war wild.

Der Trabi schleuderte mit dem Heck zuerst nach rechts, zurück auf die Allee, über die sie gekommen waren.

Im Wald, am Ende der Stichstraße, leuchtete plötzlich ein Scheinwerfer auf. Nik glaubte, Stimmen zu hören, fernes Gebrüll, aber dann jaulte der Motor schon wieder. Die Reifen quietschten. Der Trabant jagte die Allee hinab. Riebe beugte sich über das Steuer wie über den Lenker eines Motorrads.

Er kann gar nicht Auto fahren, dachte Nik. Ach was.

Er warf einen Blick zurück. Levis weit aufgerissene Augen. Keine Lichter hinter ihnen. Noch keine Verfolger. »Riebe …«

»Nicht reden.«

Der Trabant legte sich röhrend in eine Kurve.

An den Bäumen, die die Straße säumten, riss plötzlich ein heftiger Wind. Eine Böe pfiff. Dann prasselte Regen. Der Regen folgte dem Wagen wie ein Schweif dem Kometen.

Martens Handy vibrierte. Nicht ein Mal, sondern zwei Mal, drei Mal, noch mal. Das war keine SMS. Das war ein Anruf.

Der Ferhat-Riebe drückte aufs Gas. Aus einer Nebenstraße schoss ein schwarzer Lieferwagen, um ihnen den Weg zu verstellen. Der Ferhat-Riebe riss das Steuer zur Seite und schoss auf der Gegenfahrbahn an dem Lieferwagen vorbei. Nik fuhr herum. Hinter ihnen traf der Regenguss den Lieferwagen wie Gischt.

»Schlechtes Wetter«, murmelte Riebe, das struppige Kinn über dem Lenkrad.

Martens Handy vibrierte immer noch oder schon wieder. Nik zog es aus der Tasche. Emma …

Er drückte sie weg. Es kostete ihn einige Überwindung. Aber was hätte er ihr jetzt noch sagen sollen? Was wollte sie noch von ihm? Horaks Söhne hatten in Nobbin gewartet.

Links und rechts flogen dunkle Felder vorbei, Bäume, denen sie den Sturm brachten, Zäune, vereinzelte Häuser. Ein großes Schild taumelte neben ihnen über die Wiese. Der Wind hatte es losgerissen und trieb es nun vor sich her.

Vor einer Kreuzung stieg der Ferhat-Riebe in die Bremsen. Hinter ihnen im Starkregen verwaschene Lichter. Sie hatten sie nicht abgehängt. Das mussten Horaks Söhne sein.

Mit einem Knall wechselte der Straßenbelag. Der Trabant donnerte jetzt über Kopfsteinpflaster. Links lag ein Dorf. Nik konnte einen grauen Kirchturm sehen. Ein großes Schild, das die Touristen begrüßte. Jetzt zerrte der Wind daran.

Hinter ihnen immer noch Lichter. Vor ihnen der Galgen einer Ampel. Eine Kreuzung. Eine große Straße. Die Ampel sprang auf Rot.

Der Ferhat-Riebe tippte auf die Bremse. Der Trabant bockte und wurde etwas langsamer. Unmittelbar hinter der großen Straße ragte ein gewaltiger Hügel auf, beinahe kreisrund und über und über bewachsen.

Der Trabant beschleunigte wieder und schoss über die breite Straße, direkt auf den Hügel zu. Da war kein Asphalt mehr. Das war ein Stoppelfeld. Alles rüttelte im

Auto. Dann kam der Trabant zum Stehen. Der Motor hustete noch einmal und ging dann aus. Riebe stieß die Tür auf und eine Böe zerrte daran. Der Wind heulte. Dann platschte der Regen auf die Asphaltbahn der großen Straße. Der Wind wischte jetzt auch durch die Bäume, die oben auf diesem gespenstischen Hügel wuchsen. Der Hügel war viele Meter hoch. Er stand einfach auf diesem riesigen Feld, wie übrig geblieben. Dieser Hügel musste Dobberworth sein, und wenn auch dieser Hügel ein Grab war, dann war es viel größer, als Nik sich irgendein Grab der Welt hätte vorstellen können.

Der Regen hatte das Auto erreicht. Er überspülte die Heckscheibe und trommelte auf das Dach.

»Raus! Los, raus jetzt!« Der Ferhat-Riebe sprang aus dem Wagen. Der Wind griff nach seinem Haar. Das Wasser lief ihm gleich über das Gesicht. Ohne sich noch um irgendeinen Mechanismus zu kümmern, riss er den Fahrersitz nach vorne. Irgendetwas brach. Levi kletterte aus dem Auto, den toten Hund im Arm.

»Nein!«, schrie Nik. »Nein!« Er würde ihn nicht gehen lassen. Er versuchte, die Beifahrertür aufzukriegen. Er fand den Griff nicht.

Plötzlich war das regenüberströmte Gesicht des Ferhat-Riebe ganz nah. »Vertrau mir! Komm!« Er fasste nach seinem Arm und zog ihn über den Fahrersitz nach draußen. Plötzlich stand Nik auf dem Stoppelfeld. Sein T-Shirt war sofort durchweicht. Er spürte den kalten Wind auf der Brust. Jenseits der großen Straße kamen die Schweinwerfer näher. Horaks Söhne! Ihr Vorsprung war beinahe aufgebraucht.

»Lauf! Lauf so schnell du kannst!«

Sie hetzten über das Stoppelfeld. Überall standen schon Pfützen.

Nik rutschte aus, ruderte mit den Armen. Er fand das Gleichgewicht wieder. Er hielt sich an Levi. Sein Bruder barg den toten Hund an seiner Brust. Nik würde ihn nicht gehen lassen. Er würde sich an ihn klammern. Er würde ihn festhalten. Notfalls würde er mit ihm kämpfen. Er war größer. Er war der Ältere. Diesmal würde er auch der Stärkere sein.

»Kommt schon! Kommt!« Riebe hatte den Rand des Hügels erreicht: Büsche, Sträucher und Ranken, wild ineinander verwachsen, machten aus Dobberworth eine Festung.

Der schwarze Lieferwagen kreuzte die große Straße und bretterte auf das durchweichte Stoppelfeld. Der Strahl seiner Scheinwerfer erhellte für einen Moment den grünen Saum des Hügels.

Nik stürzte sich als Letzter ins Dickicht. Brennnesseln verbrannten seine nackten Arme. Brombeeren rissen an seiner Jeans. Er verhakte sich an einem Ast. Er zog an seinem T-Shirt und befreite sich. Auf einmal hatte er das Gefühl, in einer Höhle aus Pflanzen zu sein. Der Druck des Regens ließ nach. Es ging steil bergauf. Nik lief über nackte Erde, ringsum wild verdrehte, knorrige Stämme.

Auf dem Feld hörte er Türen schlagen, einen zweiten Wagen das Feld erreichen. Horaks Söhne sammelten sich. Nik spürte das helle Licht mehr, als dass er es sah. Er steckte jetzt tief im Dickicht von Dobberworth. Er sah Levi eine Armeslänge entfernt über sich. Levi nahm beim Aufstieg nicht die Hände zu Hilfe. Er trug den Hund.

Ferhat Can war vor ihm. Das Blätterdach über ihnen war so dicht, dass die Erde unter ihren Füßen kaum nass war.

»Kommt zurück!«, brüllte jemand auf dem Feld. Eine tiefe Männerstimme. »Nicholas und Levi Blumberg! Kommt zurück! Wir helfen euch!«

Nik keuchte. Er hatte Seitenstiche. Er griff nach einem Ast und zog sich ein Stück höher. Er hatte Levi beinahe eingeholt. Er würde ihn festhalten. Dann rutschte er, spürte plötzlich kühle, weiche Erde im Gesicht. Aber er war schon wieder auf den Beinen. Wie schnell konnte Levi denn sein?

Vertrau mir, hatte Riebe gesagt. Was sollte das heißen?

Der Ferhat-Riebe hatte den Gipfel erreicht. Das musste der höchste Punkt sein.

Zwei kleine, gedrungene Eichen wurzelten im Sand. Sie standen jetzt alle drei darunter. Ferhat Cans Brust hob und senkte sich. Er war völlig außer Atem. Sein Gesicht und sein Bart glänzten vor Nässe.

Tief unter ihnen Scheinwerferlicht, vom Regen zu Schlieren verzogen. Auf dem Stoppelfeld standen mittlerweile drei oder vier Fahrzeuge, ein Scheinwerfer war auf Dobberworth gerichtet. Er warf helles Licht zu ihnen herauf und wilde Schatten.

Ein Meer aus Brombeeren rankte die Flanke des Hügels hinauf.

Niks Blick irrte über die nackte Erde unter den Eichen. Er streckte die Hand aus und bekam Levis Arm zu fassen. Er spürte das weiche Fell des toten Hunds. Er hielt Levi fest. Sie standen beide da und starrten auf Riebe.

»Geht einen Schritt zurück!«

Wie groß er plötzlich aussah.

»Ich bin willkommen.«

Er schob sie ein Stück zur Seite. Jetzt standen sie zu dritt nebeneinander. Riebe atmete schwer. Ferhat Can war nur noch an seinem Hemd zu erkennen. Es war völlig durchweicht.

Sie starrten auf den blanken Sand. Der Riss fuhr wie eine Schlange durch ihn hindurch. Dann klaffte die Erde auf. Eine Bruchkante wie die einer Schlucht. Warmes Licht von unten, tief unten, als schiene dort eine Sonne ganz für sich.

Nik fasste Levi fester, aber in diesem Augenblick hatte er keine Angst. Das warme Licht von unten erhellte Levis und Riebes Gesicht. Und Nik spürte es auch auf seinen Wangen.

»Ich gehe mit dir«, sagte Levi und befreite sich aus Niks Griff. Er presste den Hund gegen seine Brust.

Schlagartig war die Angst zurück. Nik wollte schreien. Er wollte sich auf Levi stürzen, aber Riebe hielt ihn zurück.

»Nein, Levi. Nein, du hast etwas viel Besseres zu tun«, sagte Riebe mit ruhiger Stimme. »Etwas viel Wichtigeres.«

Der Regen hatte aufgehört. Auch der Wind ging nicht mehr. Unten mochten Horaks Söhne lärmen, aber Nik hörte sie nicht mehr. Er hörte nur noch die Bäume tropfen. Das Wasser, das von den Blättern perlte. Das Wasser, das von ihm selber perlte. Und von Levi. Und von Riebe. Und von dem kleinen toten Hund.

»Gib ihn mir!«, sagte Riebe. Er streckte die Hand nach dem Hund aus.

Levi zögerte. Das Licht aus dem Spalt löschte die Schatten in seinem Gesicht. Sein langer, schmutzig blonder Scheitel. Seine blasse Haut. Verschmierte Erde auf Stirn und Wangen.

»Jetzt gib ihn mir schon ... ganz vorsichtig, ja?«

Levi hielt den leblosen Körper des Welpen in beiden Händen. Er streckte die Arme aus und hielt ihn Riebe hin. Dann lag der tote Hund auf Riebes großen Händen.

Von unten Rufe. Horaks Söhne umstellten den Hügel. Sie kamen zu spät. Martens Handy vibrierte wieder. Nik gab nichts darauf.

Vor ihm ging Riebe in die Knie und bettete den Hund in den Sand. Nur eine Handbreit entfernt von dem klaffenden Riss in der Kuppe von Dobberworth.

Dann schob er die kurzen Beine zurecht, als würde der Hund nicht liegen, sondern stehen. Dann rückte er den kleinen runden Kopf gerade und strich über das nasse Fell. Es glänzte in dem warmen Licht. An der Brust hatte der Hund einen kleinen weißen Fleck.

Nik konnte den Blick nicht abwenden. Es war, als sähe er den Hund zum ersten Mal.

Riebe beugte sich langsam über ihn, bis sein großer Kopf den kleinen Hund fast vollkommen verdeckte. Seine Lippen berührten jetzt das winzige Schlappohr. Riebe schien mit dem Hund zu flüstern. Es klang wie ein säuselnder Wind; Riebes Flüstern mischte sich in das stete Tropfen der Bäume und in das ferne, ferne Rauschen des Meers. Es war nie dieselbe Welle, die aufs Ufer traf.

Es war immer eine andere.

Immer eine andere.

Immer eine andere.

Der Hund atmete. Riebe zog den Kopf zurück und die Rippen des Welpen hoben und senkten sich. Er war nicht tot. Er schlief jetzt nur. Nik sah, wie sich seine kurzen Hinterläufe im Sand bewegten. Sie hinterließen Abdrücke dort. Eine winzige Spur. Der erste Schritt auf einem Weg.

»Nimm ihn!«, sagte Riebe zu Levi. »Nimm ihn!«

Sein Bruder schluckte. Er kniete sich vor den Hund. Ganz

vorsichtig streckte er eine Hand aus und legte sie auf den sich hebenden, sich senkenden Bauch. Dann hob er den Welpen vorsichtig an und bettete ihn behutsam auf seinen Schoß. Levis Augen glänzten, als er aufsah. In ihnen schimmerte das Licht aus dem Spalt.

»Du musst gut auf ihn aufpassen«, sagte Riebe. »Hörst du, Levi? Er braucht dich. Er ist noch sehr klein. Aber er wird dich immer brauchen.«

Levi nickte. Er biss sich auf die Lippe, wie er es immer tat. Vielleicht weinte er. Vielleicht war es auch der Regen. Dann senkte er den Kopf und fing an, sanft den Hund zu streicheln. Der Welpe regte sich in seinem Schoß. Er streckte sich und rollte sich dann ganz eng zusammen.

»Und jetzt du, mein großer Freund.«

Nik konnte Riebe kaum in die Augen sehen. Jetzt biss auch er sich auf die Unterlippe, so wie Levi. Aber sie waren ja Brüder. So war das eben. Das Wasser stand ihm in den Augen. Er wusste: Riebe würde jetzt gehen.

»Du wirst dafür sorgen, dass er ihn behalten darf, nicht wahr?«, sagte Riebe.

Ja, dachte Nik. Er nickte. Sprechen konnte er jetzt nicht.

»Du bist auch ein Riese«, sagte Riebe. »Vergiss das nicht.«

Ein letztes Mal stemmte er Ferhat Cans schweren Körper in die Höhe.

Ein großer Schatten vor dem warmen Licht.

Ein Mann.

Ein Fuchs.

Ein Rabe.

Und dann war Riebe fort.

Es gab keine Uhr, die mitzählte. Nik und Levi saßen so lange dort, wie sie dort saßen. Die Knie im Sand, unter den tropfenden Eichen. Der Spalt hatte sich geschlossen. Riebe war in die Erde getaucht. Er war dort willkommen.

Die übrigen Geräusche kehrten erst nach und nach zurück. Horaks Söhne, ihre Rufe, ihr knisternder Funk. Ihre Autos dort unten. Die kalten Lichter.

»Geht's ihm gut?«, fragte Nik. Er meinte den Hund.

Levi beugte sich über den schlafenden Welpen. Er wippte auf den Knien hin und her. Er wiegte ihn.

»Ich mach das jetzt«, sagte Nik. »Du bleibst einfach hier, bis ich dich rufe.«

Er stand auf. Seine Knie waren ganz steif. Er machte zwei Schritte und streckte sich. Er sah über das Meer aus Brombeeren den Hügel hinab.

Auf dem Stoppelfeld stand ein halbes Dutzend Autos. Am Straßenrand hatte ein Polizeiwagen geparkt. Sein blaues Licht schwappte in Wellen über das Feld. Er sah zwei Männer in schwarzer Montur gleich am Hügel stehen. Weiter hinten, bei den Wagen, eine ganze Gruppe.

Er zog Martens Handy aus der Tasche und ließ das Display leuchten.

Zwölf verpasste Anrufe. Er hatte es nur zwei Mal gehört.

Emma. Er drückte auf ihre Nummer. Er musste nur einmal durchläuten, bis jemand den Anruf annahm.

»Nicholas?« Eine Männerstimme.

Nik sagte nichts. Er hatte das Handy am Ohr. Er sah auf das Feld hinab. Da irgendwo musste der Mann stehen.

»Nicholas, deine Eltern sind unterwegs. Mein Name ist Robert Gollasch, ich …«

»Ich weiß nicht, wer Sie sind.« Nik schnitt ihm das Wort ab. »Und ich will es auch nicht wissen. Ich will mit Emma sprechen. Sofort.«

Unruhe am anderen Ende. Stimmen. Das Geräusch, wenn ein Handy von einer Hand zur anderen geht.

»Nicholas? Nik?«

»Bist du Emma?«, fragte er.

»Ja, Nik. Ich hab dich nicht verraten. Ich war das nicht mit Nobbin. Sie haben mir das Handy weggenommen. Sie haben die Nachricht in meinem Namen geschrieben.«

Er sah auf das Feld hinab. Er konnte sie nicht entdecken. Es war komisch: Sie sprach ein fehlerfreies Deutsch, aber sie hatte einen Akzent. Englisch. Oder amerikanisch. Aber sie hatte ja auch einen komischen Namen. Emma O'Lynn.

»Das ist okay«, sagte Nik. »Das spielt jetzt keine Rolle mehr. Dobberworth ist offen.« Er würde ihr nicht sagen, dass Riebe schon fort war.

»Es spielt eine Rolle«, sagte Emma. »Für mich spielt es eine Rolle. Ich war die ganze Zeit auf eurer Seite. Und auf seiner.«

Er nickte, auch wenn sie das nicht sehen konnte. Ma und Pap waren auf dem Weg. In seinem Rücken kniete Levi mit dem lebendigen Hund.

»Ich komme jetzt runter, Emma«, sagte er. »Ich will mit dir reden. Aber nur, wenn alle anderen sich zurückziehen. Sonst komme ich nicht, hörst du? Und Levi ist immer noch hier oben. Er kommt nur runter, wenn ich es ihm sage. Der Eingang ist offen. Sag allen, dass der Eingang noch offen ist.«

»Okay. Warte einen Moment, Nik!« Offenbar nahm sie das Handy vom Ohr. Sie sprach mit jemandem, der bei ihr stand.

Ein Wortwechsel. Zwischendrin kam es ihm so vor, als deckte sie das Handy mit der Hand ab, damit er nicht alles hörte.

Konnte er ihr trauen?

Ja. Er konnte.

Dann war ihre Stimme wieder da. »Sie ziehen sich zurück, Nik. Bis zu den Autos. Kannst du es sehen von oben?«

Er konnte nur zwei der schwarzen Männer sehen, wie sie langsam vom Hügel zurückwichen. Das musste reichen.

»Wo treffen wir uns?«, fragte Emma.

»Unten«, sagte Nik. »Du siehst mich schon.« Er beendete das Gespräch und steckte Martens Handy zurück in die Hosentasche. Er würde es nicht mehr brauchen.

Er sah zu Levi hinüber. »Erst, wenn ich dich rufe, okay?«

Levi nickte. Er wiegte immer noch den Hund.

Nik machte sich an den Abstieg. Er rutschte über die feuchte Erde. Die wuchernden Bäume streckten ihm ihre Arme hin. Es tropfte immer noch überall. Er konnte den Regen riechen.

Er erreichte den Wall aus Büschen, Sträuchern und Ranken. Er stand auf dem Feld, die durchweichten Stoppeln unter den Sohlen. Er machte noch zwei, drei Schritte, damit sie ihn sah. Dann blieb er stehen.

Links das leere, weite Feld, grau in der Nacht. Rechts die Straße und das kreisende Blaulicht des Polizeiwagens. Horaks Söhne vor ihm auf dem Feld. Sie standen in einem Pulk zusammen. Sie konnten ihn sehen.

Er wartete.

Eine kleine Gestalt löste sich aus dem Pulk. Sie kam auf ihn zu. Je näher sie kam, desto besser konnte er sie sehen. Eine junge Frau mit kurzen Haaren, in Cargohosen und einem

T-Shirt in Camouflage. Sie zeigte ihm ihre Hände, damit er wusste, dass sie leer waren.

Dann stand sie vor ihm. Sie war nicht viel größer als er.

»Nik?«

Sie wusste es doch.

»Emma«, sagte er.

»Ist er noch da?«, fragte sie.

Sie meinte Riebe.

»Er war willkommen«, sagte Nik.

Sie nickte. Bestimmt war sie erleichtert. Vielleicht war sie auch traurig. Er wusste es nicht.

»Aber der Eingang ist noch offen«, sagte er.

»Ach ja?« Sie musterte ihn. Dann lächelte sie. »Natürlich ist er das.« Sie machte eine Pause. »Alles gut mit Levi?«, fragte sie. »Es tut mir leid, dass ich …« Sie brach ab. »Ich habe lange gebraucht, ihn zu verstehen.«

»Ich auch«, sagte Nik. »Ich auch, Emma.« Er sah zu dem Pulk bei den Wagen hinüber. Jemand hatte das Blaulicht ausgestellt. »Riebe hat ihn verstanden«, sagte er. »Riebe hat ihn viel schneller verstanden als wir.« Er lächelte sie an. »Levi ist oben«, sagte er dann. »Aber er ist nicht allein.« Emma zog die Augenbrauen hoch. Er glaubte zu wissen, was sie dachte. »Nein.« Er schüttelte den Kopf. »Riebe ist fort. Levi hat einen Hund bei sich. Einen Welpen. Wir …« Einen Moment lang musste er überlegen. »Wir haben ihn gefunden.« Er wusste nicht genau, ob das die ganze Wahrheit war. Riebe hatte gesagt, dass Horaks Söhne die Mutter des Welpen gestört hätten. Aber vielleicht war es ganz anders gewesen. Vielleicht hatte die Hündin Riebe kommen gespürt – so wie Levi Riebe in seinem Wahrtraum kommen gespürt hatte. Vielleicht hatte die Hündin Riebe den Welpen überlassen, damit er ihn gesund machte. Vielleicht hatte Riebe ihn auch für Levi gebraucht. Vielleicht hatte er um den Welpen gebeten.

»Ein Hund«, sagte Emma nachdenklich.

»Ja, und er muss ihn behalten«, sagte Nik. »Deshalb bin ich hier. Du musst mit unseren Eltern sprechen. Du musst sie anrufen. Ihr habt doch ihre Nummer, oder?«

Er hatte sein Handy in den Kanal geschmissen. Das war lange her.

»Bestimmt«, sagte Emma. »Du kannst sie selber anrufen, wenn du willst.«

»Nein. Sie müssen es *denen* versprechen.« Er zeigte auf den Pulk in ihrem Rücken. Emma hatte ja keine Ahnung, was der Hund bedeutete. In der Academy waren keine Haustiere erlaubt. »Sie müssen es Horaks Söhnen versprechen«, sagte Nik. »Damit es auch gilt.«

»Horaks Söhne?« Sie zog wieder die Stirn kraus. Sie war auch ganz nass vom Regen.

»So hat er sie genannt«, sagte Nik.

»Riebe?«, fragte sie.

»Krakonos«, sagte er. Er fuhr sich über das kurze Haar. Es wurde schon langsam wieder trocken. »Dich hat er Horaks Tochter genannt.« Er grinste ein wenig verschämt.

Emma lächelte. »Ich bin gleich wieder da«, sagte sie.

Er sah sie zu den Wagen hinübergehen. Jetzt konnte er sie auch in dem Pulk von den anderen unterscheiden. Sie sprach mit einem Mann in Schwarz und einem in einem weißen Hemd. Er sah sie telefonieren. Es dauerte nicht lang.

Dann kam sie wieder zu ihm. »Sie sind heillos erleichtert,

Nik«, sagte sie. »Sie freuen sich schrecklich, euch wiederzuhaben.«

»Und der Hund?«

»Kann bleiben.«

Er nickte. Es war, als spürte er die Erleichterung erst jetzt. Es war vorbei und Levi war noch da. Er war da oben.

Nik sah zur Spitze von Dobberworth hinauf. Er rief so laut er konnte.

»Levi! Levi, komm runter! Es ist alles gut!«

Keine Antwort, aber damit hatte er auch nicht gerechnet. Levi war keiner, der von einem Hügel brüllte. Er würde nun den Hund nehmen und ihn vorsichtig heruntertragen.

Sie sahen jetzt beide zum Hügel herauf, Emma und er. Horaks Söhnen wandten sie den Rücken zu.

»Ihr habt ihn gerettet, Nik«, sagte Emma, während sie dort standen und auf Levi warteten.

Stimmte das? »Vielleicht war es umgekehrt«, sagte Nik. Er dachte an das schwarze Wasser im Wald. Er dachte an den Schatten über dem klaffenden Licht.

Ein Mann.

Ein Fuchs.

Ein Rabe.

Levi zwängte sich durch das Gebüsch. Plötzlich stand er auf dem Stoppelfeld, den Hund im Arm.

Nik und Emma gingen ihm entgegen.

Dann hatten sie ihn erreicht und Emma beugte sich zu ihm hinab. Sie strich ihm einmal über das Haar und streichelte dann nur mit dem Zeigefinger den Welpen.

Levi ließ sie gewähren.

»Das ist ein schöner Hund, Levi. Er sieht prächtig aus. Aber ich nehme an, er braucht jetzt was zu essen, oder?«

»Ja«, sagte Levi. »Denke schon.« Ein misstrauischer Blick zu den Wagen und den Männern, aber dann war er wieder bei seinem Hund.

Emma legte ihm einen Arm um die Schulter.

»Hat er schon einen Namen, dein Hund?«, fragte sie.

Sie gingen jetzt zu dritt auf die Wagen zu, quer über das Feld. Dobberworth lag hinter ihnen.

»Ja.« Levi sah ernst zu ihr hoch. »Er heißt Riebe«, sagte er. »Riebe.«

Von: Nik17
An: Emma O'Lynn

(Kein Betreff)

Liebe Emma,

danke für deine Nachricht. Horaks Söhne haben mich lange genug bearbeitet. Ich weiß also, dass du nicht offen reden kannst. Aber ich habe auch so verstanden. Du darfst weiterstudieren. Das freut mich. Und alles andere hätte ich auch furchtbar ungerecht gefunden. Eigentlich hätten sie dir einen Orden umhängen müssen für das, was du getan hast. Aber na gut, das haben sie halt nicht gemacht.

Levi und mir geht es gut. Auch wenn es zuerst ziemlich ungewohnt war, auf eine ganz normale öffentliche Schule zu gehen. Aber es hat seine Vorteile. Ich bin hier plötzlich ein Crack in Informatik, weil wir in der Academy praktisch nichts anderes gemacht haben, aber das kann ja nicht schaden. Sogar Levis Noten sind ein bisschen besser. Er ist immer noch still, aber nicht mehr ganz so verschlossen. Er kommt mit seiner Klasse klar. Es gibt sogar Hofpausen, in denen ich ihn gar nicht sehe. Er zieht dann mit seinen Leuten rum, was ich ganz gut finde.

Wenn die Schule aus ist, müssen wir wegen Riebe natürlich immer gleich nach Hause. Wir gehen jedes Mal in den Park. Levi kann Stunden mit Riebe dort verbringen. Ich bin meistens dabei. Aber auch in der Wohnung ist es schöner als vorher. Sie fühlt sich nicht mehr wie ein Hotelzimmer an, weil wir wirklich jeden Tag da sind. Und wenn wir mittags nach Hause kommen, wartet Riebe im Flur.

Du solltest ihn sehen. Er ist ziemlich gewachsen und hat jetzt viel längeres Fell. Sogar der weiße Fleck auf seiner Brust ist gewachsen. Eine richtige Rasse hat er nicht, aber Levi sagt, dass er ein Hütehund ist. Er glaubt, Riebes Mutter gehört einem Schäfer. Er will eines Tages in den Grumsin zurück, um sie zu finden. Er spricht ohnehin ziemlich viel vom Grumsin. Der Park ist nur ein Ersatz. Das wissen wir beide. Ich bin mir nur nicht sicher, ob auch Riebe das weiß. Er liebt den Park. Levi lässt ihn oft ohne Leine laufen, aber das machen viele hier.

Ma und Pap arbeiten natürlich immer noch bei Qwip.com. Sie sind auch immer noch oft unterwegs, und wenn sie nicht unterwegs sind, arbeiten sie lange. Das hat sich alles nicht verändert. Ich weiß auch nicht, ob sie wissen, dass wir uns verändert haben, Levi und ich. Über die eigentliche Sache können wir ja nicht sprechen. Aber es ist nicht neu, dass sie nichts wissen. Und die neue Schule und Riebe und dass wir unsere Nachmittage und Abende alleine verbringen, finden sie okay. Es ist wohl am einfachsten so. Sie haben viel um die Ohren.

Von Qwip.com kennen wir sonst eigentlich nur noch Marten. Er kommt manchmal vorbei, meist an den Wochenenden. Wenn er von der Academy erzählt, vermisse ich sie nicht. Und Levi will eigentlich gar nichts von ihr hören. Er fragt nur manchmal nach der Brache, aber da geht Marten nicht mehr hin. Eher, glaube ich, würde er sich die Dreadlocks abschneiden.

Aber vergessen hat er nicht, was er gesehen hat. Er hat ein völlig irres Spiel mit einem fliegenden Riesen programmiert. Er nennt es *Rübezahl-Challenge*. Ich nehme an, das ist unverdächtig und geht in Ordnung. Es ist seine Art, damit umzugehen. Und das Spiel ist wirklich ziemlich lustig. Wir haben es zu dritt gespielt.

Levi hat übrigens gleich mehrere neue Notizbücher angefangen. Eines über Riebe natürlich, in dem er festhält, wie der Hund sich entwickelt und was er so macht. Aber er hat auch ein Notizbuch über den Grumsin und eines, das er besser nicht hätte. Er weiß, dass er über all das nicht sprechen darf und nichts davon aufschreiben, aber er hat Dobberworth gemalt. Ich denke auch oft an diesen Hügel und an alles, was dort geschehen ist.

Ich weiß nicht, ob du weißt, was ich meine, Emma, aber ich habe ihn schon oft gesehen. Er ist überall, denke ich manchmal. Er war das Eichhörnchen im Park. Er war die Kohlmeise in dem einzigen Strauch, der im Hinterhof wächst. Er ist der Fuchs nachts auf dem Bürgersteig gewesen. Wir hatten lange *Rübezahl-Challenge* gespielt, und als wir nachher zufällig aus dem Fenster geschaut haben, haben wir den Fuchs gesehen.

Ja, ich weiß schon. Und trotzdem. Wir haben die Wohnung ganz oben, mit vielen Schrägen, und durch das Küchenfenster kann man auf das Dach gucken. Ich sehe es gerade jetzt. Der Laptop steht auf dem Küchentisch. Auf der Dachrinne sitzt eine Krähe. Aber so genau weiß ich es nicht. Vielleicht ist es auch ein Rabe.

Nik

Die meisten in diesem Buch beschriebenen Orte gibt es wirklich, sie sind auf den Landkarten verzeichnet. Karpacz und Berlin-Adlershof ebenso wie der Grumsin und Nobbin und Dobberworth auf Rügen. Aber vieles habe ich weggelassen, anderes hinzugefügt. Auch Romane sind Gestaltwandler.
Sollte hingegen Qwip.com an irgendein bestimmtes Internetunternehmen der Welt erinnern, so war das nicht beabsichtigt. Alle Ähnlichkeiten wären rein zufällig. Qwip.com ist so sehr ein Produkt meiner Fantasie wie die Mythobiologie.
Für Riebe allerdings habe ich mich bei zahlreichen Quellen bedient, bei Johannes Praetorius und Johann Musäus natürlich, die die Rübezahl-Sagen zuerst aufgeschrieben haben, aber auch bei Otfried Preußler und Leander Petzoldt, dessen Kleines Lexikon der Dämonen und Elementargeister *in keinem vernünftigen Haushalt fehlen sollte. Nicht nur die Schattenpfade verdanke ich dem wunderbaren Robert Macfarlane, der vor allem die weißen Flecken auf den Straßenkarten liest.*
Andrea, Luzie und Jakob, die vom Riesengebirge bis Rügen dabei waren, ist diese Geschichte gewidmet. Noch einmal, eine Kindheit später.

W.F.

Die Rache der Krähen

Martina Wildner

Die Krähe am See

Roman
ab 11
Gebunden, 224 Seiten (82318)
E-Book (74697)

Irgendwas geht nicht mit rechten Dingen zu, in Deutenhausen, dem schaurigen Dorf im Allgäu. Die Krähen vom Stausee greifen plötzlich Idas Oma an! Hendrik und sein kleiner Bruder Eddi kommen Ida zu Hilfe, aber auch Eddi wird ein Opfer der Krähen. Es ist, als läge ein schrecklicher Fluch über dem grün-blau glitzernden Stausee, der einst drei Dörfer überflutete. Hat etwa der Mann, der von der Rache der Götter faselt, damit zu tun? Ist es die Rache der Natur? Ein schauriger-schöner Roman rund um Aberglauben, Irrationalität und düstere Familiengeheimnisse.